維若妮卡·夏奈思

燃燒的女子

Burning Girls and Other Stories

楊芩雯——譯

獻給

珍娜・A・菲利斯（Jenna A. Felice, 1976-2001）*

*曾任本書原出版社Tor Books編輯

目次

導讀：我們時代的女巫

珍．尤倫[1]

維若妮卡．夏奈思（Veronica Schanoes）是一位寫小說的學者，成就可比當代最傑出的奇幻作家，敘事行文有種素樸的黏著力。她創造的故事既盤旋腦海，也流連於記憶。

她的民俗與童話專業知識具有存在感，但她的學術資歷從未重得壓倒敘事，也不致輕淺無味。在非常短的時間內，夏奈思成為一位短篇和中篇小說名家，以迷人的行文與改寫童話的作品著稱。她早已斬獲獎項：本書同名作短篇小說〈燃燒的女子〉贏得雪莉．傑克森最佳短篇小說獎，並獲世界奇幻獎和星雲獎提名。〈磷光〉亦獲得雪莉．傑克森獎提名。

她的敘事皆藏抒情詩的美感，以及縝密連貫的情節，而那是童話在古老蜿蜒路途中，藉著口耳

1 珍．尤倫（Jane Yolen）是奇幻文學的知名作者與編輯，獲世界奇幻終身成就獎。在臺出版書籍以她多產的童書作品為主，如《家有恐龍》系列（維京）、《我不怕，我有守護熊》（字畝）。

相傳續命時常丟失的事物。此外，多篇小說採用後設敘事者，讀者會傾向相信那是夏奈思本人，儘管她從頭到尾提醒我們，所有的作者、所有說故事的人都是騙子。這件事她一再強調，務求我們永遠別忘記。

書中故事充滿猶太寓言——我這麼說，不只意味著鬼魂與講經人時常出沒，還包括猶太人大屠殺的個人經驗。再加上翻新改造的童話，遠遠超出格林兄弟嚴肅且暗黑的描述。她集結抒情後援包圍隱藏的歷史，以那些小規模的殘暴反猶行動，緬懷斯拉夫與日耳曼城鎮中的猶太人生活。除了學者，少有人讀過現今遭遺棄的格林兄弟筆下故事，它們必定是在為年少讀者印製時排除於全集外。好比〈荊棘叢中的猶太人〉這般的故事，在本書開頭的小說中，夏奈思即以此陳設精采布局。

我的祖先在一八〇〇年代末至一九〇〇年代初逃離烏克蘭或拉脫維亞，只比號稱沙皇「拳頭」的殘暴哥薩克人早了幾步。儘管不懂得施展任何真正的魔法，他們全都會認為書中〈燃燒的女子〉講出自己的故事。

此外，愛爾蘭人必定會覺得夏奈思毫無失手的〈磷光〉，在貼合現實中帶點魔幻寫實。這篇小說敘述一群下巴因磷毒腐壞的女子，她們發動罷工爭取更好的工作與薪資，不顧長期經手的有毒白磷侵襲，導致下頦骨頭在抗爭期間片片碎裂。夏奈思以安徒生的《賣火柴的小女孩》為基礎，將那轉變成一篇令人感到既沮喪又振奮的作品。她沒讓垂死女孩直接升往天堂中母親的懷抱（如同一個世紀前安徒生的手筆），反倒讓她活下來，英勇抗爭到最後一刻。

出奇的是《愛麗絲夢遊仙境》同樣數度現身，情境總是怪誕。然而那說得通，考量到書中舞臺輪番登場的眾多古怪角色中，愛麗絲是最新的一位，即使那不算嚴格意義的民俗範疇。

「大頭針與縫衣針小徑」也反覆出現，這並非夏奈思自身的發明，而是擷取自法語版《小紅帽》，改寫後平添趣味。小說中的祖母彷彿古老故事裡的預言女巫，補上一句：「你吃樹根。終究你會吃石頭。」認出話中情景使我顫抖。不過夏奈思是以獨屬於她的方式利用小徑意象，我讀得肅然起敬。或者該這麼說，我佩服端坐，繼續翻閱下一頁。是那種等級的書。

書中多篇故事使我顫慄——字面意義上的顫慄，例如鼠群在皮膚下亂竄的情節。但那涵蓋的不只是冰冷手掌搭上後頸，或者輕輕一陣恐懼預感傳遍脊椎。夏奈思版本的〈十二個跳舞的公主〉（Twelve Dancing Princesses）諷刺幽默，讓十二位王子永遠困進一間骯髒的舞廳酒吧，直到十二位年輕女子前來拯救他們。故事說到最後，結局使人同感驚奇又值回票價。

這是一本短篇小說選集，而非一部長篇小說，並無銜接各篇小說的企圖。只有打底的古老故事以鬆散方式連結各篇。

可別誤會了——書裡寫的不是那些老故事，它們在反覆重述的大道跌宕碰撞，歷經長年的口語打磨，往往喪失情節與人物刻劃。相反的，書中小說發自嫻熟古老故事的無邊想像力，由一位拿顯微鏡研究、並將它們銘刻入心的作者敘說。一路走來，她也逐漸形成一種批判理解：為了在現世發揮影響力，角色需要真正的推動力，而不只是在森林中偶遇老婦人，不僅是一隻親切的狐狸、兔子或狼來為主角指路。

夏奈思也明白，如同當代說故事的人皆知，她必須剖開故事，彷彿在耶誕節早上鑿開一粒堅果。她必須咬掉哈曼果醬餡餅（hamam cookie）[2]的頂端，露出藏於內裡的真正血肉。她的敘事維持一種節奏，語言激烈且尖銳，有時甚至粗礫直白。她的角色常常也是如此——他們流血染上書頁，但當她正忙著將固有的開頭與結尾沖進附近的馬桶時，她不是每次都會停下來擦拭血汗。

她有時讓故事與現世歷史奔放地湊在一塊，核心處則為常民文化。〈愛瑪・高德曼跟雅嘎婆婆喝茶〉，真的嗎?!精采故事中包含傳記、自傳和歷史元素，加上最偉大的女性無政府主義者和民間故事裡最著名的女巫，同時現身在一個傳說中的地點。而且小說裡的愛瑪有能力與之抗衡。此外你還想要求什麼？

若問我喜歡書裡的故事嗎？用「喜歡」這個字眼來描述我的感覺太弱了。這些故事是寫給我們的未來，而非我們的過去。我等不及想再重讀一次。讀時恍然覺得，小說是在童話開頭「很久很久以前」的斷頭臺上撰寫，當時這群說故事的人若非獲得國王庇護，就是被當成敵人、間諜、巫師或女巫吊上絞刑架擺盪。

與此同時，夏奈思也刻寫出一條歧異而艱難的道路。也許是大頭針與縫衣針，有時是木炭與粉筆，也可能是樹根與石頭。這是一段艱辛路途，充斥著黑暗，不會一直出現快樂情景或幸福結局。是的，你可以在她的足跡前方找到一些線索，包括凱瑟琳．M．瓦倫特[3]、格萊葛利．馬奎爾[4]、伊薩克．狄尼森[5]、安潔拉．卡特[6]。如果我夠狂妄的話，也許再加上我的名字。

然而夏奈思在這領域占有獨特位置，她對於古老童話與民間故事的理解既具膽識且深入核心。我預料她遠未把這些老故事說完，它們是源源不絕供應的大湯鍋。

假設我們這群拖拖拉拉的傢伙還沒準備好加入賽跑，夏奈思會是衝在其他所有人前方，發信號

---

2 猶太人在普珥節期間吃的三角形糕點，紀念從波斯帝國的迫害下倖存，哈曼是企圖滅絕猶太人的大臣。

3 凱瑟琳．M．瓦倫特（Catherynne M. Valente）擅長採集民間故事與神話來撰寫奇幻小說，並稱自己的創作類型為神話龐克（Mythpunk）。《黑眼圈》（馥林文化）與《精靈國度的女孩》（繆思出版）系列均曾發行繁體中文版。

4 格萊葛利．馬奎爾（Gregory Maguire）既是兒童文學研究者，也在創作小說中為經典童話賦予新意。曾在臺出版《女巫前傳》、《女巫之子》、《白雪公主外傳》、《迷途記》（晨星出版）。

5 伊薩克．狄尼森（Isak Dinesen）善於說故事，有多部短篇小說集傳世，最著名是改編成電影的單篇〈芭比的盛宴〉，在臺僅出版自傳性質作品《遠離非洲》和《再見非洲》（紅桌文化）。

6 安潔拉．卡特（Angela Carter）有「說故事女巫」的稱號，創作跨越類型，《焚舟記》（行人）收錄作者的四十二篇短篇小說。

預示將來展望的那個人。或說正如她在愛瑪．高德曼那篇小說中所寫：「事實可以用多種方式敘述。這完全關乎著重點，關乎觀點。我尚未對任何事撒謊。」

留意「尚未」那個措辭。她在警告我們即將發生的事。不是要從縫衣針和大頭針小徑縱身跳開，或者也許，我們需要並肩跳那一步。格林兄弟及其追隨者也許播下眾多故事的種子，不過猶太主義、馬克思主義、女性主義、二十一世紀流行文化趨勢同樣耕耘了這些田地。下個世代的童話學者將從她的小說獲得過癮體驗。

如果說，讀到愛瑪即將見到偉大的俄羅斯女巫前，在圍籬輕敲指頭：「嗒—嗒—咚，嗒—嗒—咚，嗒—嗒—咚，乏味的輕—輕—重韻腳。」你看見這句話樂得起身喊叫，並未誤以為「韻腳」指的是俄羅斯某處鄉鎮[7]，那麼這本書就很適合你。若你預期書中任何一篇小說只是小說，而不會成為今天或來日的歷史，那麼你就是錯將維若妮卡．夏奈思當成是史匹柏之流。她遠比史匹柏更富有抒情情懷，且少了他的教條主義。更準確的說，她是一位預言女巫，但或許是你尚未十分信服的一位。在超出你我的所知範疇，扮演我們這時代的女巫。

7作者也許認為韻腳（anapest）對英語世界的讀者算較艱澀的字，有些讀者若是不認得，可能會從上下文的乏味來推敲，誤以為這個字是某處地名。

第一個故事——

在荊棘叢

他們逼我父親在荊棘叢跳舞，然後殺了他。

我以前覺得這是隱喻，他們拿多刺的藤蔓毆打他，或許吧。但我想錯了。

他們逼他跳舞。

就在一百五十多年前，用基督徒的算法是一五一五年，某個明亮清朗的九月早晨，他們把名叫約翰．費弗寇恩的猶太男人鏈在我們墓園的一根柱子上。他們預留足夠長度，讓他能繞著柱子走。隨後他們在他周圍擺煤炭並點燃火焰，拿鐵耙盡可能推往費弗寇恩先生，直到他被活活烤熟。

他們說費弗寇恩先生坦承偷竊、兜售並毀損聖餐禮，計畫毒害馬格德堡（Magdeburg）加上哈爾貝城（Halberstadt）的所有基督徒，再放火燒他們家。他綁走兩個小孩只為殺害他們，用鮮血舉行儀式、投毒井水並施展巫術。

我差點相信可憐的費弗寇恩先生對那一切認罪。

被刑求的人會承認任何事。

他們說，最後我父親承認偷來他擁有的每一枚塔勒銀幣。

但我不相信。我父親不可能。

他們說，依他們曆法的一四六二年，在村莊平恩（Pinn），我們之中的幾個人買下農夫的孩子折磨至死。他們還說在他們的一二六七年，弗茲海姆（Pforzheim）的老婦賣孫女給我們，而我們把她折磨死，再扔屍體進恩茲河。

是誰賣掉親生子女換黃金？

我父母不會放棄我或家中任何男丁去換全黑森（Hesse）的金子。難道異教徒墮落至此，連自己的孩子都沒有能力去愛？

我七歲時父親失蹤，剛開始我們不擔心。我父母親是胡伊斯特（Hoechst）的典當商，媽媽在我們家打理生意，爸爸利用週間跑遍黑森鄉下，兜售她典當得來的物品，跟鄰近城鎮的顧客做買賣。

他盡力回來陪我們過安息日，但直到蠟燭燒盡，他依然沒回到我們身邊，這也不算反常。

不過幾乎總是再隔幾天他就回家，偉岸身影從門廊浮現，一個擁抱讓我飛掠空中，散發胡伊斯特以外世界的氣味。我排行最小而且是唯一的女兒，雖然做父母的據說對兒子比女兒更感欣慰，我堅信爸爸疼愛我勝過所有哥哥。

父親是高大的男人，我在那方面像他，還有其他相似處。我有他的黑髮和他的藍眼珠。可是父親的目光笑看世界，我反倒擁有母親的個性，使我成為嚴肅的孩子。

當父親用雙臂抱起我親吻，他的鬍鬚擦過我臉頰。我對爸爸的鬍鬚感到驕傲，他極力悉心照顧：修剪得整整齊齊，不像我爺爺的鬍子，滿臉參差不齊又到處亂冒。媽媽的爸爸鬍鬚也斑白，父親的漆黑如墨，我從未見過一根白毛。

我們有一棟好房子，不太小也不太大，我們住在胡伊斯特的好地段，但沒有太好。我父母在美茵河畔法蘭克福（Frankfurt am Main）的猶太區長大，可是法蘭克福那區只有幾條街，我們人又這麼多。所以我們猶太人不得不移動。

即使路上充滿危險。

胡伊斯特是好地方，我們擁有美好的家，但沒有太好。媽媽懷上我大哥後挑了這棟房子。「太好他們會嫉妒，」她告訴我，「所以不要太好。可是不夠好的話，他們又不來做生意。還有，」她補充，「我想要我的孩子在乾淨地面玩耍。」

我們有一些猶太鄰居，我多半跟他們的小孩玩。基督徒小孩很好，但他們時而畏懼我們，抑或鄙視我們，我從來不曉得該期待哪一種。我有陣子跟英格交朋友，可是當她姊姊看見我們一起玩，英格臉色漲紅，拿我的洋娃娃頭往樹幹猛砸。然後她站起來跑回家，她姊瞪著我。

此後我變得比較不友善，即使父親那星期回家時修好我的娃娃，也如我所求仿照娃娃往我頭上綁繃帶。

有些人覺得密集帶來安全，但我母親的想法不同。「我們人太多，聚得太近，」她分析，「他們就覺得我們暗中對他們不利。當然，他們也不喜歡我們搬得太深入他們的地方。我盡我所能求取正確的平衡，親愛的。」她說道。

這就是我的母親，遵循邁蒙尼德斯（Maimonides）的教誨，哲人寫下要我們絕不靠近任何極端，而應信守正直的道路，即中庸之道。藉此她試圖保護家人。

或許她成功了，因為死亡天使沒在我們家意外降臨。

父親趕路時死亡纏上他，但我們起初並未過度擔憂。我母親從第二個安息日他還沒回家就開始擔心，但連那也不是第一次了，我完全不擔心。實際上我還更開心，因為父親旅行愈遠，他回家帶給我的禮物就愈令人興奮。

可是媽媽跟我的叔叔利波並肩坐著，苦惱不安，兩人像兄弟姊妹般倚著頭。叔叔跟我們住在一起。利波叔叔是父親的小弟，他的髮色金黃，像我的母親。我非常愛他，儘管不像愛父母那樣。利波叔叔是我的玩伴、我的朋友、我的長兄——倘若哥哥們曾花時間陪伴孩子氣的我。但利波叔叔也夠年長，足以成為我父母的心腹。有時他陪我父親上路，有時他留下來幫我母親的忙。

我慶幸父親最後一趟出差他待在家裡。我不認為他能扭轉局面。然而利波至今不肯原諒自己。

「生病，謀殺，綁架。」我母親平靜道來，彷彿在列雜務清單，可是她的指節發白，雙手緊抓裙襬。

「沒事的，艾絲緹。」叔叔回應。「雅可夫好幾次上路奔波許多天。可能生意好，他不想打斷好運氣。到時候妳這一切擔心都是徒勞。」

「他們綁架一個男孩，一位學者，」媽媽說，「在莫拉維亞（Moravia）到克拉科夫（Cracow）途中。」

「沒人綁走雅可夫。」我叔叔斷言。他個性像我父親，總是樂觀開朗。

「如果我們賣掉房子，」媽媽繼續說，彷彿沒聽見叔叔說什麼，「我們有辦法付一大筆贖金。」

「不需要這麼做。」叔叔堅定回答。

母親的恐懼沒嚇著我。即使我是嚴肅的孩子，父親在我眼裡宏偉如樹，肯定比媽媽或利波叔叔或胡伊斯特的多數人高大。

而且我父母在胡伊斯特廣受敬愛。父親跟比他年輕的基督徒男人喝酒抽菸，當他伸出手，他們願意握。

過完我父親缺席的第三個安息日，利波叔叔也開始擔心。叔叔裝開心的把戲歸於沉寂，他跟我母親壓低音量交談，當我靠近到聽得見的距離，他們的交談就突然中斷。

第四個安息日過後，叔叔把食糧裝進單肩背包，帶上我母親的一袋典當物品，宣布他打算去找我父親。

「別自己一個人去。」母親叮嚀。

「我該帶誰上路？」叔叔問。「孩子們？妳也必須留下來經營生意。」

「帶個朋友，問隔壁的納塔尼爾。他年輕力壯。」

「我也是啊，艾絲蒂。」叔叔說。他滿懷情感緊握她的手片刻才放開，隨即後退一步，離開我們平安無虞的家。「而且，」他說，留意到我和身旁的哥哥海曼停下拋石子遊戲觀察傾聽。「我敢說雅可夫正躺在某個地方舒服的床鋪，等待高燒消退。我肯定要好好教訓他，竟然沒傳話回家給他的妻子和家人？說不定我還會敲他的頭！」

想像瘦弱的利波叔叔揍高大強壯的父親，那幅畫面滑稽得令我咯咯傻笑。

叔叔轉頭面向我，假裝板起臉。「妳嘲笑我，伊特蕾？」他說。「噢，真可惜妳沒見過妳爸跟我小時候！我把他打得滿街跑，更別說他年紀比較大！」

我又大笑，叔叔似乎很滿意。可是他向我們揮手、轉身要走時，他的臉色變了，看起來近乎恐懼。

他離家期間是我所知道最漫長的兩週。媽媽焦躁易怒，哥哥全都忽視我，只有海曼除外，他在兒童宗教學校學什麼就教我什麼，以此取樂。我試著專心，可是我想念叔叔的笑話和把戲，我也想念父親的擁抱與吻。我養成吸吮拇指求取慰藉的習慣，回到嬰兒時期的行為。當然了，只在哥哥沒看見時這麼做。母親倒是抓到我幾次，但她假裝沒留心以免我難堪。

我從窗戶望見利波叔叔回家時，哥哥全都不在。他的面容扭曲，我分不清是玻璃波紋的效果，或是某種深沉的悲苦。

媽媽和我拋下手中叉子和餐點到門口迎接，那時他顯得平靜下來。母親招呼他進廚房，給他一小杯櫻桃利口酒穩定心神。接著她要我去外面玩。我拿起哥哥的舊環和棍子，現在他們已大到不想滾鐵環，但我依然喜歡玩。我盡可能放慢速度朝門口移動，這時叔叔舉起手而我停步。

「不，」他堅決說道。「她該留下來聽。還有她的哥哥，他們在哪裡？他們也應該回來聽這件事。」

母親直視他的目光，隨後點點頭。她派我出去找哥哥。我們四個全回家後，母親的臉色憔悴且緊繃。多年以來，我想叔叔終究將父親在世最後一天的故事私下告訴母親，待我年紀較長時她卻否認。她說一看利波叔叔孤身回來，她早已明白再也見不到父親。

我們四個坐在他們中間，大哥握住母親的手。叔叔向我張開雙臂，我爬到他腿上。我個子高，即使還是小孩，我也不再那麼輕巧，但我想這帶給他的寬慰甚至比我多，所以我慶幸自己窩在他身上。當時我仍然執著期盼好消息，希望爸爸費了好一番工夫談成絕佳交易，現在我們全家富裕到做夢都難以想像，所以至今爸爸還在盡快趕回家的路上，他的口袋裝滿了零食。

叔叔環抱住我，平靜從容開口陳述。「艾絲緹和孩子們，雅可夫死了。他不會回家了。幾天前我剛埋葬他，用我的雙手埋葬他。」

母親發出嘆息，不知何故她的臉龐放鬆下來，彷彿預料中的打擊終究降臨，帶來某種解脫。

哥哥的臉看起來茫然中帶點困惑，我猜我的也是。我不太相信叔叔說的話。我心想，可能他弄錯了。但我能分辨叔叔是真心悲傷，於是我伸手輕拍他的臉。

「沒過幾天我遇見霍夫曼，把我們擔心的事告訴他。」霍夫曼是一位商販，我父親和叔叔成天在路上遇見他，至聖日也在猶太會堂打照面。他住在相隔不遠的小鎮，平常繞行的旅途比我父親長得多。不過事有古怪，他竟然在屬於我父親的鎮做生意。

「他說我兄弟地盤無人照料的話已傳開，否則他不會貿然踏足。他提議我加入尋訪，於是我們結伴前行，直到抵達多恩堡。他們自稱為『堡』，但地方根本沒胡伊斯特大。城鎮名不虛傳，我們走近時，路邊每一片灌木林中都長著荊棘叢[1]。

「雅可夫的屍體吊在路旁立起的絞刑架，就在城鎮外。

「我們一直等到入夜，割斷繩索放他下來，趁黑暗的掩護埋葬他。我在墓地旁放了幾塊石頭，艾絲緹，但除此之外，我沒留下標記。我不想冒險引他們挖掘他出來。願他安息。」

母親的臉僵硬如石，叔叔的聲音鎮定，可是我頭頂被叔叔的淚水浸溼。我依然想不通，於是在叔叔大腿上轉身面向他。

「那麼爸爸什麼時候回家？」我問他。我無從辯解，當時我明白死亡的本質。也許我只是不想

---

1 在德語中，多恩堡（Dornburg）的「dorn」有荊棘或刺的意思。

相信。

叔叔用手掌捧住我的雙頰，直視我的目光。「他不會再回家了。多恩堡人殺了他。他死了，像兩年前你的嬰兒弟弟那樣。」

「怎麼會？」我無法想像。在我眼裡爸爸高大如熊，論力氣抵得上兩頭熊。他可以讓我飛在空中盪來盪去，從來不會累。他可以把我最大的兩個哥哥同時摔倒。他甚至能抱起我媽媽。

「他們逼他跳舞，親愛的。他們逼他在荊棘叢跳舞，然後他們吊死他。」

「為了什麼？」驟然我母親喊叫出聲，「他們為什麼吊死他？」

「偷竊。」我叔叔回答，視線沒離開我的臉，「他們說他的錢全是偷來的。據說他們把他的所有給了某個流浪提琴手，那人把自己安頓得舒舒服服。對七口之家來說少得可憐的財物，對一個流浪漢卻很豐足。」

「我爸沒偷過任何東西。」我說道。那一刻我領悟發生什麼事了。只因為我父親已死，這些人就能說他壞話。

「從我們小時候就沒有過。」利波叔叔覆議。

我將雙手貼上他的手，專注凝視他的雙眼。若我父親無法向詆毀他的人討回公道，我來討。

「我會殺了他們。」我對叔叔說。我的聲音沉著且相當真誠。「我會用死亡包圍那座城鎮。我會用死亡纏繞他們的心臟，讓他們粉身碎骨。

「我會殺光他們全部，每一個人。」

叔叔並未嘲笑我，或是撥亂我的頭髮，或者叫我走開。他反而迎向我的目光，點點頭。接著他握住我的手說：「就這樣吧。」

他講這句話的語氣近乎敬畏。

多恩堡居民對他們的故事感到自豪，關於他們如何除掉討人厭的猶太商販。一位過路的提琴手如何將猶太人騙進荊棘叢，而後彈奏一把神奇的小提琴，迫使他在荊棘中跳舞，全身皮膚劃破流血。提琴手又是怎樣不肯罷手，直到猶太人奉上全部金錢。

猶太人如何在鎮上逮到提琴手，使他因偷竊被捕；提琴手如何再度演奏，強迫所有人跳舞（據說多恩堡居民時常省略這部分，以免顯得愚蠢，黑森地區的其他異教徒倒是樂於補述），直到那猶太人承認偷竊。血淋淋又耗盡力氣的猶太人認罪，明白自己永遠看不到家門或妻兒，然後是他而非提琴手被吊死，屍體吊在城鎮大門外腐爛以示警告。

如何在某天早晨，整個多恩堡城鎮一覺醒來，發現死神已將屍體帶往地獄。

利波叔叔說爸爸再也不會回家見我，但我不太相信。我夜夜守候許多年，等著他的腳步聲，想輕撫他的黑鬍子。我每一晚都在等他裝滿零食的口袋跟他的擁抱。

我還是想不通自己為何等待，滿懷著希望。我知道叔叔說過什麼。我的小弟弟兩年前死於一場高熱，父母傷心欲絕，而我仍然懷念拿頭髮搔弟弟臉時，他的笑聲多麼讓人開懷。他很快地在幾個月內來了又走。爸爸總是在我身旁，我覺得我無法想像他再也不會陪伴我。

我知道最好別告訴任何人我在等，儘管如此我還是等。

我想我現在依然在等。

母親不曾從利波叔叔帶回的消息中完全恢復，當多恩堡猶太人的故事成為街談巷議，她的心靈更受折磨。她一向這麼小心翼翼，極其留意能夠安撫基督徒的微妙平衡，好讓我們安適度日。得知自己窮盡心血的努力輕易潰散，鎮上長年和我父親做買賣的鎮長和法官，竟然聽信一位流浪提琴手而吊死他；父親向他們收購物品，兜售與放款，一起飲酒、擲骰子和歌唱的鎮民竟然聚集歡慶。我猜想這對她來說難以承受。

母親成為我童年以來記憶中那個蒼白而安靜的影子。她盡可能待在屋裡，迴避接觸家人以外的人。她吃得少睡得長。我想念她的嚴厲。她一直是我生活中堅毅可靠的支柱。理所當然，生意隨著胡伊斯特的家庭愈來愈少到訪變差，母親拒絕尋求他們的陪伴。此外她遭受詭異的疼痛與疾病，既無由來也沒有盡頭。

如果不是利波叔叔和隔壁鄰居，我想我們可能會挨餓，隔壁家的大女兒過來幫忙我母親度日。我學會喊她吉特阿姨。有種說法傳了一陣子，說她企圖吸引利波叔叔的目光，我應該是太年幼而沒能留心或體會。假如不僅是說說而已，那她註定失望，因為從來沒有任何女人能讓我叔叔看上眼，他寧可要其他年輕男子的陪伴，儘管幾年後他才認識生意夥伴伊里亞斯。

利波叔叔接手我父親的商販地盤，大哥希爾許加入行列，十六歲的他曾嚮往赴維也納發展，卻甘願成為小販，好讓家中餐桌不缺食糧。吉特阿姨幫助我母親恢復心神，慢慢重振尚存的生意，讓海曼能繼續就讀兒童宗教學校。才十三歲的年紀，尤瑟夫已經展現社交長才，偏好與夥伴相處而非嚴謹學術研究。如今他在美茵茲（Mainz）經營酒館，跟母親的一位遠房親戚同居並學著做那行的生意。

海曼全心投入課業，於在世與死去拉比的教誨和評論中尋覓我們失去的父親。但我曉得他在那些地方永遠找不到，因為我父親從來不是愛讀書的人，卻一直為海曼的智慧與研究資質感到驕傲。

我還年幼，雖大到足以在房屋內外幫忙，但其他事多半無能為力。大部分時間我獨自跟洋娃娃待在一起，用手指撫摸父親修補她留下的疤痕，恍然不覺拇指已伸入嘴裡，直到只比大哥年長兩歲的吉特阿姨溫柔提醒，我已是大女孩不適合再做出這種行為，並且派我去做點瑣碎雜務分散注意力。

我終究開始讀尤瑟夫不要的書。一向擁有學者精神的海曼利用讀書休息時間扮演導師，在我身上演練他未來的職業。

時光流逝，或許那正是最終極的背叛，沒有我父親的生活變得尋常。感覺有時彷彿只有我記得他，雖然明知並非如此；彷彿只有我想念他，儘管利波叔叔必定深刻體會兄長的缺席，哥哥童年時期照顧他，成年後把他從美茵河畔法蘭克福帶往胡伊斯特，兩兄弟總是聚在一起，即使我們眾多家族成員如蒲公英般吹散，彼此再未相見。

利波叔叔肯定像我一樣孤單。

媽媽也從未再嫁。

所以覺得沒人像我這麼失落或許愚蠢，但我確知父親與我以獨特方式珍視彼此，唯有最幸運的父女享有。

有時我懷疑，多恩堡人喊他蓋格先生的提琴手，是否對自己的女兒有那種感受。他在她身邊總是顯得搖擺不定，彷彿他想去愛她卻不知從何著手。有一次他告訴我，等她長大點、擁有真正的個性後他會更愛她。不過在我眼中她一直有十分強烈的個性，從一開始就有，連吃奶的時候都是。

我原本可以告訴他如何愛她。我本可以告訴他，愛一個嬰兒就是每當她哭喊時醒來，即使你連夜沒睡好覺，幫她清洗更衣，即使她把自己弄得很噁心。她感冒時熬夜煩惱並看著她睡覺，抱著她在房裡跳舞一圈又一圈不停歇，因為她的喜悅太值得你雙腿發疼。講故事給她聽，相信她懂的比她能說出來的多。我原本可以告訴他這些，但我沒有。

他不是壞父親，卻也稱不上好。而我沒幫他。

母親過世時我十七歲。她似乎被我們異教徒鄰居的背叛壓垮。我相信是多恩堡人殺了她，一如他們殺我父親般有把握。她臨終前親吻我，祈求上帝指引我尋得安穩的家。而後她離世，上帝沒給過她答案，求不得心靈平靜，煩憂仍浮現在她無生氣的臉龐。

母親死後我成為吉特阿姨的主要幫手，因為尤瑟夫兩年前去了美茵茲，海曼則對家中生意不感興趣。此外，海曼過去和現在都勤奮聰慧，卻不精明。他的那種智慧有辦法長篇精準引述《妥拉五經》（*Torah*），分析爭端中最細緻的論點，但他從來無法加總一列數字兩次並得出相同答案。殺了他也辦不到。

我期盼這種情況永遠不會發生。

我成為吉特阿姨的幫手，她卻不需要我。她和我的大哥希爾許在前一年結婚，由她接管生意合情合理。她非常擅長與人相處，十分討人喜歡，而且她跟希爾許相處和睦，生活和事業上都是夥伴。她懷孕時同樣不需要我，因為她有自己的姊妹，母親也住在隔壁。

我想是她希望我嫁給她的兄弟納薩尼爾，而他也並非難以親近。我倆本會配成一對佳偶，可是我知道母性將摧毀一切計畫，包括親臨父親墓地並向終結他生命的人尋仇，我會因此對孩子感到虧欠。讓我自己涉險那是我的抉擇，我的特權。但假若我有小孩——父母親不應當拋下孩子，絕不。我深知失去最大保護者與照顧者對一個人有何意義，日出日落恆常面對，在依然年幼的時候。我絕不會對我小孩這麼做。我們的命是屬於孩子的。

母親已入土，她最小的孩子也長大成人，我的叔叔利波漸漸坐不住。他走訪沃姆斯（Worms）時遇見伊里亞斯，此刻希爾許和吉特阿姨安家立業、尤瑟夫定居美茵茲，他也深切渴望能在沃姆斯擁有自己的生活。海曼和我要選擇自己的路。

海曼對未來不太有過疑問：他實現夢想，赴克拉科夫的耶許瓦法典研究院繼續深造。我告訴希爾許和吉特，還有海曼，我要去沃姆斯找利波叔叔，到了那裡，或許在這麼多的我們人裡頭，我會找到一位丈夫。

我想他們相信我，儘管所有兄弟中最了解我的海曼疑惑皺眉。利波叔叔不發一語接受我的決定，隨後我們計畫啟程。

我們全家共度的最後一夜跟這陣子的晚上大致相仿，有身孕的吉特和希爾許商議未來，海曼跟我聊他的研究規劃，利波叔叔獨自坐在一旁寫信，這封信寫給尤瑟夫，詳述我們的計畫。

我叔叔說，倘若天氣好且路上未橫生險阻，從胡伊斯特動身到沃姆斯約莫四天旅程。不過我們靠運貨馬車載隨行家當，出於必要，前進得會比他行商時緩慢。利波叔叔、海曼與我三人共赴這一區的猶太會堂，那裡的人為我們祈求旅途好運，隨後我們各奔東西，年齡與情感上與我最貼近的哥哥親吻我的臉頰，將行李從馬車拉下甩上肩膀，轉往東北與他的學術前程。他的臉龐因興奮發紅，可是旅途長達六百英里，他是第一次獨自落單。其後幾個月，我想像他孤身在路上，遭惡棍襲擊，或在陌生人之間病倒，我們沒有任何一人能握住他的手或遞水給他。

叔叔與我在靜默中徒步一陣子。可能過了半小時，他持續望向前方道路卻小心翼翼開口。

「伊特蕾，妳知道的，當然伊里亞斯和我永遠歡迎妳。妳一直最受我疼愛，我自豪了解妳不亞於任何人。我勇敢而青春正盛的姪女想必在醞釀比找丈夫更複雜的計畫？」

「是的，」我回答，「我是。」但我沒細說詳情。

當我們停歇吃晚餐，他又舊話重提。當時他吃完我們帶的麵包和香腸，倒給自己一小杯櫻桃利口酒。他往後倚著馬車並直視我的眼睛。

「所以說，親愛的，妳那些計畫是什麼？滿足妳的老叔叔一下嘛，讓他知道妳的祕密。」

我對他微笑。「我真心想看見你安頓下來，叔叔。當你在沃姆斯安適落腳，生意也跟伊里亞斯的整併，忙得有聲有色，我相信那就是我再次動身之時。」

利波叔叔揚起雙眉，示意我繼續說。

「去多恩堡，叔叔。我會去多恩堡，我要看著提琴手嚥下最後一口氣。」

叔叔再幫自己倒了酒，慢慢啜飲。「妳打算怎麼辦成這件事，孩子？」

儘管我長久琢磨這個問題，開口時我的聲音似乎來自遠方。「我還不曉得，叔叔。要看我是怎麼找到他的。但我必須去做，我從小就知道。這些想法哽著好像……好像……」我找不到合適的字。

「像妳的一根心頭刺嗎，我的孩子？」叔叔接話。

我點頭。

叔叔喝光他的酒。「是啊。」他說道。

「我想妳是我們之中最勇敢的。」他開口後又停頓。「我應該去──我該陪著他的──我會去──」

我輕觸叔叔的手臂攔阻他。「不，你該去陪伊里亞斯。我是我父親的女兒，我將前往多恩堡。」

叔叔放鬆下來，鬆開他一直緊緊抓住的錫杯，杯身往內凹陷。他的臉上慢慢恢復神采。「我想我明白，」他說，「等我安頓好，我會護送妳去多恩堡。假使妳在路上有什麼變故，雅可夫絕不會原諒我。」他開始收拾我們的東西，準備繼續往下一處客棧啟程。

「就這樣吧。」他補上一句，當我仍是坐在他腿上的小孩，說的也是這句話。

我確實想知道該如何復仇，但我沒想過在那之後脫身。我沒預期能逃離多恩堡。我指望報仇後，最後落得跟我父親同樣的下場。但我沒把這話告訴叔叔。要是聽我這麼說，我知道他無法如此樂觀。

那晚，美濁逆夫人（Matronit）在夢中來訪。我不曉得她是何方神聖，只知道她並非人類。她是月亮，她是森林，她是我童年的布娃娃。但她十分嚇人，我驚恐不已。

她朝我微笑，穿過月光和樹木沙沙聲和我的洋娃娃帶裂縫的臉，她告訴我遠離多恩堡。

「絕不。」我答道。這時雲影遮蔽月亮，林木爆裂，我的娃娃頭部粉碎。

她隨即消失，徒留空中一聲輕響證明她的離去。

我在隔天晚上第二次做這種夢，第三天晚上也是。不過第三場夢有不同的結尾。夫人並未粉碎一切並離開我，她的臉反而變得嚴肅，在我眼前化身為女人的形態，變成美麗怪物，是我心愛的母親，其眉宇間無有恐懼，彎刀般的爪子樂意撕裂殘殺。她的髮絲有如彗星尾巴奔離頭頂，鮮血沿著臉流淌。她的雙腳踏足死亡，頭顱直抵天堂。她的臉蛋既蒼白又陰暗，驕傲朝我得意微笑。

我來了，我的女兒。

沃姆斯比胡伊斯特大許多，但我叔叔適應得沒問題。我猜從一鎮到下一鎮的商販，必定能習慣紛亂的人群和地方。我很喜歡伊里亞斯。他有著優雅的棕色鬍子，而且非常喜愛我叔叔。我決定自行前往多恩堡，以免打擾他們寧靜的日常生活，但叔叔聽不進去，伊里亞斯也是。

「獨自上路的年輕女子可能遭遇不測。」伊里亞斯說，「利波和我都見過這種事。有他護送妳，妳將安全無虞，保證比誰都安全。」

我點點頭表示同意，暗自高興沿途中有叔叔的陪伴和精神支持。

「可是小伊，」利波說，「妳到多恩堡以後怎麼辦？妳……看起來那麼像妳父親。每次我看著妳就看見雅可夫，而妳父親……妳父親有一張以色列的臉[2]。」

我記得夢中女子，那女人有彎刀般利爪，她的腳踏死亡，頭在天空燃燒得像太陽。還有鮮血，血順著她的臉流下。「我還不曉得，叔叔。但我相信會有辦法。」

2 指雅可夫和伊特蕾父女有著猶太人的典型容貌。

那夜她來找我，在我睡覺時。我雙眼張開，從床鋪坐起，口中開始冒出字句，用我從未聽過、更別說學過的語言。我竭力控制舌頭一段時間，久得足夠吞吞吐吐說出：「親愛的上帝，我怎麼了？」

我在這裡，我的女兒，這句話在我頭顱中迴盪。我的腦海裡湧入月光、森林與戰爭畫面。

「妳是誰？妳在哪裡？」

我在這裡，降臨者又說。

「我著魔了嗎？被鬼魂附身？」

我察覺降臨者動怒。**我非鬼魂**，它說。**我是妳最親密的朋友與同盟。我是保護孩子並為孩子復仇的母親。我是人稱美濁逆的夫人，我現在透過妳的嘴說話。是我使海水乾涸，是我打動喇合**[3]**，我是施予嚴懲的母親，我是救贖雅可夫謎團之人。**

「母親？」我倒抽一口氣。

3《約書亞記》中，耶利哥城居民喇合（Rahab）聽從上帝旨意，協助掩護希伯來人密探。並於軍隊入城後歸化猶太教。

我是所有以色列子民的母神。我也是妳的講經人。

「我的母親死了。」我對空氣說。「而且我很虔誠——除了主我不信別的神。」

我一直是以色列的女神，即使如今我的子民拒絕信仰我。我是舊日的女神，那時我受到敬愛與畏懼。我的雕像豈非立於耶路撒冷的神殿中？莫非我不曾守護聖地[4]的家戶？當以色列的子民違抗耶利米[5]，人們豈未朝我焚香，向我倒祭酒，於上埃及以我的形象做餅？難道我沒有代表以色列子民與那名字[6]交涉，不只一兩次，而是許許多多遍？而我豈非將要帶給妳勝利的講經人，若妳肯如舊時般擁抱我？

「這些是莫大罪孽，」我低聲說，「偏離上主的道路——」

他是善妒的神，她接著說。但不只他如此。妳親生母親難道不是以我為名？

「我母親取的是她祖母的名字，她叫——」

4 在《聖經》裡指以色列的土地與巴勒斯坦。

5 耶利米（Jeremiah）號稱流淚的先知，忠告不被同胞接受，眼看著耶路撒冷遭新巴比倫帝國攻陷。

6 指上帝。猶太人通常稱主（Adoani）或祂的名（Hashem），不直呼上帝的名字耶和華。

以斯帖[7]。以我這以色列的女神為名，我有過許多名字，包括阿斯塔蒂[8]，包括伊絲塔[9]。每次妳喊她的名字就是在崇拜我。

妳不明白嗎？我將使妳的復仇成真。

「怎有如此母親，」我憤怒說道，「沒在十年前保護一位以色列的子民，讓他在多恩堡遭折磨殺害？而他只是眾多不幸者的其中一人。」

我的腦袋安靜下來，我想那位降臨者、美濁逆夫人已離去，但她隨即又對我的靈魂說話。**我已經深深……衰弱。那名字是善妒的神，他的先知破壞對我的敬拜，我的力量隨之削弱。但我依然能做妳的講經人，指引妳得到正義的勝利。回過頭來，妳要奉行我的敬拜儀式，幫助尋回我原先的一些力量，正如妳的兄長將於克拉科夫的進修中知悉我，即美濁逆夫人，神聖的顯現。**

「我哥哥只會學習最虔誠的教義。」

當他進展至卡巴拉[10]的思想，他將知悉我。而我要做妳的講經人，實現妳的復仇。

---

7 以斯帖（Esther）是波斯帝國的王后，在她干預下猶太人得以長久住在波斯，而波斯猶太人別名「以斯帖的孩子」。
8 阿斯塔蒂（Astarte）是古代腓尼基人的豐饒與戰爭女神。
9 伊絲塔（Ishtar）是古代美索不達米亞人的豐饒與戰爭女神。
10 卡巴拉（Kabbalah）是猶太神學的重要層面，探討永恆上帝與有限宇宙（神的造物）之間的關係。

「我的講經人？」

妳的指引，妳的導師，以及更多。我將附妳的身，棲居妳的靈魂，但我不會奪走妳的掌控。我要在前方引導使妳強大，但我將讓妳保有人性。待此事辦成，我將離去。

「妳說會帶給我成功？妳將使我實現對多恩堡的復仇？」

是，我的孩子。拜妳所賜，多恩堡必成荒土。

不過片刻，我心已定。我背棄教給我的一切，無意對主不敬，而是出於滿腔怒火，因為我領悟我再怎麼虔誠，我父親再怎麼虔誠，我兄弟再怎麼祈禱，主允許我父親受苦，被荊棘劃破，隨後於鎮民嘲弄間吊死。那麼，我該如何看待祂？假使這夫人能帶給多恩堡毀滅——「那就附身我吧，母神。」我說出口。「我同意正義的附身[11]。我歡迎妳，我也將奉行妳的儀式。」

夫人答話前稍稍停頓。**那麼妳得了解，我必先使妳的靈魂準備好接受我。妳也得了解，這不可能毫無痛楚。妳的叔叔和他的夥伴將目睹妳高燒折騰七個晝夜。妳將就此改變。妳將遭我授予妳的知識燒灼。**

11 猶太人的觀念中有兩種附身，相對於惡靈附身，正義的附身（ibbur）是為了幫助遭附身者，增強他的能力以實現心願。

我不莽撞，因為我曉得自己接受的是什麼。我的靈魂曾遭燒灼，在我七歲的時候。

叔叔和伊里亞斯在我燒到痙攣時堅定不移看顧。我嘔吐，他們告訴我，連續不斷，直到我的身體嘔不出東西，接著我渾身發顫，連水都不肯吞嚥。他們日後告訴我，他們不相信我能再恢復意識，伊里亞斯還私下低聲說，叔叔不只一次坐在我床邊流淚。或許我感覺不到萬般痛苦是種幸運，我不記得任何一絲苦楚。

我記得的是幻象，因為叔叔坐在床邊時我沒跟他一起。我根本不在那裡。我置身將來，身在我的同胞之間，當他們五年後遭逐出維也納，當他們在下個世紀被趕離波蘭。我看見我們在那整個世紀的解放，我也看見崩塌——隨後我置身動亂，目睹整個巴伐利亞的父母在家園焚燒時緊緊抓住孩子，學識淵博的教授和他們的學生撕碎自己的藏書，更慘的是老人家被乾草叉刺穿，鮮血從喉嚨冒湧而喊不出聲。一次又一次，我看見局勢如鐘擺晃動，我同胞的解放近在眼前隨即被奪走，斬斷伸向它的手。

我還看見更壞的情景。我周遭的世界充斥一閃即逝畫面，噩夢幻象中石子路輸送金屬野獸，家屋焚燒，人們像牲口被逼進機械車廂，哭泣的孩童與父母分離，嬰兒的頭顱撞上牆壁，飢餓不堪，以及鄰人對付我們，樂見我們蒙受屈辱殘殺。無論我把頭轉向哪裡幻象皆長久持續，而且沒有緩解，亦無正義，到處都沒有正義。

「怎麼了？」我問夫人。「我發生什麼事了？」

這一切並未發生，尚未，她告訴我。**妳見我所見，不只跨越空間，還包括時間。這些尚未發生，但將會發生。全都將發生。**

「主呢？祂怎麼說？祂為何會——祂為何將要遺棄我的同胞？」我靜靜激動呼喊。「難道我們的祈禱毫無意義，完全不算數？我們與主的聖約又算什麼？莫非亞伯拉罕[12]白白砸碎父親的偶像？一切是徒勞？」

夫人對她說的每個字小心翼翼。**那名字——那名字……渴求權力。他一向如此。他駕馭權力的浪潮，不在乎誰在底下壓得粉身碎骨。他從來不管。**

「所以祂將遺棄我們？」

---

12 亞伯拉罕（Abraham）是猶太教、基督教與伊斯蘭教的先知，也是希伯來人和阿拉伯人共有的祖先。

我的女兒，很久以前他就遺棄過以色列。

如果我做得到，我會啐一口唾沫。「那麼我將遺棄祂。」我告訴她。「為什麼我該保持虔誠，為什麼我、或我們任何人該奉行儀式或遵守聖約？」

我的女兒，如果妳不這麼做，妳會是誰？

我醒來時失去聲音，咳出鮮血。當我看見利波叔叔睡在我床邊的椅子上，淚水從我眼裡流下，為他的無知，也為他懷抱的希望。我為希爾許的嬰孩哭泣，以及所有即將降生的孩子而哭。叔叔醒來，擦拭我的淚水和鼻子。我能夠握他的手並輕聲說我好多了，但這個舉動使我耗盡力氣，再度陷入沉睡。我完全沒有夢。

我不好。我想我永遠好不起來。

隨著我慢慢恢復力氣，我信守與夫人的約定。我為她倒祭酒燃香，我依她的形象烤餅敬拜。我沒向伊里亞斯或利波叔叔說明這些舉動的原因。我自己依然不確定夫人究竟是惡魔或女神——想到這個辭彙的感覺多怪異啊。假使她是前者，我不想引他們誤入歧途，因為他們是好人。不過我逐漸深信她的身分如她所述，是猶太人衰頹的女神，曾代表我們與主交涉之人。否則她怎能說出神聖的禱辭？即使主不再與我的人民同在，我們禱辭的聖潔不容否認。我祈禱她的力量復原，日日夜夜。

大病一場後，過好幾個月叔叔才允許我踏上旅途。但我確實康復，很快就連他都無法否認我的強壯，力氣更勝過往。於是我們倆朝多恩堡出發，留伊里亞斯在沃姆斯照管生意。

上路第二天，叔叔轉身告訴我他不是傻子。他聽過我跟夫人交談，他透露，除非我能解釋他眼中的瘋狂行徑，他不容許我繼續前行。他不會把精神錯亂的女人丟在一個陌生城鎮，他說道。

我琢磨我的選項。

「我有一位講經人，叔叔。」最後我開口。「我的靈魂寄居著一縷正義的魂魄，指引我的步伐。請如我一般信任她。」

很奇怪，叔叔看似鬆了一口氣。「我知道這件事很開心，小伊。」他解釋。「得知妳並非毫無依靠能讓我好過一些。告訴我這魂魄的名字，好讓我也能敬拜她。」

我停頓片刻，揣想是否該提某個博學拉比的名字，但我想不到。「美濁逆夫人，」我說，「是神聖的顯現美濁逆。」

叔叔沒說什麼。我盼他祈禱時想起她的名字，那麼他的禱告就能使她更強大。

他在距離多恩堡五英里處離去。我知道叔叔不願單獨折返沃姆斯，我知道他擔心。他試圖掩飾，但我已不似十年前那麼容易上當。縱使有我的講經人，徒步兩小時後我發現自己孤身站立多恩堡牆外，凝視十年前曾吊著父親屍體任其腐爛的絞刑架，被恐慌感深深攫獲。我四處尋找叔叔述說擺在父親墓地上的石頭，不抱太大希望。倘若十年來石頭不曾被移動也太奇怪。最後我放下自己帶來、從我們胡伊斯特家庭院的樺樹下拾取的石子。

隨後我繳通行費給城門守衛，走進鎮內。

我在早晨踏進多恩堡。叔叔說得沒錯，多恩堡根本沒胡伊斯特大，待過沃姆斯以後這裡甚至比我想像中更小。一群女子聚在井邊，孩童彼此追逐放聲大笑。我緩慢步行時，他們撞上我又彈開，一個跌得四腳朝天，其他人漸漸停止笑鬧，表情尷尬。

我試著友善微笑並開口說話，但喉嚨突然乾哽。停頓的瞬間，那跌倒男孩負責發言。

「很抱歉，小姐。我沒看到妳——我們在玩，我沒看前面，然後妳就出現在那邊——」

我拉他起身，幫他拍掉衣服和手上的塵土。「沒關係，親愛的。我小時候也撞過不少成年人。他們動得那麼慢，你知道吧？」

我們交換心照不宣的咧嘴歡笑。

「你玩的遊戲我知道嗎，孩子？鬼抓人？還是——」我詢問，注意到那夥孩童手中拿著簡陋的樂器，「打仗？你在吹奏英勇的歌曲激勵士兵？」

「都不是，」那孩子大笑，「讓猶太人跳舞！我是猶太人，要是其他人抓到我，他們必須讓我跳舞直到倒下為止！」

我不由得退縮。「我——我不曉得那種遊戲，孩子。是……新遊戲嗎？」

「不曉得，」男孩說，「我們都這樣玩。」

我深吸一口氣再往外吐，忍住不顫抖。「那去吧，你們去好好玩。」

孩童又追逐起來，興奮尖叫。

「他們會知道，」我對夫人耳語，「他們會知道，會像吊死我父親那樣吊死我，然後讓這些孩子拿來取笑好多年！」

他們不會曉得，她說。**他們不會知道，因為他們看不見妳的真面目。我已對妳施法，我的女兒。他們看不見妳真正的臉，他們聽不見妳的口音，冷靜下來。**

慢慢我走向城鎮中心，路過一間酒館叫跳舞的猶太人。在那裡，我發現三、四個女人交頭接耳，並未愉快喧鬧閒聊，反倒用擔憂傷感的低沉語調說話。

「唉，這不是第一次有這麼年幼的人離世，也不會是最後一次。」一位年長婦人說道，眼中卻淚水滿盈。

「不過是這麼偉大的人哪，」稍年輕的女子說，「如此損失是兩倍的傷痛。」

「早安，女士，」我開口，「我想知道鎮上有沒有工作給勤勞的人。」

「妳選了一個悲傷的日子來到多恩堡。」最年輕的女人說。「我們最優秀的一位鎮民剛在兩天前失去難產的妻子，很快也將失去他的女嬰。他是傑出的人，對我們鎮上需要幫助的任何人伸出援手。」

「嬰兒病了嗎？」我詢問。

「她既不喝牛奶也不喝羊奶，又朝試圖哺育她的任何人尖叫扭開頭。她撐不了多久。」

我感到夫人在我體內波動，突然間我的乳房有種沉重感，幾近疼痛。

「我想我幫得上忙。」我說道。

他擁有三項禮物，夫人在我被帶往蓋格先生宅邸途中叮囑。**他有一把小提琴，彈奏時迫使所有人跳舞。他有一支吹箭，瞄準什麼目標都能命中。這兩件物品公開展示，好讓他享受自誇如何打倒邪惡的猶太人。第三項是無形禮物，卻在三者之中最為珍貴。沒有一個凡人能抗拒他的要求。**

「不——倘若如此，如果他問我的來歷——」

我會給妳力量。那一點與妳的外表我現在就能做到。妳將以自身意志與他的抗衡。

我的恐懼消退，思緒再度清晰。「所以說，當時他大可要求獲得釋放，繼續他的路途，無須使我父親上絞刑架？」

對。

「但他寧可折磨我父親，奪走他的一切再看著他被吊死？」

對。

蓋格先生只對我的來歷做最粗略的詢問。我是寡婦，我告訴他，上個月在胡伊斯特的一場變故中失去丈夫。我說，我的先生死後，基於他們與我已故雙親間的嫌隙，他家人拒絕接納我和嬰孩。我前往沃姆斯找工作，但是幾天前嬰兒在路上發燒死去，我無力再前行。這是一個相當悲傷的故事。

蓋格先生執起我的手，與我同為失去孩子落淚。他問我嬰孩的名字。

「雅各。」我回答。

我不擔心他會將嬰兒的名字連結到十年前他謀殺的猶太商販。我根本不認為蓋格先生曉得我父親的名字。我甚至無法完全確定他明白我父親有名字。

當我第一次看見艾娃，她的髮絲像太陽，比我母親的更金黃。我母親膚色淺，頭髮是淡金色，不過艾娃擁有真正的燦爛金髮。而她的眼神陰鬱，眼珠是那種風暴來臨前的蒼藍，在嬰兒身上很快會轉成褐色。她躺在搖籃裡，虛弱得只能傷心嗚叫，頭左搖右擺尋找母親的乳房。

當我將嬰孩抱向我，她緊抓住我的髮辮，比我以為她身體裡僅存的力氣大，接著她把我的乳頭含進嘴裡。我閉上眼睛，在某個可怕片刻想著什麼都不會發生，但我知道如果夫人真是任何一種女神，她必定熟知女性身體的力量。很快艾娃就在長久等待的極致幸福中閉上眼，她的吸吮從狂亂變得穩定有力，多日來嬰兒終獲安定。

我也閉上雙眼，趕路與焦慮使我疲憊不堪。睜開眼睛時艾娃在我懷中睡著，房裡只有我們倆。

蓋格先生隔天早上向我致謝。他眼中有淚，氣息聞著散發利口酒味。

我悉心哺育艾娃，同樣悉心為夫人焚香、倒祭酒。隨著艾娃變強壯，我的講經人也是。

艾娃吸奶時用她風暴夜的藍眼睛往上望著我。飽了她會把頭別開，滿足嘆氣。有時候，我覺得在她眼中看見我的鏡像，那鏡像有我真正的臉，但我知道我一定是心神糊塗。

她的頭髮開始捲曲，像我母親的捲髮。

我天天照顧她，在她哭泣時對她歌唱。她初次大笑的場景，是在我安放她於地板，走出房外拿張毯子。一離開她的視線，我立即探頭回房內喊：「哇，小寶貝！」她笑個不停。我們反覆玩了十次，直到她的咯咯笑緩和下來。

她是擁有開懷心胸的愛笑嬰孩。

她說的第一個字是「茱達」，那是我幫自己選的名字，將本名轉成基督徒對等之名。我親吻她時，她抬頭向我笑並試圖回吻，但不太清楚怎麼做。結果她張開嘴咬了我的鼻子。我笑得太開心，引得她一咬再咬，最後我們笑著滾來滾去，互相親吻。

自從爸爸讓我飛在空中一圈又一圈擺盪，我沒再這麼快樂過。

某天晚上艾娃入睡後，蓋格先生召喚我。我在他的書房找到他，正溫柔撫摸一把小提琴。

「妳喜歡音樂嗎，親愛的？」他流露濃厚醉意。

「我相信就跟大家一樣喜歡。」

他揚起琴弓。

「但我想現在不適合，蓋格先生。」

他放下琴弓。「我想妳聽說過我制伏那猶太惡棍，他的不義之財使我的人生就此起步？」

我謙遜低垂雙目。

「的確，妳怎麼會沒聽過？多恩堡靠那樁傳說發財。我一直是慷慨的人——難道我並未如此對待妳？」

「沒有的事，蓋格先生。歷經那麼多艱難之後，我非常感激你。」

蓋格先生揮手制止我的感謝，倒給我一杯利口酒。我小心翼翼接過酒杯。

「我的第一份工作，雇主吝嗇得搞不好也是個猶太人，結束後我啟程謀求財富。走不到十英里，我看見一位可憐的老婦在路邊乞討，我給她三枚塔勒銀幣，那是我在世上所有的錢。天知道她是精靈化身，為了報答我的善心，她讓我每一枚銀幣許一個願。我向她請求一支吹箭，能射中我瞄準的任何目標，以及一把小提琴，能令所有聽見琴聲的人跳舞。還有一個願望是我的祕密，親愛的！」他稍作停頓，等待我嘗試哄他說出神祕的第三個願望。

我保持沉默。

「總之，」他尷尬接話，「我繼續踏上旅途，隔沒兩天，這次在路邊卻遇上討厭的猶太騙徒，嘀咕著某種咒語。我不太明白他都在說些什麼，但毋庸置疑，他圖的絕非好事，目光緊盯樹上一隻羽色鮮豔的鳥。說時遲那時快，我用我的吹箭射下那隻鳥。接著，我客客氣氣請那邪惡老魔頭去取回我的獵物。我一直等到他恰好慢慢通過荊棘叢，然後——我的小提琴出場，跳舞時間到！」

蓋格先生被回憶逗得大笑，幫我們倆又倒了點利口酒。

「妳從未見過的曼妙舞姿，親愛的！儘管鮮血直流、衣服扯裂，他依然不得不繼續跳！他求我停止，我停下開出一個條件——他要交出全部的錢袋！他依言照辦——比我期望中少，不過仍是大筆財富。於是我繼續上路，有了一個好的開始。

「噢，但那圖謀報復、心胸狹隘的猶太佬——當然他不肯讓我得享勝利，當然不——他們是以眼還眼的民族，親愛的，既貪婪又報復心強。他一路尾隨我到多恩堡，捏造我在路上攻擊他的情節害我被逮捕！我原本會被吊死，親愛的，妳能相信嗎，如果不是我再度拿出提琴。這次我彈奏個不停，直到猶太佬承認他的一切罪行。他在那天日落前就被吊死，而我獲得他的所有財產作為獎賞——當然囉，妳知道猶太人吧，他在我們初次交易時藏了點錢。我就這麼獲得好好安頓下來所需的資本，在這座城鎮，他們尊敬我有如一等市民！妳可以看得出來我讓自己過得多好。」

「我確實可以，蓋格先生。」我一直面向地板，並非出於謙遜，而是要避免流露情緒。我再說一遍，我父親從未偷竊，心胸也絕不狹隘。他一向樂於張開雙手擁抱，心胸總是開闊，而且從不拒絕他人的求助。我想念他，我真的想。

「我只缺少共享幸福的伴侶。我以為親愛的康絲坦茲使我達成心願，我們在一起多麼快樂。我年輕時從沒想過自己會希望放棄單身，但隨著男人的年紀漸長，親愛的，他的心思轉向家的慰藉。可憐的康絲坦茲。她總是嬌柔脆弱，分娩對她太過辛苦。」

蓋格先生陷入靜默，我思索著已故康絲坦茲的命運。

「可是茱達，一個人不能永遠孤單度日。這不對勁，不健康，不符合基督教義。茱達，我知道妳會是一位多麼好的母親。妳不是已經成為我孩子的母親了嗎？」

現在我倒是抬起頭來，大吃一驚。「蓋格先生——你不知道你在說什麼——你對我知道得那麼少——悲痛仍使你頭昏腦脹——」

他傾身握住我的手。我盡力別往後靠。「茱達，我親愛的，讓我懷抱希望。給我一個吻。」

我感到他請求的力量傳遍全身，壓得我朝他而去並開啟雙唇。這不同於僅僅的請求求取，畢竟我至少可以假裝答允。我察覺夫人的力量在我背後支撐，於是我加倍堅定決心。不，絕不。即使為了誘使他陷入自滿也不行。

我想，倘若我無力抵抗，我當場就會勒死他。

但我撐住了。夫人借力量讓我施展，我以自身意志抗衡蓋格先生的魔法，阻止他遂行意念。

我站起身。「啊，蓋格先生。我很遺憾無法給你希望的理由。然而我對已故之人的忠貞阻止了我。我將全心照顧艾娃，可對你我永不能越過做你女兒乳母的分際。」

他訝異凝視我。我揣想已故康絲坦茲的處境，懷疑她是否被如此請求騙進婚姻，她是否誤將他的欲望和魔法逼迫當成自己的心之所向。

「晚安，蓋格先生。」我走出書房，留下他睜大眼睛望著我的背影。

隔天早晨，我趁艾娃晨間小睡時為夫人烤餅。我盡量多待在廚房，試圖迴避蓋格先生的視線。我猜想已有許多年無人能夠拒絕他的直接請求。我不願遭他細細打量。

但我無法永遠躲避。我逐漸意識到……該怎麼說……他的目光盯著我。而且他開始毫無徵兆向我搭話，要求我做一些事。我應允後，他要求一個吻，我不肯，他的好奇心隨之加深。

「什麼時候？」我懇求夫人。「什麼時候？我受不了繼續待在這人身邊，母親。何時妳才夠強壯？」

快了，她回答。**可是每當妳必須拒絕他的請求，我的力量就被消耗。難道妳就堅決不肯——**

「我確定。」我告訴她。「我不願忍受他的嘴唇碰我。現在辦不到，以後也是。」

一個月後的某天早晨，她說：**今晚**。

那天我全心全意陪伴艾娃，彷彿永遠不會再見到她，因為我不相信我可以。我不能帶走基督徒嬰孩，尤其是外頭流傳關於我們的種種謊言。我們不做偷小孩這種事。

但艾娃難道不屬於我？如果以愛、而非權利來評判？早上我從搖籃抱起艾娃，她的臉蛋開心得發亮，要是她鬧脾氣，只有我能安撫她。我玩的小把戲引她大笑，每當別人試圖接手抱她，兩隻小拳頭會緊攀住我。甚至包括她的父親。

我不喜歡想像多恩堡其他人死光時她會有何際遇。因為我不能殺嬰兒，沒辦法對嬰兒下手。我並非怪物。

而我又怎能帶走她？

黃昏時分艾娃漸漸睏倦，我摟著她，用最輕柔的歌聲哄她入睡。她在我懷中睡著後，我倚著她蜷縮打盹，飄浮於睡夢的邊緣。我感到平靜，覺得全世界已遠去，只剩下艾娃與我在愛中環抱。

鎮中心的大鐘鳴響午夜十二點。我動了動，但沒爬起來。我不想離開艾娃。我只想永遠將她抱在懷裡。

起身！夫人的聲音強大堅定，我立刻徹底清醒。**時辰已到**。

我坐起來，勉強從艾娃小小的身體抽開手。她伸長手臂在睡夢中找我，此外看似未受驚擾。

我準備好了，我想，十年來皆是如此。

首先我到蓋格先生的書房，拿走他的小提琴和吹箭。接著我靜靜走出屋外。我在這幾個月得知，判我父親死刑的法官當時年事已高。不久後他就死了。然而鎮長與行刑者仍值盛年。行刑者有幾個孩子與一棟美好房屋，跟其他人家倒是保持一段距離，因為沒人喜愛劊子手。儘管如此他過著好日子，即使未獲頌揚，起碼受人尊敬。我趁著月色走到他家，讓斗篷緊緊裹住身體。站在他屋外，夫人要我閉上眼睛，我一闔起眼，她就讓我看見幻象。

劊子手法蘭茲·施密特和他的妻子阿黛兒海德睡於雙人床。四下靜好。

妳有何心願？夫人詢問。

「給他一個夢。」我對她說。「妳能這麼做嗎？」

當然能。

「給他一個夢。他身綁鎖鏈被帶往絞刑架。他清白無罪，儘管如此，群眾的臉卻充滿仇恨。他想到自己的妻兒，以及他們將如何懷念他，在自己缺席下成長。絞繩套在他頸間，他發現自己鼓動口舌懇求寬恕，但法官與群眾只回以譏笑。他腳下的平臺翻落，可是繩索量取得不正確，他的脖子並未立刻折斷，反而是慢慢勒緊，使得他在空中舞動。噢，他多麼會跳舞啊！」

夫人讓我看見的幻象驟變——施密特在床上扭動，無法醒來，無法呼吸。他的臉既痛苦又驚慌。

我等待著，看我是否會感到憐憫，抑或懊悔，或者原諒。我什麼都感覺不到。

「停止他的心跳。」我說。

施密特抽搐一下，隨後歸於平靜。他妻子從頭到尾都沒動。

隨後我前往鎮長的房子。

在異乎尋常的平靜中，我走回家。我回到蓋格先生的宅邸。

蓋格先生醒來，發現我坐在他床腳邊的椅子上。「茱達？」他滿懷困惑打著呵欠。「妳在這裡做什麼？」

我沒回答。相反的，我從口袋拿出那支吹箭，折成兩半。

「茱達！妳在幹麼？」

接著我拿那把小提琴砸往床柱。如今除了碎片與琴弦，它什麼都不是。我把它扔到地下。

「茱達！」蓋格先生跳下床，現身在我面前，抓住我的肩膀。「妳知道妳做了什麼？」

我還是沒回答。我的髮辮自行鬆開，而我的髮絲，我真正的黑髮朝提琴手延伸而去，變成長滿刺的藤蔓。他邊喊叫邊試圖後退，但我的藤蔓纏住他的雙手雙腿，將他舉向空中。沒人聽見他叫，除了艾娃以外，她在隔壁房間醒來並放聲哭泣。女僕和廚子雖然天天來屋裡，但跟自己的家人同住。

我穩穩站著。

我的藤蔓將他手腳纏繞得更緊，當刺扎穿皮膚，汩汩鮮血流下他的身體。他在疼痛中扭動，企圖掙脫，卻只讓刺扎得更深。我的藤蔓讓他懸空在我面前，而我無動於衷看著他掙扎。他受折磨並未帶給我歡愉，卻也沒有觸動我的憐憫或同情。

「為什麼，茱達？」他痛苦喘息。

「我的名字是伊特，」我告訴他。隨後我對夫人說話。「讓他看見我真正的臉。」我在易容褪去、真正容貌展現時看著他的眼睛。

「你殺了我父親。」我對他說。「十年前，你殺了他。十年來我一直想念他的擁抱與微笑，而我永遠見不到了。」

「猶太女人！」他啐了一口。

「對。」我承認。

藤蔓繼續生長，包覆他的軀體，並開始扎進肉裡。他尖聲喊叫。

「我父親是像這樣叫嗎？」我問他。「你逼他在荊棘叢中跳舞的時候，他叫了嗎？」

艾娃持續哭泣。

「拜託，茱達，饒了我。」

再一次，我感覺到他請求的力量強行傳遍身體。夫人正全力增強我的頭髮藤蔓。我只能以自己的決心跟他抗衡，不過我破壞吹箭和小提琴已削弱那股力量，因為三者結合帶來更大的力量。我以自身的意志抗衡他。

「看在艾娃的份上，放過我！」

我瞪著他的眼睛。「你對艾娃一無所知！你曉得哪些固體食物她能吃，哪些她不能？你知道她從哪一天開始爬行？而且她有學著說你的名字嗎？」

我想到我的父親，讓我盪在空中，縫補我的洋娃娃，摟抱我入睡，我又想到他耗盡精力、氣喘吁吁、四肢像被火焚燒、皮膚撕裂，承認他從未觸犯的罪，曉得自己再也看不見我或我的哥哥或我的母親，我的決心就更堅定。

「我不會饒恕你，蓋格先生。」我說。我的另一縷髮絲新形成一根藤蔓，在他恐懼得胡言亂語時纏上他的喉嚨。

「艾娃——」他張嘴喊。

「艾娃是我的，」我告訴他，「你摧毀我的家庭，我會帶走她並建立一個新家。」

在我點頭示意下，藤蔓猛然收緊並扭斷他的脖子。

藤蔓放他跌落，接著開始縮小，變回我的平凡黑髮並重新綁成辮子。我低頭看最後一眼失去生命的蓋格先生。隨後又再點點頭，轉身跑向艾娃。

她一看見我的臉就停止哭泣，在淚光中抬頭朝我笑並伸出雙臂。我抱她起來，開始安撫她。我幫她換墊布，因為她尿溼自己，接著餵她喝奶到睡著。

「我要把她帶在身邊。」我邊把自己的東西扔進麻布袋，邊對夫人說。「我不在乎別人怎麼講我們。我不會留她在這裡給陌生人養育，教她恨猶太人。」

對一個猶太嬰兒這麼做是可怕之事，夫人說道。

我停下來。「她不是猶太人。」

她是猶太母親的孩子。

「康絲坦茲是猶太人？」我疑惑。

不。**康絲坦茲並非她唯一的母親**。

「她不是我的女兒。」

她是。**妳的奶水給她生命**。**她知道自己是妳的女兒**。

「剛剛我抱她時為什麼她沒哭？」我詢問，「她以前沒見過我真正的臉，只看過我的偽裝。」

她除了妳真正的臉沒見過別張臉，夫人說。**她認識妳**。**她認識妳的臉**。**她知道妳是她母親**。

我整理好行裝，抱起艾娃，她費力睜開睡眼望著我。嬰孩露出微笑，頭倚靠我的胸口，再度陷入沉睡。我把她綁在身上，拿起麻布袋，跟我的女兒一起離開蓋格先生家。

置身城牆外，我站立看著灌木與多刺藤蔓生長。它們堵住城門，並往上包圍多恩堡。

「鎮民會有什麼遭遇？」我詢問夫人。

他們明日醒來將發現太陽被遮蔽，天空被荊棘頂取代，城鎮毫無辦法脫離永夜現狀。陽光將不再照耀，作物將枯萎倒下。沒有商販能夠穿越荊棘叢。他們將會餓死。

我繼續看了一會兒，發現自己內心煩憂。我腦海中拋不開第一天到多恩堡，小男孩給我咧嘴笑容的回憶。顯然我畢竟懷有些許憐憫和同情。

「這麼做公正嗎？」我提問。「為孩童出生前長輩做的事，奪走他們的生命？」

藤蔓暫停生長。

妳質疑我？

「我確實是，」我回答，「小孩沒有力量。殺害無助的人，這還算神聖的懲罰嗎？我不希望如此。夫人，妳不該這麼做。」

夫人沉默不語。緊接著——**很好，我將饒恕孩童。妳可以帶他們去安全之地。**

我記得一個老故事，身穿彩色服裝的男人帶領哈梅恩的孩童離開[13]。但這是我想要的嗎？看管

13 指德國的民間傳說，後收錄於格林童話廣為人知。關於此傳說實為歷史事件的考證，見日本學者阿部謹也的《哈梅恩的吹笛手》（商務）。

一整個鎮上的孩童，而這群小孩年僅六歲已經在玩殺害我們人民的遊戲？

「不，」我說，「妳的提議不可行。我怎能做出這種事？難道把小孩帶離他們所知唯一的愛，使他們孤苦無依於大地徘徊，這樣稱得上寬容？沒有了家，算仁慈嗎？」

妳有何提議？夫人顯得對我不快。

我看著荊棘藤，再想了想。「我知道另一個故事，」我說，「有個公主在高塔沉睡，在她周圍冒出一整片荊棘森林。」

這就是妳的復仇？夫人質問。**沉睡一百年？他們將從入睡後醒來，而妳的人民仍在受苦。**

「不，」我同意她的說法，「一百年不夠，而是要……讓他們睡……讓他們睡……」我想到夫人曾向我展現的未來。「讓他們沉睡，直到對我同胞的仇恨，夫人，對妳子民的仇恨只剩好奇，淪為荒誕與可悲的玩笑。讓他們沉睡，直到黑森——以及周圍所有土地——對猶太人安全無虞。」

夫人再度沉默。

「那樣夠了嗎？」我催促她。

那將需要漫長的時間，我的女兒。

「好。」我同意。

那麼……足矣。他們將沉睡，直到這片土地——這整片土地，整個歐洲大陸——對猶太人安然

無虞。妳滿意嗎，這跟死亡天差地遠？

我竭力解釋。「如果他們不醒……如果他們無法醒來……只能怪罪他們自己心懷仇恨的同胞，而不是我。」

我摸摸艾娃的頭，注意到她的髮根顏色漸深。「妳會指引我們嗎，夫人？妳會指引我的腳步嗎？」

我將指引妳。我將指引妳前往沃姆斯，妳將與利波叔叔和伊里亞斯相見敘舊，隨後妳要帶他們一起去倫敦。

「倫敦？」我訝異詢問。

倫敦再度接納我的子民。那裡將不會有屠殺，妳這輩子不會發生，妳女兒畢生也不會。妳女兒的孩子、及他們其後的孩子都不會經歷。我將指引妳至倫敦，而後我必須離去。但妳將奉行我的儀式，女兒。要奉行我的儀式。

「好，」我答應，「我將奉行妳的儀式。」

我站立在重重牆外，艾娃繫於胸前，我的舊娃娃塞在她旁邊。我背著行李，裡頭只放進我帶來的衣物和艾娃需要的物品——我跟父親一樣不偷竊。她睡得安穩，我能感覺頸間有她呼吸的溫暖溼氣。再也沒有別的感覺能給我更深愉悅。

荊棘藤幾乎長到城牆頂，此刻我轉身，做我父親不被允許的事。我徒步遠離多恩堡。

第二個故事——

如何讓人起死回生

1 痛

起死回生非常痛。讓人起死回生也很痛。

2 旅程

往往要踏上一段旅程，而且常是漫漫長路。你必須走過大頭針小徑和縫衣針小徑。你將走在大頭針上，你的腳會流血。你將走在縫衣針上，你的腳會流血，紅得像你的夾克（當你去陰間，你永遠要穿鮮豔的顏色）。這是你身體的哀悼。讓人起死回生很痛。

你要鼓起勇氣走進森林。林間黑暗又陰冷，密不透風且潮溼。你將待在那裡很長一段時間。你將步行。到你踏出樹林時，五光十色將使你心神恍惚。你將反應緩慢。你睜開的雙眼無法聚焦，你不記得怎麼轉頭。你將嚮往森林，你不懂如何離去，如何身處森林以外的世界。這片森林將是唯一真實之地。那是你必須讓身上有鮮豔色彩的原因——穿得全身黑是個錯誤。你將雙手各執一支火炬尋覓。你將雙腳流血。假使死者飲那血，他們就能與你談話，但他們將無法隨你回來。要小心，別讓你想帶回來的人飲你的血。

你將長時間行進，握著你的兩支火炬。你絕不能偏離道路，你也絕不能摘花。你可以尋求幫助。你將請求太陽指引方向，你也將求助月亮。兩者都不會幫你，月亮不能而太陽不肯。三顆頭的黑卡蒂[1]聽得見叫喊聲，她將為你指路。你可以問坐在路邊喃喃自語的老女人。如果你不發一語走過，她會現出女巫原形，兩口就吃掉你，但若你向她求助並提議共享一顆蘋果，她將給你指引。別朝烏鴉拋石頭。你可以向狼求助，但你不應該相信狼群告訴你的話。牠們思慮不周，牠們想事情的方式不同於我們。

你將在黑暗中長途跋涉。或許你不得不穿越荊棘與多刺的莓果灌木叢。荊棘撕裂你的肌膚，使你脆弱、凸起的靜脈血管暴露於寒風中。你可能被困住，荊棘延展至遮蔽天空。你放眼僅見荊棘圍牆，你將遺忘自己還曉得其他事。世界成為荊棘花布，圖樣中的重複模式你在多年前細數記下，從沒想過你會再見到。你不想離去，荊棘叢外沒有事物顯得真實。荊棘可能挖出你的眼珠，你將完全看不見任何東西。

你吃樹根。終究你會吃石頭。

1 黑卡蒂（Hecate）是希臘神話中的神祇，逐漸演變成死神，常在三岔路口指引鬼魂通往冥府。

3 旅途終點

最終你將找到心愛的人。她被鏈於森林外圍的暗處，在睡中哭喊你。她身覆灰塵和蜘蛛網。她四周圍繞著如她一般的入睡者。抑或她置身林間空地，在一片玻璃後方，有如中國餐廳櫥窗中的死鴨子。她也將如烤鴨般閃閃發光。她四周圍繞小矮人，口中呢喃矮人語。你不會聽到他們說的話。

或許矮人身穿白大衣。光芒來自她肌膚上的汗，她的高燒愈來愈厲害。她沒有夢。

你會認出她嗎？她的臉將形同麥片糊，過熱且蒼白，頹躺如雪落在傾倒鷹架。她的秀髮往後挽起。日光燈死氣沉沉，米白牆面別無色彩。地板是褪色的方格圖樣，像你高中校園的地板，也像她的高中。你會坐在她身邊，執起她的手。她不在那裡。你能看見她。你能觸碰她。你能嗅聞她。但她不在那裡。她的下巴以非常古怪的姿態揚起。

她的眼睛太大，牙齒也是。她在流血。她奄奄一息，埃及[2]啊，垂死之軀。她已死去。她身繫鎖鏈，輕巧細緻的長鏈。它們好似你行走時鬆開的羊毛線一般纖細。

---

2 埃及在《聖經》中有兩個形象，有時是希望與庇護地，有時是奴役壓迫、亟欲逃離之地。敘事者以埃及作為感嘆，可能在表達自己希望與絕望交織的心情。

我沒提過羊毛線？

別忘記羊毛。那是你的記憶，你的時間。

鎖鏈並非銀製。它們不是金屬，不會發出釘鈴鐺鋃響的噪音。

它們黯淡模糊，沒有顏色。它們看起來像灰撲撲的兔子無限延長，像白髮織在死皮上。鎖鏈多不勝數，完全覆蓋你的愛人並隱藏她的臉。她無法呼吸。塵土在她喉嚨裡，她無法呼吸。

4 你的愛人

她是眾多死者裡的一個，你找不到她。你認不出她。而且你心力交瘁，你已跋涉漫漫長路而來。

你將永遠熟悉她。她年輕，滿頭金色長髮。她年輕，有櫻桃紅唇，黑髮宛若烏鴉翅膀。她年長，歲數太老而死去，短短的白髮幾乎快掉光。

她的頭髮像你，短而粗韌，烏黑捲曲。她戴貓眼般的眼鏡。她比你矮。她脖子中央有痣，右鬢角劃一道貓抓疤痕。

貓永遠不懷好意。

她的指頭腫脹。她的舌頭腫脹乾裂，流血不止。

她有短小的舌頭。

她年輕得可以做你女兒。

她是你女兒。

她只剩骨頭。

她的指頭腫脹，戒指再也戴不下。

他看起來像你，一位善戰的國王。精瘦，肌肉，傷疤。

她看起來就像你，只是她死了。

5你要做的事

你將親吻她。人人都知道那步驟。

6 其餘事項

你將親吻她。

你將搖晃她或施行哈姆立克急救法。她或許被蘋果或一把石榴籽噎住，也可能是一根塑膠管。救她。

演奏音樂。用你的神奇號角吹奏她最愛的歌曲。吹一首賺人熱淚的歌。吹一首情歌。吹《六十九首情歌》專輯裡的歌[3]。

用嘴唇抽掉她手臂上的針頭。止住你嘴裡的血。塑膠管跟針頭再也起不了作用，而且她痛恨它們。

那會痛。現在用油彩塗抹你的臉，好讓你看起來像戰士。你的皮膚底下會有蛇在爬。你會痛到吐，再加上身體裡有蛇很噁心。

放低她床邊的扶手。檢查她頭髮裡有沒有毒梳子。鬆開她肩部的長袍。

3《六十九首情歌》（*69 Love Songs*）是美國磁場樂團（The Magnetic Fields）一九九九年發行的專輯。此處或有雙關用意，也可以暗指兩人幫彼此口交的六九體位。

在她身旁小心翼翼躺下，伸出手臂摟抱她。她不會回抱你。把頭枕在她肩上。你必須去她身處之地。閉上你的眼睛。可能會痛。真的會痛。

你可以哭，那無濟於事。

7 其後

她將轉頭看你。呼喚她的名字。她會認出你，展露微笑。她疲憊至極，而且疼痛。她痛得厲害。她覺得困惑，不知道自己身在何方。她不會感謝你。她將眨眨眼坐起來。

牽起她的手，緊緊抱她。

把你的一支火炬給她。

如果她剛開始沒講話，別擔心。聲音需要一段時間恢復。而且不管怎樣，她的喉嚨還因為塑膠管在痛。或者蘋果，石榴，都可以。

指引她離開。別回頭看。

8 如何讓人起死回生

沒有辦法讓人起死回生，但你還是會走這一遭。

第三個故事——

愛麗絲：幻想曲

1先是伊娜

很容易忘掉是艾爾希，甜笑如蜜三姊妹中的大姊，因為她待在井底等著上來，不過畢竟是她最初認識D叔叔。她也第一個跟他去喝茶，這樣的招待當時對她妹妹們還太年幼——根本只是小嬰孩。該很容易看出她理應是他愛上的第一個，並藉由他成為我們全部人心中的第一人。

可是端詳照片試想，誰會被像她這樣的人吸引？一張只有母親可能愛上的臉，此言屬實。有著過於寬闊的額頭與悶悶不樂的表情，她讓人想起的並非斑斕鸚鵡，而是一顆蛋。不，她永遠不會當上故事的女主角，但或許她可以扮演蛋頭先生，在懸崖邊往下吼叫，以輕蔑語氣讚美並譏笑妹妹，讚美並遮掩死亡威脅。

唉，想想可憐的伊娜！即使D叔叔先對伊娜傾心，先喜歡高額頭和長捲髮的伊娜，溼漉而疏於照料的捲髮垂在陰鬱臉旁，但他的心隨即永永遠遠屬於伊娜的妹妹，將她的名高掛群星間。哎呀，唉，因為別名愛麗絲小姐的小姑娘，深邃目光令人不安，雙眉纖細迷人，還有可愛小巧的尖下巴。她眼裡的深邃光芒使她卓然出眾，有如來自深淵的光芒。

話說回來，愛麗絲小姐有何異於常人之處？什麼都沒有，伊娜心想，除了D叔叔塑造的以外，繆思難道不是藝術家的發明？被愛者難道不是愛人的造物？愛麗絲不是個喜怒不形於色、油嘴滑舌、平凡的小女孩，一點都不特別嗎？難道她長大後沒變成一個冰冷、難相處且不起眼的女人？抑或她可能曾是熱情洋溢、脫俗愉快的女孩，而十九世紀的陡然轉折使她失去那般心靈。但誰能指責充滿花精靈與兒童奇幻故事的黃金年代，摧毀掉D叔叔想像中最愛女孩體內的小仙子？不，不會的。說到底，年邁的伊娜心想，愛麗絲必定一直都嚴肅狹隘，是性情剛毅的孩子，造就她日後令人肅然起敬的乏味。其餘一切肯定來自愛人的心，出自凝視者的眼。

可是，一切真的只是D叔叔的幻想，無關他凝視的對象？伊娜想知道。因為若真是如此，為什麼他沒一心一意對我（難解的問題）？難道往往、總是、永遠都跟美貌相關？小愛麗絲小姐嬌小玲瓏，讓伊娜在一旁顯得高大、蒼白、動作緩慢脾氣又差？D叔叔不能看穿那層表象，察覺底下的心靈嗎？

再者，這是個可怕的想法，也許愛麗絲根本沒有靈魂。也許她就跟姊姊一樣嚴謹、可敬而溫順。又或許她確實有靈魂，而那是危險邪惡之物，對想像的飛行或冒險旅程完全不利。或許外表確實反映內在，那麼愛麗絲終歸有過活力四射、超凡脫俗且令人心神不寧的靈魂，因為連伊娜都無法否認妹妹的美麗，花容月貌應得白石[1]。

1白石（white stone）可解為《聖經》的《啟示錄》第二章第十七節的上帝贈予：「得勝的，我必將那隱藏的嗎哪賜給他，並賜他一塊白石，石上寫著新名；除了那領受的以外，沒有人能認識。」

至少她孩提時代曾經美麗。當年出眾的孩子，卻長成平凡至極的大人。從女孩到女人的轉變過程遺失了某些事物，不過話說回來，某些事物總是如此。

而現在，看看發生什麼事！即使心懷善意如我，都從伊娜離題到愛麗絲，我察覺自己沒能闡明姊姊的困境，反倒在臆測妹妹的靈魂。多麼容易忽略悶悶不樂的伊娜，把注意力轉向脫俗的愛麗絲。D叔叔做出相同行為有什麼奇怪？

那麼，或許審慎的作法是克制進一步談論，回到本節標題。先是伊娜，她先來到世上，先跌入D叔叔的臂彎，也先接受拍攝。不能怪她是她自己、而非妹妹那樣的女孩。所以就這麼一刻先考慮伊娜吧，先是伊娜，先是伊娜。

2愛麗絲有鏡像自我錯認幻覺

愛麗絲有一個祕密，但不是你想的那件事。

終其一生，愛麗絲照鏡子看見的是另外某個人，而非自己。唯有她被取代——她兩位姊姊、母親、父親的身影全都依樣顯現鏡中，如白日般清晰。愛麗絲認得他們，熟悉他們一如熟悉自己的臉孔，假如那張臉有出現在鏡子裡，可是沒有。

當愛麗絲凝視全身鏡，並未看見自己的棕色齊耳短髮，令人不安的雙眼和尖下巴，她面對的是另一個小女孩，跟她相當不同。她眼中的另一個小女孩金髮長而直，完全沒有瀏海。她的頭髮修得齊平，如稻草般披散於後背。她的圓臉黯淡模糊，毫無人們說愛麗絲眼中流露的質疑目光。另一個小女孩從來不笑。無論愛麗絲聽D叔叔的謎語和故事獲得多少樂趣，或者贏得槌球比賽多少次，鏡中的另一個女孩總是顯得完全不開心或激動，更別提歡欣。無論愛麗絲本人有何感受，鏡中另一個女孩的表情範圍僅限略微不快到狂怒。

此外愛麗絲覺得害怕。她開始懷疑另一個小女孩正密謀奪走她的人生。畢竟鏡中的另一個女孩四處跟隨她，掌握她存在的方方面面，而且似乎沒別人能分辨她們之間的差異。她母親和家庭教師和奶媽梳理她的頭髮，幫她穿上最漂亮的衣服，接著叫她欣賞穿衣鏡中的自己。當愛麗絲看向鏡子，她只看見另一個女孩，暗中密謀並揣想惡毒念頭。身邊所有人都堅持鏡子裡真的是她，最終愛麗絲不再爭辯。但她煩惱另一個小女孩有天會走出鏡子，像一場噩夢般迅猛殘酷，將她推往鏡子另一邊。她會被困在鏡裡，無助旁觀另一個小女孩跟她姊姊玩、親吻她母親並與D叔叔去喝茶。每天早晨醒來愛麗絲都要翻開一本書，確認自己沒在睡夢中被帶往鏡中世界。

一天下午愛麗絲攜手兩位姊姊，跟D叔叔和他朋友鴨子先生去遊船，她越過船邊偷瞥一眼，查看自己的水中倒影。果然，壞脾氣的金髮女孩回望她，挑釁她是否敢為了唯有自己看得見的事物大驚小怪，擾亂夏日的無憂時光。一氣之下，愛麗絲準備握起拳頭擊落倒影的臉，此刻她抬頭迎上D叔叔的目光。他迅速別開視線，往下望著倒影，隨即看回她的臉，顯得詫異不已。她領悟到他也能看見另一個女孩。他知道了。愛麗絲為這徹底的理解、完美的合拍寬慰嘆氣，讓手輕輕沉入水裡。

給愛麗絲姊妹講故事時，D叔叔心想，這古怪孩子非常喜歡假裝自己是兩個人。他認為兩個女孩都叫愛麗絲，一個是靈敏漂亮的孩子，有著黑短髮和深邃眼神，另一個是她的倒影，悶悶不樂、圓潤的金髮女孩，留一頭長髮，想通往另一邊搶奪前一位女孩的靈魂。他讀過邪惡魔法師的童話故事，以偷走影子和鏡像作為竊取靈魂的方式，但在所有的故事中，他不曾聽聞一個陌生倒影取代被偷走的對象。

他遮蔽射向眼睛的午後陽光，看三個女孩把雛菊串成圈。

或者他該說，是四個女孩？

餘下的午後時光，對愛麗絲宛如做夢般度過。D叔叔看見另一個女孩。她知道他不會背叛她，因為他們有共同的祕密，她和他，大抵是她長大後要嫁給他。兩人齊心協力，她確信，他們可以阻撓鏡中女孩的邪惡計謀。

那週稍晚，D叔叔邀請愛麗絲來拍照。類似的邀約稀鬆平常，而且是愛麗絲如此喜愛他的一個原因：D叔叔的照片是愛麗絲得知自己真正樣貌的唯一途徑。她身穿最華美的洋裝擺出乞兒姿態，再換上中國人的扮相。隨後發生了那件奇妙的事。

「愛麗絲，」D叔叔說，「妳願意進暗房幫我嗎？我會向妳展示這一行的祕密。」她願意嗎？使用有時染黑D叔叔雙手的混合液體，協助實行黑暗煉金術！獲准進入祕密基地，無光的那房間，在裡頭為藝術創作之謎出一分力！從僅止於繆思的角色，成為一位稱職的助手！

她當然願意。

於是，愛麗絲雙手捧著攝影玻璃板被引進暗房最深處。她依照D叔叔指示拿來幾瓶難聞的化學溶液，看著他將玻璃板浸入淺盆。在她連看他處理兩塊板後，他準備好另一盆神祕物質，要愛麗絲自行負責第三塊玻璃板。

愛麗絲興奮且鄭重，小心來回輕晃玻璃板，來回晃動。這是她第一次看見，奇景中的奇景啊，她目睹玻璃板上先顯現一點痕跡，最終她本人在說話的臉孔肖像成形。

另一方面，鏡中女孩潛伏在鏡子和水裡，靜靜等待。她的時機將會來臨，她知道這一點。她只需要靜心等候。在黑髮愛麗絲和她姊姊垂垂老矣、在D叔叔過世入土的長久以後，她依然會以勝利莊嚴之姿主宰。她有本錢等。

3 愛麗絲的音韻連結[2]

紅心皇后，厚著一張讓人惶恐的乾淨鉛面孔，恐怕召見音韻連結來發號施令，令他們去澆水，水噢我的女兒。小女愛麗絲啊，哎呀好個小姑娘，大笑的蠢女兒應該跳下去，溺死在她的仙境，偷偷摸摸，解散的樂團，一百隻威武野生動物，溫和的老師，孩子的臉啊，玻璃板上的身體好奇張望凝視，喧鬧命運凝結於紙頁，逐漸填滿之際，惡意帶著美妙戰利品潛入地底。

惡意啊！老鼠啊！我要澆熄你的火葬柴堆，你盤旋的泥沼，你這凶猛的騙子！噢親愛的惡意，道德要照料理智，而聲音會照料自己，但那是什麼自己！是什麼深深探入濃密的悲慘魔法裡尋覓，並隨藍色翻湧浮現？只有一點歡樂的櫻桃味可口牛奶，終究又快又準流洩，在閃電般收緊的種種受磨難心靈，一如冰冷無情的愛麗絲，殘酷又刻薄，食屍鬼般的女孩，漂浮於奶與蜜的一顆真實露珠。

驚人的巨手，啟人疑竇的土地，漫遊的沙礫，輕觸絲綢和金錢，寂靜中巨大蘑菇茂密生長，黏

2 音韻連結（clang association）是精神疾病的一種症狀，表現在講話時會把上個字連到同音的下個字，使句子難以理解。作者在這個小節仿造音韻連結的症狀寫作，中譯僅表現在第一個句子。

稠噁心糖蜜般的血紅瀑布與瞬間颳起的風暴。茶會在惱怒下散場，被爪子的拖刮劃破打斷，滴落撞擊，拍打凹折，一把抓住該剪的頭髮，在漸暗光線下發紅，輕風箏晃動飛越後繼者。

噢輕盈的精靈自由來去！成為自己虛構的故事，已知的飛行慣例，百合般潔白的孩子，眼神狂野，忽大忽小而發脾氣。蛋和羊和晶瑩剔透的睡眠在盛宴中攜手。身處最後一道帷幕肩負重擔的野獸啊，為了發光的海洋哭泣。

在洞裡她只索求黃金，但誰握著筆？海灘上的淚水，可有在呼喚每一隻鴨子、渡渡鳥、幼鷹與鸚鵡？爭搶的鳥喙心滿意足，噢，以今日的殺戮填滿急切的嘴——瞧它如何站立，啃咬藏於百合花中威脅利誘之手。百合與燈心草抱起紮成一束束，碰觸即消散於空氣中——因為光榮、擠壓、不確定的死寂，故事本身潛伏的激動情緒。

在樹頂扭動的蛇傻笑又竊笑，蛋安然無恙，暗中操控的豬指望扳機，而她變得比任何一串鑰匙大。逼近的頭顱，暴增的死者，與船上的蛾同步退出。當美妙的湯和違禁的水果塔軟化地上該死的心，冬季充滿猶豫的獵狗，追蹤故事中重要寵物的逗留痕跡，那反射的、完美的、微微變形的女孩。女孩！愛耍彆扭！穿越灰濛迷霧溜進園丁隊伍時嘴角沒半點揚起——**再次**為了皇后！無情、虛榮、毫無必要的迷因啊。小鹿很快就因為逼近的擔憂跑掉，戒備這孩子的刺眼魅力。男孩恐懼夜晚的黑翼風箏，店裡的羊和牆邊的毛線即將猛然墜落，會墜落的寶貝，搖籃和一切。

在可能發生那場戰鬥中的難纏獅子，吃掉怪獸紅色右手拿的李子蛋糕。這是我自己的虛構故事，他說，兩種腔調的手法，乾枯骨頭與金色皇冠。整座城鎮，另一個皇后，母親的夢，攜帶正確租約和爆發的熱切渴望趕赴午夜盛會。

於是她抓住無人餵養可怖的紅，搖啊搖啊搖晃她——

那是隻小貓，全都寫好了，在那一切墜落後只有一隻貓，終究只是隻貓。

而人生，所有的人生皆充斥紛爭，因夢想映射微光，經過深層偽裝，在悲傷卻依然明亮的目光之中，以幽靈般姿態擺動。

第四個故事——

磷光

一個人可以在任何表面劃燃路西法火柴——牆壁、鞋底、吧臺椅。工廠包裝時的摩擦偶爾會引燃白色火柴頭，導致整盒起火，將白磷的危險毒性釋放到空氣中。火柴盒將持續燃燒，直到負責包裝的女孩把火撲滅，而後遭到布萊恩與梅火柴公司罰款。

十九世紀的倫敦處處是標記，從裡到外，可見路西法火柴每次劃過留下的黑色焦痕。成串黑色標記有如疤痕，嘲笑著城市的面容。

路西法火柴讓點火變得簡便，供應光、熱和煙，毫無打火石的不可靠與挫折，也不若康格里夫火柴危險，這種火柴劃擦之際容易爆炸成燃燒碎片，因此於法國和德國遭禁。此外路西法價格低廉，比紅磷製造的火柴便宜得多，儘管如此，後者只能劃過火柴盒側邊點燃。用威廉·莫里斯的話來說，路西法火柴便宜到「大眾買他們需要的兩倍量，然後把一半浪費掉。」

赫伯特·史賓塞稱路西法火柴為「十九世紀人類獲得的最偉大恩賜與祝福」。

布萊恩與梅火柴女工每晚從廠區回家的小徑，沿途留下磷光閃閃的嘔吐物灘。

症狀從牙痛開始。而那並不稀奇，在妳生活的地方不稀奇，在妳生活的時代也不稀奇。一點都不罕見。但妳曉得這意味著什麼，妳也知道接下來會怎樣，無論妳多麼努力嘗試別去想。現在的要務是別讓領班知道。有一陣子妳辨得到。妳能吞忍嘴中利爪抓傷般的痛，妳也可以在午餐時間將發疼牙床滲出的血與麵包一口吞嚥。如果妳那天有麵包的話。整座廠房內飄浮水霧，使空氣迷濛，視線難以穿透。它們落向妳的麵包。

妳的牙齒痛，但這件事妳能瞞過領班。妳可以啃妳那一小塊麵包並保守祕密。

不過接下來妳的臉開始腫脹。

資產即竊取，卡爾．馬克思寫道[1]，將近三十五年來馬克思一直住在倫敦。在他看來，私人資產是在竊取人民迄今共同享有的資源。那些資產隨後可以轉為資本，以遠低於其價值的方式用來榨取勞工男女的勞動力。這是另一種竊取。竊取公共資源，接著竊取勞動力。而對於這群女人和女孩，對堡區（Bow）布萊恩與梅工廠的火柴女工來說，這也可能變成竊取骨頭，竊取肉體，最終竊取生命。

1 這句話實際上出自法國社會主義者普魯東（Pierre-Joseph Proudhon）。看到這裡，或許也要對敘事者前文所引英國工藝家莫里斯（William Morris）與哲學家史賓塞（Herbert Spencer）的話存疑。

不是說她們沒有好好抗爭。拚搏是她們擅長的事。打架、跳舞、喝酒，那群東倫敦的愛爾蘭野女孩。反正改革人士和新聞記者都這麼說。

妳的老奶奶早在一八四八年隨丈夫遷來，在饑荒期間——那是四十年前，妳出生的很久以前，但妳和家族兄弟姊妹，你們靈魂中依然印記愛爾蘭島（Eire）地圖。

奶奶看得見預兆，至少她是這麼說。當妳只是個小女孩，還沒去工作，不過是腳邊的麻煩鬼，成天覺得餓，奶奶會想辦法讓妳分心，把她在妳未來看見的種種美好事物告訴妳——丈夫英俊勇敢，兒子高大健康、女兒神采奕奕，回到愛爾蘭建立家園，牛在山坡上哞叫，每逢週末與鄰人同跳凱雷舞，有充足的乳酪和麵包可享用。

妳不太能想像她描述的鄉間——妳所想到最接近的是漢普斯特德荒野（Hampstead Heath）那段模糊回憶，有一次國定假日你們全家出遊的地點，而身為一位倫敦女孩，妳不太確定自己會想住在那裡，可是妳喜歡奶奶允諾的乳酪、凱雷舞和丈夫。妳毫無保留的相信她，因為奶奶看得見預兆，這條街上不是人人都曉得那件事嗎？

但或許她看錯了，因為妳的牙齒現在痛得像地獄火焚身，妳的臉也腫起來。對這些妳只想得到一種結局，而那與凱雷舞毫無關連。

當妳還小，身為家中最年幼的孩子，妳記得的第一件事是媽媽叫妳安靜，她正朗聲計算在家裝了多少個火柴盒。媽媽會把妳放進姊姊懷中，珍妮大妳四歲，接著遣走妳們倆、妳哥哥、剛好在附近玩耍的表哥表姊，你們在外面待到夜深，等火柴盒乾得可以堆往角落清出空間，你們小孩子就能抖開床墊和毯子，在地板上時睡時醒。

當妳長大到有一點用處，生過太多次的媽媽難產死後不久，妳會坐在奶奶身旁，把馬鈴薯爛掉的部分削掉，讓她煮飯時容易一些。當年她還沒失去視覺，不過是看這個世界的視覺。有一次妳發脾氣，抱怨爛掉的地方太多，奶奶搖搖頭告訴妳，跟饑荒年代相比，一顆馬鈴薯削到剩下一半或三分之一能吃，這樣已經很多。「全部爛光而且沒有別的食物，」她說，「妳聽見整個鄉下都在為死者哭號，直到妳聽不見，那更糟糕，只剩被拋下之人的絕望與沉默。」她看著妳手中的馬鈴薯，拿過來丟進鍋裡。「每一種作物都化為黏液，英國人還運走肥牛和小牛，跟他們弄到手的其他任何食物。」

有時奶奶會沉浸於愛爾蘭語，那是她和妳爺爺在移民前說的語言。妳不會說；媽媽會一點，爸爸也是。珍妮和比較大的表哥表姊懂得幾個字，不過在那之後，想知道他們在說什麼的小鬼頭實在太多。當奶奶講愛爾蘭話，妳不曉得她那些字是什麼意思，大致的語氣卻很容易辨認。

在愛爾蘭，從一八四五年至一八五二年的馬鈴薯饑荒又稱為 Gorta Mór，即大饑荒，或是 Drochshaol，意指壞時光。在那七年間，約莫一百萬愛爾蘭人死去，實際可能更多，另外至少一百萬人移民，國內人口驟降四分之一。於災禍期間，英國將饑貧愛爾蘭人吃不到的作物和牲畜出口至己方海岸。在武裝警衛看守下，從愛爾蘭受馬鈴薯晚疫病影響最嚴重地區的港口運走食糧。

奧圖曼帝國蘇丹提議致贈一萬英鎊援助愛爾蘭人民；維多利亞女王要求他將捐款總額降為一千英鎊，因為她自己只送去兩千英鎊。蘇丹首肯，儘管如此，亦另派三艘船載滿糧食前往愛爾蘭。英國宮廷企圖攔阻船隻，未能成功。

在美國，十六年前歷經「眼淚之路」死亡行進的喬克托族，顯然在面臨餓死並被迫遷離故土的人民身上看見熟悉處境。他們致贈七百一十美元救濟愛爾蘭人。

英國救濟事務的政府主管官員查爾斯·楚威廉爵士認為，「上帝的審判以這場災難（馬鈴薯晚疫病）給愛爾蘭人一個教訓。」

妳奶奶失去頭兩胎嬰孩，一個是兩歲的小女孩，在她和妳爺爺離開他的農場前餓死，另一個還來不及出生，死在前往英國途中。如今她殷切期盼，到天堂遇見兩個寶貝時能再次擁抱他們，而她描述的天堂聽起來神似故鄉科克郡，只是那時快樂得多。

以前她會向妳訴說，關於妳未來在愛爾蘭的生活，一個自治的愛爾蘭，或許吧，由帕奈爾催生的愛爾蘭，願上帝保佑歐康奈爾[2]的事蹟。她也把自己安置在那裡，老年時重回科克郡，坐在妳家壁爐邊。

當妳還是小女孩，妳承諾會帶她一起回愛爾蘭，而她過世時，妳會見證她在年輕時受洗、結婚的那座教堂墓園安葬。

妳如今猜想，她將於何處送妳入土？

2 帕奈爾（Charles Stewart Parnell, 1846-1891）與歐康奈爾（Daniel O'Connell, 1775-1847）皆致力推動愛爾蘭的獨立自主。

六月底工廠並無外部策動者，僅有的社會運動分子就是天天在廠裡為了每週五先令工資在沾浸、裁切、包裝的那群人。

唯一的新鮮事是偷偷摸摸傳來傳去那幾張報紙，由識字的女孩輕聲朗讀給不識字的人聽：《關聯週報》（*The Link*）刊登一篇文章，標題取為〈倫敦的白人奴隸〉，將布萊恩與梅廠區的工作情況昭告倫敦的中產階級民眾。

妳興致高昂閱讀自己的生活細節，又在領班來時匆匆藏起報紙。

在妳的工作區有一封信說那篇文章是謊言，說妳很快樂、報酬優渥，工作時獲得良好對待。

妳撫摸腫脹下巴的底部，那是疼痛開始蔓延的地方。

妳沒簽署預先印製給《泰晤士報》的陳情書，那份報紙已成中產階級怒視布萊恩與梅的發聲管道，妳反而朝它吐口水。

整座工廠裡沒有一個女人簽陳情書。

整座工廠裡，唯一底部有標記的陳情書是沾上妳唾沫那張，在黑暗中微微發光。

十四歲的莉茲蒐集未簽署的陳情書並交給領班，直視著他的眼睛，此刻妳領悟是莉茲把新聞透露給《關聯週報》。領班可能也覺得是她，因為他拿那疊紙甩她耳光。莉茲朝領班雙腳中間吐口水。

隔週一莉茲被開除。當她接獲解雇通知，她考慮片刻，接著一拳揍斷領班的下巴。她轉身離開時，妳們所有人，包括妳和妳的朋友和敵人，全部戴上帽子隨她走出去。

罷工有如路西法火柴般瞬間點燃。妳轉頭看身後的女人長長一列，忍不住眨眨眼睛，好確定妳們所有人身上沒冒出白磷煙霧，消逝於天際。

他們說全是安妮．貝贊特做的好事，說貝贊特夫人是領頭人物，一位費邊社會主義的外部策動者。或許當中有幾分屬實，她確實撰寫並發表〈倫敦的白人奴隸〉，這篇文章使布萊恩先生深深蒙羞，導致他試圖要廠裡的工人加以反駁。

然而貝贊特夫人呼籲體面的中產階級發起抵制，而不是由勞工階級的女孩和女人掌握主導權。罷工者並未聯繫她，直到最初離開崗位抗議的數日後。

東倫敦不需要中產階級費邊主義者來闡述社會主義。

一八八八年的前七年間，布萊恩與梅的女人們三度罷工。她們沒能成功，無可否認，不過熟能生巧。

妳正準備上街遊行，募集罷工基金，這時聽見奶奶喊妳。妳暫緩包紮化膿的臉，轉頭去找她。奶奶駝背的身軀幾乎垂直凹折，依然散發威嚴，用混濁全盲的雙眼抬頭凝視妳。

「妳中了磷毒，acushla，我親愛的。」她說，「我想，已經有一陣子了。妳打算什麼時候告訴我？」

妳聳聳肩，沒說什麼，然後想起奶奶看不見妳。當妳張嘴準備說話，她轉身拖著腳步慢慢走回原本坐的椅子。

妳震驚之餘接話。「妳聞得到，是嗎，奶奶？」

她揮打空氣。「什麼鬼東西都聞不到，從妳出生前就不行了。害我吃什麼軟糊味道全一樣。不過我猜現在不管我吃什麼都沒有值得嘗的味道。」她搖搖頭。「沒這回事，我就是曉得。知道有段時間了。」

妳等著聽，如果話還沒完，接下來她會說什麼。她的眼皮低垂，而後在妳明白自己的舉動之前，妳的怒火脫口而出：「那我的孩子、丈夫和牛群，還有每逢週末的凱雷舞呢？我什麼時候能擁有這一切，奶奶？」

她又倏乎撐開眼皮，擺出某種柔弱的輕舞手勢，雙手看來依舊出奇年輕。「永遠不可能，我親愛的。妳永遠不會有。」

妳驚愕中睜大眼睛，有生以來第一次意識到，部分的妳一直寄望睿智、巫女般的奶奶會從袖口變出古老愛爾蘭戲法，趕走磷毒再送妳回愛爾蘭，遠離布萊恩與梅。

「我騙了妳，我的摯愛，」她坦承。「一直以來，這麼多年的時間，我都在說謊。在妳身上我從來沒看見預兆，除了妳本應漫長的生命閃現一道綠光。」

「為什麼？」妳質問，語帶希望幻滅後的冷漠。

「啊，親愛的，妳不曉得妳一直是我最疼的人嗎？」

妳毅然轉身，繼續往腐爛的下巴四周包圍巾。

幾秒後，妳的奶奶再次開口，語音輕柔。「親愛的，別這麼苦惱。妳下巴裡的磷毒是很恐怖，沒別的話好說，可是很快就會結束，離現在沒多久了。」

妳想像自己咳出鮮血，下巴變形、發黑、崩裂成碎片，從那幅景象中妳難以獲得安慰。

「下場顯然更慘烈的，」奶奶說道，「是那些靈魂染上磷毒的人。他們永遠看不見天堂。」

我們會把老布萊恩吊死在酸蘋果樹上
我們會把老布萊恩吊死在酸蘋果樹上
我們會把老布萊恩吊死在酸蘋果樹上
而我們繼續前行
榮耀，榮耀，哈雷路亞……

——火柴女孩罷工的遊行歌曲，一八八八年，以〈約翰．布朗之軀〉（John Brown's Body）的曲調吟唱，原曲於美國內戰期間廣受聯邦士兵與廢奴主義者喜愛。

罷工數日後，妳和隔壁戶的安妮．萊恩同行前往路底垃圾場。妳在步行途中沒說什麼。挪動下巴變得太痛苦，臉部肌肉每一絲些微拉扯，都使蝕骨的痛楚倍增。疼痛從慢慢腐爛的下巴伸出有毒觸角，牢牢攀附妳的頭顱，鑽進妳的大腦。

妳不得不習慣吃奶奶藉以維生的軟而黯淡流質食物。那讓妳省去嚼食，也可以留更多硬麵包給哥哥、姊姊和他們的小孩。由於妳經常作嘔，或面臨更糟的處境，妳根本不懷念麵包。

有些日子妳也不想吃灰撲撲的軟糊，但奶奶不肯吃，除非妳吃。還有些日子妳真想讓那老賤貨挨餓，為矇騙妳這麼多年付出代價。

但畢竟她是妳奶奶。

妳進室內依然裹著圍巾，連在家裡也是，免得嚇壞小孩，但他們還是躲著妳。是味道的緣故。當妳自己只是個小小姑娘，妳和其他孩子會在馬屍上玩耍，馬兒工作到死，被扔到街上等著腐爛。沒有一種仍在四處走動的生命應該發出那種味道。

所以妳靜靜走向集會，即使身旁的男人和女孩開口歌唱。置身數千人的群眾之間，妳的一片沉默不可能引起注意。

安妮拉妳的手挽上她的手臂。「妳有一副美妙歌喉，露西。」她說話時把妳拉近，近得讓妳能看見她的鼻孔舒張，表明她盡力別流露注意到那股味道的跡象。「妳記不記得我們還小，妳編了一首跳繩歌在唱拉提岡太太的疣？妳的聲音像天使，邊跳繩邊數著她的疣。」

妳點點頭，連做那動作都痛。

「他們必須傾聽我們，露西。一路傳到梅菲爾區和國會[3]。搞不好一路傳回愛爾蘭，那會讓老帕奈爾感到驕傲，不是嗎？」

3 指從倫敦東區傳到市中心。

安妮靠得更近。「露西，妳知道沒人嫌棄妳，對嗎？即使他們有，好吧，那妳就趕快繞過街區來跟我和我朋友待在一起。我們會照顧妳直到最後。」

妳微微點頭，她捏妳的手一把。「也可以讓最後一刻早點到來，如果有必要的話。」

她又往後靠，片刻過後，妳開口歌唱。

在頭痛的雜音之外，妳幾乎聽不見自己的歌聲，可是妳看出安妮和其他女孩聽得見，妳想，這就夠了。

回家後妳終於放鬆下來，摘掉帽子和圍巾。某個小東西跌落地板，像粒圓石頭。是妳的一塊下巴。

一八八九年，安妮．貝贊特以神智學取代社會主義。縱然神智學的名聲僅限於小圈子，至少有個層面反映維多利亞時代的傳統價值觀。

根據神智學創立之母布拉瓦茲基夫人的教義，每一個人恰好擁有此生應得的際遇。神智學信徒相信，疾病、苦難、殘廢與貧窮皆為前世罪孽的懲罰。這種信仰可以披上神降旨意的外衣，或者社會達爾文主義，然而終究殊途同歸。

對於生活未遭到種種煎熬徹底占滿的人而言，這是種令人寬慰的想法。有時，甚至在一個人被帶上斷頭臺或面對槍決行刑隊之際，這麼想都能帶來安慰。

當貝贊特拿社會主義換來神智學，她用自己的憐憫心作為代價，買下心靈的安穩。

安妮．貝贊特絕非罷工領袖，事實上，她不只一次寫到企圖組織欠缺技能的勞工實屬徒勞。儘管如此，她對罷工者懷抱足夠的同情理解，並且善盡新聞記者的職責，公開布萊恩與梅期望罷工火柴女工接受的工作條件、薪資與虐待，藉此反駁管理階層的無辜聲明。

她也找好友查爾斯．布拉德洛議員私下談過。

當妳和其他女孩朝國會而去，在東區以外的地方目睹那麼多破舊衣裙、聽見那麼多粗魯口音，而且也不是穿什麼制服，許多人轉過頭來。

「妳們看什麼看？」莉茲朝一群年輕女士大吼，她們忘記家庭教師灌輸的禮儀，在妳們路過時目瞪口呆盯著看。

年輕女士立即低垂目光，轉身離開。幾秒後妳聽見尖聲大笑。

妳們抵達西敏寺時，街道交通放慢下來，計程車和公車完全停頓，讓駕駛和乘客把這群一齊走向國會的窮女人好好看個仔細，彷彿他們有權這麼做。

如果不是痛成這樣，妳告訴自己，妳可以像簡妮一樣勇敢。老簡妮．羅特萊活到四十歲，長年頂著木棧板的頭禿得像顆蛋。三位議員前來接見妳們的代表，簡妮就在那當下扯掉她的繫帶軟帽。

「看哪，」她說，「看看他們對我做了什麼！難道這不值得比四先令更多的週薪、少點罰款嗎？」

妳聽見那群傑出紳士倒抽一口氣，心想自己是否該解開圍巾，露出殘存的發黑下巴，以及如今一路延伸至太陽穴的爛瘡。妳就快要揚手到圍巾打結的喉嚨，伸出手指握住其中一端。妳拉開圍巾時暫停片刻，想到這群紳士盯著妳崩解的臉。

簡妮是值得憐憫的對象，受到虐待女性的典範。

妳卻變成一個怪物。

驚訝憐憫不同於恐怖作嘔，轉頭避開後者是人性使然。妳拉緊圍巾，重新打結，綁得比以往更緊。

安妮．貝贊特不是唯一較晚加入陣線的知名倡議人士。還包括倫敦工會聯合會（London Trades Council），即工匠組建工會的最後重要堡壘，他們原先瞧不起非技術工人。聯合會與火柴女工代表團碰面。或許希望保有城市勞工發聲管道的超凡地位，或許秉持居高位者理應展現的家長式作風，又或許發自真摯的同病相憐與團結一致，工會聯合會提議派男性工人代表團去協商雙方都能接受的解決方案。

公司以周到禮數接受提議，必定使得代表團空手而歸時更覺羞辱。這群男人僅僅回報，布萊恩與梅願意讓多數罷工者重回舊有職位，假如她們立即回到工廠的話，同時保留權力拒絕重新雇用他們判定為「帶領者」的女工。

罷工者懶得給予答覆。

面見議員後的夜晚，奶奶呼喚妳把頭枕在她腿上。妳聽話照辦，她的手輕放在妳髮梢。

「妳在生我的氣，我親愛的。」她說。

妳不發一語。現在妳看管話語比姊姊看管錢幣還小心，因為嘴巴每動一下就會掉塊肉。

「好，妳有權這麼做。」她接著說。妳繼續保持沉默，她嘆口氣並安靜一會兒。幾分鐘悄悄流逝，她緩緩吸氣再度開口。

「罷工將會結束，」她脫口而出，「我看見了。」這次她沒停下來等妳不會給的回應。「可是妳看不到，妳會先死。那件事我也看見了。」

早一點好過晚一點，妳呆滯默想，並揣測她會不會告訴妳罷工將延續多久，到結束時妳們之中有沒有人能得到工作。至少妳想確知安妮不會挨餓。如果奶奶真能看見預兆，如果一直以來她不是所有事情都在說謊。如果她不只是個瘋掉的老太婆。

「妳見不到這場罷工的結局，」她複述一遍，「除非我幫妳。而我想，我想，至少這是我欠妳的。」

妳把她的手從頭上輕輕拿開再坐起來，動作緩慢，於今有段時間妳習慣慢慢來。妳用雙手握住她粗糙的手，現在妳確切得知她的心破碎遠颺，她再也見不到愛爾蘭。

她煩躁地從妳手中抽回自己的手，彷彿能聽見妳的想法，並朝妳的方向揮打。

「我不是老瘋子，」她說，「不像我奶奶，那才叫瘋，如果妳在想這件事。生命像一朵火焰，妳明白嗎，一朵燭火。如果我把那朵火焰放進真正的火之中，真正的燭火，那麼只要蠟燭持續燃燒，妳就會繼續活下去。

「而吊死者左手握住的蠟燭，那支蠟燭啊，絕不可能熄滅。妳用風、用水、用手指掐都滅不了那燭火。只有上好的純白牛奶能撲滅榮耀之手。

「我能夠為妳這麼做，」她說道。「我辦得到，假如妳可以把我需要的東西找來。確切來說這不是活著，更像還沒死。但我也不太知道妳現在這樣算不算活著。」

妳再度不發一語，不過這次更出自驚愕而非刻意。

「我會給妳一張清單。」她說。

「死人的手？」妳竭力含糊地說。

「吊死的人，」她更正。「吊死男人的左手，或者女人的當然也行。不曉得我們要怎麼弄來，我們倆的體力沒辦法去盜墓。但我們會想到辦法。」

不確定的片刻暫停後，她又說一遍，「我們會想到辦法。

「還有妳一直掉落的那些下巴骨頭碎塊。開始留著它們。」

以下是布萊恩與梅列出的一些罰款事項，從工人的薪資總額裡扣除：

——雙腳髒汙（三便士）

——板凳下方地面不整潔（三便士）

——把燒過的火柴放在板凳上（一先令）

——聊天（金額未定）

——遲到，工人因此不准進入廠區半天（五便士）

以下是從火柴女工薪資中固定扣除的事項：

——購買清潔機器的刷具，扣六便士（每六個月一次）

——雇用童工取回包裝紙，扣三便士（每週一次）

——雇用包裝工人登記包裹數量，扣兩便士（每週一次）

——購買印章在包裹上蓋戳記，扣六便士（每週一次）

——雇用童工協助裝盒工人搬運，扣一便士（每週一次）

布萊恩與梅並未雇用童工協助裝盒工人搬運，他們自己來。

奶奶說妳的時間不夠浸泡獸脂做蠟燭。妳依照她的指示張羅物品，想知道自己剩下多少時間，是否值得像現在這樣活著，直到罷工破裂結束。也許現在離開更好，趁女孩們依然活躍，懷抱熱切希望作為動力。

但愛是難以戒除的習性，於是妳照著她的話去做，從垃圾堆翻撿紙條、寬口瓶和一段鐵絲，再上肉舖看妳的幾枚便士能買到多少塊豬肥油。妳發現最近店家算妳便宜點的價格。也許他們可憐妳。

也許他們只是要妳盡快離開店裡，以免嚇跑常客。

無論怎樣都好，只要妳能買到需要的為數不多的豬肥油踏出店外。妳帶著那包肥油回家給奶奶，放在她腳邊，像是祭品。

接下來要做的事不難；妳以前用紙做過燭芯，煮過豬油，那會發臭，不過沒妳的氣味難聞。妳做這些事的同時，奶奶拿妳留的下巴碎骨磨成細粉，用杵與臼。骨頭好容易粉碎。

塵歸塵。

妳攪動溶解的脂肪，奶奶從柴火旁的椅子俯身過來，把妳的骨頭粉塵倒進小鍋子。然後她拿一把舊刀劃過妳前臂的靜脈血管，罹患關節炎的指節施力擠壓按摩妳的手臂，盡力讓妳的血多流一點進鍋裡混和。

妳往鍋中再攪幾下，油脂看起來跟妳見過的沒兩樣，汙濁又噁心，味道也沒差別，同樣腥臭腐敗。妳把它倒入玻璃瓶，看油脂在拾來鐵絲固定的紙芯周圍澆注堆積。

妳使勁刷洗鍋子時，奶奶對倉促製成的蠟燭嘟囔幾句愛爾蘭語，接著擺到一旁等它乾硬。

「我們倆都吃得不多是件好事。」她對妳說。「既然我們倆都沒賺錢。」

妳點頭。沒過多久，妳問她昨晚提過的相同問題。

「吊死者的手？」妳勉力吐出幾個字。

她看似憂慮，卻輕拍妳的手。「我來想辦法，」她說道，隨後放慢速度再說一遍，「我會想辦法。」

那晚妳入睡前，她在妳耳邊低語。「我今天晚上要出門。妳來墓園，未祝聖那區，日出前一小時。帶小把的斧頭和蠟燭來。當然囉，還有幾根火柴。」

至今妳已長久睡得不安穩，導致妳發覺愈來愈難喚醒自己。這可能是因為妳行將死去。無論理由為何，到妳強迫自己完全醒來之際，早過了妳該前往堡區墓園的時刻。途中妳焦慮想著是否能準時抵達。無論奶奶計畫怎麼幫妳找吊死者，妳想要黑暗的掩護。

妳沒這麼熟悉這條路，不像妳熟知怎麼去商業路上的聖米歇爾與瑪麗教堂墓園，這座天主教堂在妳奶奶來時尚未興建。妳常去那裡，佇立在年幼者、年老者與介於之間的所有墳墓旁。

但妳奶奶不會把虔誠的天主教徒挖出來。

說到這裡，當然她也沒力氣挖任何人出來。而且她沒叫妳帶鏟子。

時逢夏日，粉紅小花點綴墓園地面。它們讓妳想起有天早上，一位匿名捐贈者送來一整車的粉紅玫瑰，讓糾察隊每位女孩當成徽章別上。那個早晨，玫瑰香甚至蓋過妳盡力藏於層層圍巾下的臭味。有那麼一天早晨，玫瑰香氣環繞四周，而妳放任自己假裝妳沒腐爛，像那些埋於腳下地底的屍體。

未祝聖區是墓園中較新的區域，埋葬未受洗的嬰孩、自殺者，以及信仰奇特異教、甚至可能根本沒有信仰者。

不過他們全都以相同方式腐爛，妳猜想，因為蠕蟲也許分不清其間差異。又或許牠們分得出來。當蠕蟲從未祝聖區通往神聖的土地，或許牠們感到聖潔的風使渾身刺痛，且於反方向回程聽見失落與冷漠絕望的低語。

妳撞見奶奶的身軀在一棵橡樹下擺盪。預料中事，當然囉，那種擺盪，但不知何故她似乎比妳想像中高，手裡也沒拿拐杖。

當妳走得更近，看見奶奶的拐杖落在她放手的地面，旁邊是加蓋牛奶桶，不遠處有踢翻的矮凳，肯定是她昨晚把這些東西一路拖來墓園。奶奶自顧自輕柔晃動旋轉，雙腳離地一英尺半，結實繩索一端圍繞她頸間，另一端繫於妳頭頂樹枝。這根樹枝高得夠她雙腳離地，卻低得讓她站上矮凳搆得到。

她前後晃動，妳看著她，等淚掉下來。不過淚水沒湧現，可能因為妳體內所剩不多。

「嘆，奶奶。」妳輕聲呼喚。僅存的下巴和舌頭笨拙開闔時，妳甚至不覺疼痛。

妳挨著她搖晃的腳邊坐下，開始感到某種悶滯的重量感往四肢襲來，從手腳開始往上潛行。是死亡找上妳了，妳清楚知道。妳決定靜靜坐著等那股悶滯感擴散，一陣風推妳奶奶的屍體猛烈搖動。妳抬頭凝視她扭曲的臉。

這沒妳想像中令人厭惡。

妳站起來，扶正凳子並舉起斧頭，好讓深愛妳到願意騙妳，願意割捨進天堂資格與重見失去嬰孩機會的奶奶，所做一切不致白費。

難道自殺豈非一種不赦大罪？

揮動斧頭，妳割斷繩索放她下來，讓屍體橫陳地面，她的左手臂伸向一邊。當太陽升起，妳揚起斧頭砍落她的左腕。

妳機械般動作，以免浪費一分一秒，無論如何，奶奶左手的肌膚冷涼粗糙，總沒妳臉上頸間的腐肉可怕。妳將她的手指往蠟燭闔上，它們緊緊握住，彷彿奶奶仍在，竭盡全力抓牢妳殘存的生命。

妳從口袋拿出一支火柴，劃過斧柄。火柴燃起，片刻間熟悉的白磷味盤旋空氣裡。

妳把斧頭藏在墓園的灌木叢中，扛著屍體走回家，她的可靠左手護著燃燒蠟燭，藏進妳手臂上晃盪的加蓋牛奶桶裡。

老婦人沉甸甸的，比她在世時看起來重得多。她變得嬌小虛弱，但躺在妳臂彎中的屍體如罪孽一般重。

即使在東區，人們通常不會大清早扛著屍體在外面走。妳走到哪人皆轉頭迴避，有鄰居認出妳，認出妳奶奶。沒人說一句話。

妳在與奶奶、姊姊、姊夫和他們孩子共住的房裡放下她的屍體，隨後叫醒其餘家人。

他們問事發經過時妳說得不多。反正這段日子妳幾乎沒說什麼話。他們認定當妳發現奶奶，她的手已不見蹤影。

至少妳覺得他們這樣以為。妳倒是察覺珍妮目不轉睛看著妳，她的眉頭皺起，頭歪向一邊，有點懷疑的模樣，有那麼一刻她看起來像極妳母親，表情常流露擔憂，那副面容使妳驚訝到暫停呼吸。

或說本應如此。

妳發現自己不再呼吸。妳把手指探入層層圍巾，按上喉嚨感覺脈搏。妳找不到。

稍後，妳私下查看牛奶桶，奶奶親手製成並緊握的蠟燭仍在燃燒。

還算早的下午，妳回去取斧頭。

布萊恩與梅讓步了，這時罷工剛過兩週。他們讓步得既迅速又徹底，以歷史的後見之明來看，你不禁心想火柴女工是否該要求更多。一八八八年七月十八日，布萊恩與梅答應罷工者的全部條件：

——公司同意承認新成立的火柴女工工會，使其成為英國最大的女子工會。

——公司同意廢除所有罰款。

——公司同意廢除所有扣款。

——火柴工人可以直接找公司總經理談任何一切問題，無須透過領班。

——公司同意提供一間午餐室，空間與廠房分立。

最後一項讓火柴女工吃飯時不致有白磷落向食物，從而進入她們齒間。畢竟症狀是從牙痛開始。

一八八九年八月十四日，就在火柴女工勝利剛滿一年後，一群倫敦碼頭工人停工抗議。這群工人主要是愛爾蘭男人：東區火柴女工的丈夫、兒子、兄弟和情人。兩天之內，兩千五百人挺身而出要求六便士的時薪，比他們目前領的多一便士。對碼頭工人的聲援遍及全倫敦。通常充作廉價替代勞力輸入的黑人勞工拒絕唱反調。猶太裁縫師走上街頭。十萬人的集會於海德公園舉辦，耳邊響起樂隊演奏的〈馬賽曲〉。

到八月底，超過十三萬工人參與罷工。少了男人那份薪水的家庭拒繳房租，東拼西湊度日。罷工延續一個月，碼頭工人幾乎贏得要求的一切。多年後，歷史學家指稱一八八九年碼頭大罷工揭開激進的新工會主義：非技術工業勞工的組織席捲全英，取代昔日的工匠工會模式。到一八九〇年底，近兩百萬英國工人擁有工會會員證。

約翰．柏恩斯是碼頭工人的其中一位偉大領袖，他在集會中演說，敦促團結抗衡威脅罷工者及其家庭的飢餓。

「肩並肩站立，」他怒吼，「肩並肩站立，別忘了火柴女孩，她們贏得抗爭並組成工會！」

一八八〇年七月十八日，新生的工會與布萊恩與梅談妥新條件並取得共識。公司仍驚魂未定，卻也為無須讓步更多感到滿意。那天下午以至入夜，東區洋溢著歡愉。

街道與家戶滿是快樂、高聲說話的女人，身穿眾所周知火柴女孩喜愛的鮮豔搶眼服飾。女人談天、歡笑、跳舞、飲酒。事實上或許還打過幾場架，但就算屬實，她們全都玩得盡興。

即使新聞記者也會寫對，偶爾如此。

妳把常繫的圍巾改成湖水藍那條，每天戴的帽子也換上最好的，綴滿紅玫瑰和羽毛。妳穿上漂亮的衣服，跟安妮在城市路的雄鷹酒吧度過夜晚，甚至站上水晶舞臺跳舞，像妳以前那樣，在妳心臟仍跳動而下巴還完整的時候。

妳奶奶依然活著的時候。

妳奶奶，可憐的奶奶，沒能葬入科克郡的沃土，如今無法置身更好的地方把嬰孩再次緊擁胸前，反而徹底失去天堂，因為她並非女巫，尚且自殺身亡？當然，她得以埋入天主教堂墓園的祝聖之土安息，只因基恩神父面談妳的哥哥姊姊，他們都發誓說奶奶因悲傷喪失心神許久，自從她最疼愛的孫女開始出現下巴中磷毒的徵兆。上帝為證，她精神正常時絕不會做這種事，絕不會。

而基恩神父看著妳，坐在角落把臉藏於陰影，他內心暗暗覺得他們說的是事實，他又想，再給這家人增添醜聞與更多苦難豈非恥辱？

但妳奶奶完全沒有瘋。要證明那一點，妳只需要往蠟燭仍在燃燒的加蓋桶內瞧一眼，或者徒勞尋找昔日在妳左胸口脈動的心跳。奶奶上吊並非由於悲傷失神。

奶奶上吊的原因在此：讓妳今晚能在雄鷹酒吧的水晶舞臺忘神跳舞，讓妳能挽著安妮的手看太陽升起，知道她和其餘女孩會好好的，或許吧。而當安妮告訴她的男人、住隔壁幾條街在碼頭工作的米克．歐戴爾，說自己懷孕了，他會叫她盡快選個日子。

可是妳不會待到參加婚禮。沒別的比婚禮出現屍體更觸楣頭，即使是一具會跳舞的屍體。

妳和安妮在聖米歇爾與瑪麗教堂墓園看著太陽升起。妳一隻手挽著她，另一隻手拿裝蠟燭的桶子，仍持續燒著，還有一小瓶牛奶。

只要一點點，妳心想，用來澆熄蠟燭，然後剩下的可以給安妮喝，為了即將出生的嬰兒，而且妳會自己來。不需要讓安妮成為殺人兇手，無論她是否提議過，接著妳將隨奶奶墜入永劫地獄，好讓她接受試煉時身邊不會沒有家人幫忙。

妳和安妮轉身，步伐緩慢且有些不穩（喝得有點醉，妳們倆都是）穿越墓園，朝妳奶奶剛入土的墓地走去。有一座小墓碑，只刻著她的名字布莉姬．歐伊，以及生卒年一八二七至一八八八。妳昨天來獻過花，到漢普斯特德荒野摘的粉紅和嫩黃野花，在妳擺放墓前時已顯得枯萎變色，此外空無一物。

但現在，妳昨天放的花完全沒枯，它們生根綻放。妳輕輕捏了一下確認花是真的，並非戲法。

妳和安妮緊摟彼此腰間，上帝為證，這時妳目睹一棵橡樹從墓地發芽，瞬間從樹苗長為成樹，葉蔭茂密，槲寄生攀附。妳邁步向前，伸手撫摸粗糙樹皮。一條巨蛇盤繞橡樹幹好幾圈，那東西必定長達數英碼。

妳凝望良久才轉頭看向安妮，確認她是否看到妳眼中所見，抑或是妳僅存的腦袋在耍妳。她踏步上前摘一片橡樹葉子，驚訝抿於唇邊。

蛇轉頭看著妳，而妳發現自己直視奶奶的眼睛。

妳眨眨眼，蛇、橡樹和槲寄生全消失無蹤，但妳帶來的花依然在墳墓土壤中生長。停頓片刻後，妳迎向安妮的目光並小心踏上奶奶的墓。妳讓自己倚靠墓碑，安妮也坐往妳身旁。妳拿出奶奶左手依然握住的蠟燭，放置地面，再把牛奶瓶遞給安妮。她開始撬鬆瓶塞，但妳制止她的手。

相反的，妳將奶奶的指頭往後扳，手指柔順優雅伸展，如風中折腰的大麥。蠟燭再無拘束。隨後燭火開始真正燃燒，像廉價獸脂本應如此那般搖曳冒煙，但沒有蠟燭應該燒得這麼快，彷彿在追趕遺失的時間。照這速度來看，妳有十分鐘、也許十五分鐘。

安妮握住妳的手，妳們一起看著蠟燭燒盡。

接近盡頭處，她把妳的手握得更緊，而妳閉上雙眼。

關於布萊恩與梅火柴工人的罷工，我們手中僅存兩張相片，世上也只有這兩張。第二張相片比較正式。拍攝對象是官方罷工委員會，畫面裡的女人吹整過頭髮，穿著週日上教堂的最好服飾。她們顯得自信滿滿、驕傲、堅決。

然而第一張相片更有趣。七位女子站在布萊恩與梅工廠前方。她們的面容憔悴、緊繃、嚴肅。不只一位看似有些迷茫，彷彿不確定自己做了什麼，以及那將帶給她們何種未來。

這張相片現在很有名。不僅如此，它還成為勞工階級勇氣與決心的象徵，展示於倫敦各工會辦公室的櫥窗。

七位女子裡頭，兩人的身分已於近日學術研究中近乎底定。

相片最左邊站著一位被景框裁切一半的女子。我們能看見她的左手臂、左半邊身體和大部分頭部，她必定正視著鏡頭。她戴一頂絲絨帽子，與其他幾位女性相仿，直瀏海幾乎垂到理應是眼睛的位置。她的臉幾乎不可能辨識，一片模糊。或許她在相片拍攝那一刻移動，儘管沒別處模糊，她的帽子沒有，她的手沒有，在她頸間打結的圍巾沒有，她的瀏海也沒有。

今已佚失的原始相片屬於約翰・柏恩斯，即碼頭工人罷工領袖，他敦促夥伴謹記火柴女孩，她們贏得抗爭並組成工會。

可是她的臉消失了。

第五個故事——

舞廳大轟炸

我記得當時那種脈動著音樂的氣氛，尖厲吼叫與急速節拍混雜受折磨吉他的怪異哀嚎。我們全都年輕狂野；哥兒們和我穿緊身黑牛仔褲和破爛T恤，沒事站那邊耍狠，把頭髮往後梳到恰好能展示鬢角。女孩穿短裙硬靴，撕破的魚網紋絲襪拉到裙襬下方幾英寸。講到這，我們全都穿靴子，工程靴或機車靴或拳擊靴或馬汀大夫，彷彿我們必須為強行軍做好準備。而且就算被咒罵，我記得我們還是永遠在笑。煙把空氣染灰，我們的頭在旋轉——不到一整杯但我們乾了，沒藥但我們嗨了，沒麻但我們呼了，我們大笑到就算跪倒。啤酒和威士忌滲透空氣，我們跳舞跳到靴底有夠薄，穿透襪子可以感覺地板。

我們年輕，我說過，但哥兒們和我當然不能老去，不是嗎？我們綁在一起，無論經過多少時間，我們十二個人都無法變老。我們沒辦法踏出俱樂部，但在裡頭我們不老不死。樂團現身又消失，DJ旋風般來去，而我們永遠在那裡，任何事都嘗試，用安非他命興奮得不用睡，跳舞到靴底變薄，嘶吼到聲音沙啞。我們找到那群女孩前，已在這裡許多年，或說是在女孩找到我們以前。

我也記得其餘的事，醒來想要死，痛苦乾咳，驅使我、驅使我們讓自己沉溺於暗處霓虹的慘澹絕望，只願再看見一次日出的妄想，種種禁錮。可是當我回頭看，一切事物皆發出虛偽自由的光芒，我記得我們一直在笑。

音樂永不停歇，即使你的頭在尖叫，使你激烈舞動的節拍鑽進眼窩，感覺你的頭就快痛到爆開。空氣永不清澈，像羊水般保護我們、支撐我們的煙變得刺激苦澀而黏膩，有如焦油長出利牙，延展觸鬚包住我們的四肢，使我們繼續動卻阻止逃脫。讓我們忘情的舞動變成一座尖刀牢籠，冒出火花的電極迫使我們動，即使根根骨頭在劇痛中碎裂。

每天早上我發抖醒來，視線模糊又有疊影。眼睛根本沒完全張開我就跟辛西亞討酒喝，但她只是雙臂環抱胸口站在吧臺後，黑髮往後緊緊編成辮子，搖搖她的頭。

光是從吧臺把頭抬起來就讓我的腸胃翻攪。我已經忘掉睡在床上的滋味，忘記醒來時全無痛楚作嘔。踩著有點搖晃的步伐，我要去叫醒哥兒們。

我們全都這副模樣醒來：眼睛瘀青，下巴碎裂，牙齒掉落，噁心想吐，呸出鮮血。我醒時跟其他人一樣不舒服哀嚎，但我年紀最長，負責發號施令，也是我照顧兄弟，打點他們，救他們脫離麻煩，讓他們陷入麻煩。而且這是我的錯。所以我會想辦法站起來，去叫醒我哥兒們。我的手在抖，渾身發顫，感覺有血從耳朵滴下來，每當試圖吸一口氣都讓肋骨碎裂。

每天早上我們都這樣，到晚上就會痊癒。

所以我會去叫醒哥兒們，對我來說那是最糟糕的部分。我的三弟一直是個混蛋，他會在盛怒中清醒，咒罵我並把我們的困境怪在我頭上，還算合理吧我想。而我最小的十二弟，天天醒來都靜靜啜泣，淚水滑落臉龐像窗上的雨。我們之中至少有一人醒來會被嘔吐物噎到。有時候是我。

我們必須清洗這地方，而酒吧就跟我們一樣：無論我們怎麼刷廁所、吧臺、地板和地下室，到隔天早上又會被嘔吐物和汙垢和糞便覆蓋。我們拖著喀喀作響的關節，老人似的彎腰駝背，一定要刷到這裡再次發光。我們必須把這鬼地方當寶貝一樣照顧，在那之後，如果我們做得夠好，辛西亞會幫我們從街底餐館點些吃的來。可是永遠不夠。我記得總是覺得餓，也很髒。男生廁所有一個小水槽，我常在那裡洗T恤，也試著潑水清洗身體，但沒有肥皂之類的東西，而且我身上附著層層汗水、膽汁與血汙。

我最小的弟弟呢，我必須確保他拿不到我的摺疊刀，他拿到就會割自己。也許他還是有這麼做，我不能確定，那些傷口沒到晚上不會癒合。他手和腿到處是疤。有一次傷口受到感染，他燒成我從未見過的模樣。我求辛西亞去請醫生來，向她承諾我什麼都願意做，但她說的對，我毫無資格討價還價。最後她扔給我一些抗生素，可是高燒讓他的腦子嗡嗡叫，他再也不是從前那個人了，而這一切都不是他的錯。他只是跟錯人，跟錯我。

即使他沒碰我的刀，我還是要時不時看著他。有時他偷拿辛西亞用來切檸檬和萊姆的刀。

六弟自殺過一次。

我發現他用自己的皮帶吊在男廁燈具上，死透了。我記得放他下來的身體有多沉重，臉上出現多少屍斑，舌頭嚇人地垂在嘴邊。我也記得他隔晨醒來，嗚咽像隻小狗，紫色瘀青圍繞喉嚨。此後他脖子角度就怪怪的。

我三弟那混球，他無法承受的時候就去捶牆壁，葬送他的指關節，在牆面留下幾抹血跡，害我們又要刷乾淨一遍。但我不認為他捶下去那刻有在想。我認為他是喜歡這舉動帶來的痛。

我呢？我喝酒。我們剛到這裡有不少錢，我全喝掉了。當然不只我一個人喝。我們早就一毛不剩，所以我在晚上喝我的酒。晚上我們不付錢，我不知道為什麼，有個可能是辛西亞給我們機會在晚上重來一遍，把某些事做對。我看見鏡子裡的自己，看得出酒精在摧殘我，但那比不喝來得好。我感到烈酒從裡而外腐蝕身體，把我分解成塵土與毒素。也可能只是釋放一直存在體內的毒。

我的手抖個不停，除非我專心讓雙手保持不動。

活死人的白天是那樣，但晚上完全變另一回事。在女孩們出現前那些年，晚上我們再度感覺良好，而那種感覺比白天好太多了，於是我們放縱狂歡。可是到女孩現身此地之際，好感覺所剩無幾。到女孩現身此地之際，我們整晚頹坐吧臺，黯淡無望深深刻鑿臉上。

女孩們顯然是來貧民區混，但當時我們也一樣，或說我們起初是這樣，從大房子來的俏男孩跟占屋者互看不順眼。如今我們擁有真正硬漢的歪鼻梁和滿口爛牙，一開始可不是這樣。我帶著一把彈簧刀，卻從未掏出來。總之，女孩顯然來自爹地的豪宅，到這裡跟真正的龐克樂迷一起縱情音樂。她們十二個人把頭髮往後梳高，用黑眼線液畫出一英寸長的貓眼，穿黑色皮革馬甲和馬汀大夫靴。或許她們是我們的真命天女，我發誓，我在她們眼中看見我們的救贖。我想我們全都可以。

但我們裝沒事，靠在吧臺邊灌啤酒，趁女孩視線移開時打量她們。而她們在黑暗中依然閃閃發光，試圖在重節拍與火柴光中認清自己身在何方。

年紀最大的女孩走向吧臺，正好是我在等她的位置。畢竟她可能看見我在打量她。我優哉挪了幾步去見她。

「請妳喝一杯？」我問話。

不，那樣不對。音樂撼動地板，吧臺後的玻璃嘎嘎作響，我俯身貼近她，邊吼邊用嘴型示意「請妳喝一杯？」湊得靠她耳朵夠近，讓她臉蛋能感覺我的氣息，而我的氣息，聞起來有香菸、啤酒、深夜、變質希望和自我毀滅的味道。

她瞥我一眼，厚厚一層銀色眼影在眼皮上閃爍。在那當下，我想要像電影裡拉她後壓親吻，但我管住自己的手抽一口菸，任聲音的煙火在我們周圍爆炸。我看得出哥兒們各自受到其他女孩吸引。

接著她微笑朝我吼「有何不可」？並用嘴型說「蘋果酒」。

我伸手環抱她的腰，她讓我摟著。我點給她一杯蘋果酒，我們永遠不必付錢，晚上不用，因為我們每個白晝都在償還。我遞給她一支菸，並幫她點燃。她咳嗽並假裝自己不是第一次抽。我記得我的第一次，完全沒咳，而是把粗礪刺激的煙徑直吸進心臟，像保護層般裹住跳動的心。那口煙還在，但逐漸變稀薄，無論我多用力吞回喉嚨。

她臀部緊貼我大腿站立。「你想怎樣？」她朝我耳朵吼。

「我想跟妳跳舞，」我吼回去，「因為……」我不曉得怎麼替這個句子收尾，於是讓它像殘影懸在空中。

她乾掉她那杯並重重放上吧臺，然而音樂太響亮，我聽不見撞擊聲。她的臉龐發光，因為酒和熱度漲紅。「那走吧！」她抓起我的手，我們一路推擠進密集人群中央，我哥兒們在，她姊妹們也在，我們成為風暴的核心，閃光驟落而我們跳舞。我們跳到樂團沒力，ＤＪ手痛，我們依舊像機關槍火般舞動，有如情人節大屠殺的幫派駁火。我明白這準沒錯，她跟她姊妹們是我們在找的人。

我們跳到太陽升起，不是說我們能穿透破爛牆壁看見太陽。不，我們由霓虹燈、昏暗燈泡和火柴焰照亮，可是地方淨空音樂漸弱，直到我們終於能聽見彼此說話，靴子底磨出洞。

「你住哪？」當我們靠在吧臺邊輪流喝一瓶威士忌，她開口問。

我搖搖晃晃朝室內比劃。我的襪子被汗水和地板上某種討厭東西浸溼。「這裡，」我回答，「我們住在這裡。」

「你沒地方能帶我去？」

「甜心，」我說道，「我沒辦法離開。」

她仰瓶喝了一口。「為什麼不行？」

我擰熄手中的菸，把實情告訴她。

回到我們真正年輕、而不是困守青春的時候，哥兒們和我無比生澀，我們從黑膠唱盤聽聞這種節拍，拉扯我們每個人的蛋蛋。我們曉得必須來這裡，我們的生命就該投注於此，置身黑暗與噪音裡。所以我們先弄齊裝備——帶夠錢去垃圾與雜耍服飾店[1]改造自己。

我們像土耳其年輕人那樣大搖大擺踏進這裡，腿上的鏈條鏘啷響，頭髮梳得恰到好處。我們蹂躪舞池地板，我們猛灌一口乾掉的龍舌蘭酒，我們也騷擾女孩子。我們是真正的混蛋，動不動挑釁打架。

是，我確實打了一架。

嚴格講那不算打架，你不能說那是互毆。他只是個小鬼，比我十弟大沒多少，剛開始刮鬍子吧。他只是嗑藥嗑到腦袋壞掉的小鬼。但我總是在氣頭上，這個小毒蟲在去男廁路上猛撞我，還吐在我靴子上時——有部分是想吸引辛西亞，讓她知道我作風多硬。當時我不認識她，不知道她有什

1 垃圾與雜耍服飾店（Trash and Vaudeville）位於紐約東村，開設期間從一九七五年至二〇一六年，成為龐克搖滾樂手與樂迷採買服飾的據點。

麼力量，但她是酒保而且長得可愛——黑色長髮往後紮成法式辮子與鮮紅唇膏。凱爾特結刺青。不過當時多半出於純粹的暴怒。我總是在生悶氣，總是隨時要爆發。我不知道為什麼。可能是睪丸激素吧。或者有什麼困在我皮膚底下，需要逃脫，需要發洩。

原因不重要，我猜，我就是狠狠揍了那小鬼一頓。他不……事後看起來不太妙。

辛西亞拿她收在吧臺後方的路易斯威爾強棒牌（Louisville Slugger）球棒走出來，但我根本沒感覺被球棒打，腎上腺素弄得我太嗨，所以直到哥兒們把我從小鬼身上拉開，我停下來，才看見自己對他做了什麼。有時我懷疑他能否撐過那個晚上。

有時我懷疑自己有沒有做。

辛西亞給小鬼的朋友二十塊，叫他們帶他去最近的醫院，紐約大學那間，我猜。隨後她轉身看著我。

「你，」她說，「出去，別回來。」

可是怒火仍在我血液中燃燒，加上羞愧感開始滲入憤怒的裂縫，所以我抵死不從。「媽的，才不要，」我放話，「那小鬼欠我一雙新靴子。」

「那**孩子**，」她回道，「**什麼也不欠你**。出去，你不受歡迎。」

我仔細打量她。辛西亞不是個高女人。我環顧四周，一個保鏢也沒看見。「不，我還沒喝夠。」

「這是我的酒吧。」她說，「你喝夠了。」

「我不走。」

「你不肯？」

「不，」我啐了一口。「我哥兒們也不走，媽的我們要坐在這裡喝酒跳舞一直到我們**想**回家。如果妳有意見，去叫該死的警察。」

「我的酒吧沒有警察，小毛頭。」辛西亞說，嗓音有點沙啞，當時我以為是屈服，現在我覺得是警告。她看看我的哥兒們。「他說的話代表你們全部？你們有人想走嗎？」

哥兒們寸步不移站在我身旁。我……對那我還是有些驕傲，有些感激。他們必定聽出她話中的威脅，可是沒有一個人動搖。連三弟也沒有。

辛西亞的目光停在我的小弟身上，他只有十四歲，看起來也像那歲數。「你確定？」她詢問，以對她而言溫和的方式說。「你確定想跟他一起留下來？」

小弟看向門又看向我，什麼都沒說，卻也沒有動。

辛西亞點點頭。她走回吧臺後調大音樂聲，而我以為自己贏了。她表現得稀鬆平常，像是我沒在她面前把小鬼揍個半死，像是我沒當面反抗她的權威。她幫我們出了幾輪酒，甚至對我送上甜美微笑，害我以為跟她有機會。

醒來的第一個早上，我看見她站在吧臺後為晚上做準備，我只認為是自己昏死過去而她讓我留在那裡。我像被毆打過，不過以前醒來也有過這種感受，根本不記得原因。接著我試圖離開。一嘗試踏出門外，我立刻痛到縮起來。空氣像刀鋒活活剝我的皮，升起的太陽彷彿往我肌膚傾倒燒融金屬，而土地，啊，那土地有如成群螫人甲蟲蜂擁撲過來。我每一寸身體都燒到起水泡。

我雙手和膝蓋著地爬回酒吧，大口吸進發臭空氣。除了痛苦和憤怒再無感覺。

我叫醒哥兒們，當三弟明白我們有何遭遇，他還真的衝去找辛西亞理論，而她用球棒打斷他的鎖骨。他跌倒在地，她俯視他——她似乎比我們都高大。

「妳對我們做了什麼？妳**是**什麼東西？」我啞著嗓子問她。

「我是**酒保**。」她說，「永遠別惹我。在我的酒吧不行。」

辛西亞總是在這裡，我不認為她有睡覺。

於是每天早上，我告訴她，我們都以我把那小鬼打成的模樣醒來，每天我們做辛西亞吩咐的所有事，而且我們沒辦法踏出酒吧一步。但這可以結束，我告訴她，如果有女孩來，如果一起跳舞，連續一百零一夜，我們就能離開。或許甚至能再次回家，如果我們還有家。或許我們能找到一個家。

我把我們的故事告訴這女孩時，她一直喝威士忌並在適當的地方點頭。

「家被高估了。」她說。

我想過要問，但沒問出口。「聽著，」我說，「我不再是那種樣子，我不那麼做了。我只是……我改了。我是說，如果有人找妳麻煩，我會揍到他倒下。可是我不……我不再讓怒火沖昏頭。」

她點點頭。「這樣多久了？」

我聳肩。「不曉得，好幾年吧。這裡的事沒在變，只有人來來去去。我們不會老，可是我的黑眼圈，它們愈來愈深。」

「對嘛，」她說，「這是我注意到你的第一件事，你眼睛底下的皮膚看起來像黑炭。」

她把手扶上我大腿，靠近吻我。我伸出雙手抱她，她掙脫抽身退開。我還在調整呼吸，她把威士忌瓶放進我手裡，滑下高腳凳，紫色迷你裙直縮到屁股下緣。她把裙襬扯回原位。

「再見囉。」她說。

「妳明晚會再來？」當她姊妹們接連離開，我開口問，試著不讓聲音透露期望。

她咧嘴笑。她的深色唇膏因為親吻弄糊，黑眼線畫的貓眼早消失不見，被我們跳舞流的汗洗掉。絲襪的破洞變得更大。「對啊，我們會再來。」

「後天晚上呢？」

「也許吧，」她說，「天知道。」

「等等，」我說，「現在妳曉得我的事了，我叫傑克，妳叫什麼？」

「伊莎貝。」她回答。

「妳有什麼故事？」

「我還沒有故事。」她說。

「拜託，」我堅持追問，「什麼吸引妳來這裡？」

她又笑開，但這次看起來更冷。「沒有。」她聳肩。「嘿——你想要什麼嗎？外面的東西？」

我想過一會兒要繼續逼問，試著搞清楚她究竟想逃離什麼，最後決定反其道而行。我不能冒險惹她生氣，不能在我還不太認識她時這麼做。

「一件乾淨的T恤。」我說。「也許一顆桃子？我有點懷念桃子，以前是我的最愛。」

「季節不對。」她說，「這幾個月都不會有桃子。」

「那，蘋果？」

「好。」她朝我微笑後走出去。門重重闔起扣上，把我跟哥兒們關在裡面度過白天。

在裡面的頭幾個星期，我們每晚都把這地方搞得一塌糊塗，扯下凳子拿來砸碎酒瓶和吧臺後的鏡子。然而俱樂部就在我們四周自我修復。不至於完好無缺——鏡子仍有馬賽克般裂紋，牆壁有些焦黑處。但這地方看起來跟我們初次踏進的破敗龐克俱樂部沒多少差異。我們拳頭上的傷要更久才癒合。

想來就來、想走就走的女孩和其他客人離開了，在那第一夜過後，哥兒們與我想讓自己舒服點，靠牆窩在長椅上。

「會成功的。」我興高采烈說道。

「我不喜歡她們。」小弟應話。

「這什麼意思，你不喜歡她們？」我質問。「她們是我們的女孩，即將讓我們重獲自由。你不能不喜歡她們。」

「跟我一起跳舞那個很無趣。」他說。

「我那個不喜歡這裡，我看得出來。」五弟附和。

「我們想要離開這地方，不是嗎？」我試著講道理。

「你只是因為跟你那個女孩在舞池親熱才爽歪歪。」三弟咆哮。他永遠是我們之中最糟糕的人。

「大家聽著，」我說，「她們有十二個人，我們也是十二個人，是她們準沒錯。現在去睡吧。」

三弟說對一件事，我快樂到失魂。此後再沒有過相同感覺。

隔晚和後晚她們都來了，我整晚跟她跳，直到我們的靴子磨穿，我們的頭隨節奏晃得癱軟。我們灌酒灌到跌在地上會彈起來，弄傷自己時吼出笑聲取代喊痛。我們是衰咖，我嘗試擺脫從前那個欺負人的渾球，她想逃離……無論要逃離的是什麼，兩個醉醺醺舞動的報喪班西[2]。實際上是二十四個。

她告訴我天氣情況，我喜歡聽。酒吧冬冷夏熱，而我幾乎忘記晒到刺痛的太陽和灰濛濛的針尖般細雨。她描述微積分課程，讓我覺得自己是笨蛋，但我並不在乎。她聞起來像公園、柏油、街市，我想念的外面。每隔幾晚她來的時候情緒陰鬱憤怒，不說話也不笑，只肯狂飲波本酒和跳舞。到一夜結束，我幫她撥開頭髮讓她吐進馬桶。我不在意這麼做。我猜我陷入愛情，我想她只是陷入低潮。她會連續幾晚這樣，隨後恢復正常，興奮說著表哥新生的嬰兒還給我看照片。我不記得上次看到嬰兒是什麼時候。

2 報喪班西（banshee）是愛爾蘭傳說中的女精靈，現身哀哭預示死亡，被當作不幸的象徵。

我們都忙著照顧其他人。我跟哥兒們約法三章：不准找我抱怨女孩，我不想聽。可是他們的相處情況沒改善，顯然女孩也不喜歡我哥兒們。只有年紀最大的女孩願意費心打扮；其他人無精打采身穿牛仔褲和T恤，這沒什麼，因為我們也這樣穿。三弟惹惱一個女孩，她氣得拿酒潑他。我推他撞上酒吧的殘破牆壁。

「你他媽的在幹麼？」我朝他吼。

「去死吧你。」他怒罵我。

我又推他的頭去撞牆。「我向上帝發誓，麥克斯，如果你搞砸大家——」

「**怎樣**？」他大喊。「我會被揍扁？每天早上我都是這樣醒來，多謝你喔！」

我們互瞪了幾分鐘。最後我把頭別開。「別這樣，麥克斯。」我說。

伊莎貝一直勸她的姊妹。「拜託別走，」我聽見她這麼說。「好嘛，別走。明天會更好，我保證。我保證。」

隔晚伊莎貝帶來一袋大麻和一些捲菸紙。「我想這可能有幫助。」她告訴我，那確實有用。總之幫了麥克斯一把，如果我們留的量夠他白天用，他就會停止捶牆。此後她每晚都帶點東西來。我不知道她從哪裡弄到毒品，或者哪來的錢買，但她得以藉由毒品拖住大家，確保良好行為。

偶爾我想，團結她姊妹和我哥兒們的僅有事物是對毒品的渴望，以及對我們倆的憎恨。可是我們照顧他們也約束他們。

沒人來約束我們兩個。

初識她幾週後，她拉我去酒吧的後室，在更黑暗的角落貼近吻我。我用雙手環抱她，找到她T恤和紫短裙中間的縫隙。

「最好別停止跳舞。」我對她耳語，她點點頭。但她嘗起來像蘋果酒加菸和汗，我又開始吻她，手按上她胸部側邊。

「我曉得另一種舞步。」她在我耳邊回話，手伸進我牛仔褲的後口袋。

最後我們在牆底交疊，我抱著她在我大腿處上下磨蹭。老實說，就算必須重來一百零一晚我也不在乎，感覺那麼好，我靠過去親吻她的頭髮。

「我愛妳。」我告訴她。

「你需要我。」她更正我，顯得不抱希望。

「不，」我說，「我愛妳。」

「你根本不了解我。」她回答。

於是我們跳舞做愛直到第一百個晚上。哥兒們和我從來不曉得女孩白天的去處，也問不到她們住哪裡。晚上她們跟我們待在一塊，在充滿菸酒的骯髒酒吧。我的T恤和她的魚網紋絲襪破得不像樣，可是我和哥兒們的靴子天天奇蹟般修復，就在我們縮於暗處睡覺時。我發誓偶爾睡中能聞到她的髮香。

第一百個晚上，伊莎貝又陷入她那種惡劣情緒。她不看我也不跟我講話，無論我做什麼說什麼都沒用。過了一整晚，我的神經有如電線爆火花。我從來不曉得當她變這樣該怎麼辦。什麼都行不通，感覺怎樣都不對，而且我很緊繃，像隻拴繩的狗為第一百零一夜緊張兮兮。在我看來就是這樣。我試著找她搭話，但她別開的視線和單音節的回答逼得我也沉默。一夜將盡，我處在情緒爆發邊緣呆視前方，她猛灌愛爾蘭威士忌。緊繃和與日俱增的興奮凝結成挫敗感，讓我開始生悶氣。既然我們這麼親近，她幹麼要這樣？她掏錢買第五杯烈酒時，我終於開口。

「妳喝不了那麼多威士忌，妳也知道。」我說。

她懶懶聳肩。「去死吧，傑克。」她說，語中不帶一絲真正的惡意。反倒像是沒有任何感覺，沒有愛或憤怒。

「說真的，伊莎貝，別喝了。妳最後只會吐出來。」

「又怎樣？你誰啊，我媽嗎？」

「不是妳媽，」我回答。「我是事後把妳清乾淨的人，記得嗎。」我的語調變得醜惡，我曉得繼續講絕對是錯誤。可是明晚的緊張感使我痛苦萬分，她的情緒讓那股張力更加難受。我猜除了做愛也許打一架是次佳選項，而她絕對沒心情搞。「是我，不是妳姊妹。」我繼續說，試著激她把注意力放在我身上。「妳姊妹們，她們才不管。她們跳完舞就把妳留在這裡。」

奏效了。她猛然轉頭。「不准你說我姊妹一**個字**。你厭倦把**我**弄乾淨？我到這裡以後是怎麼解決你搞出來的麻煩？你覺得讓我姊妹每晚來這裡很容易嗎？她們根本**痛恨**你哥兒們。你覺得我這麼糟的時候想待在這裡嗎？」

我真的……從沒想過伊莎貝黑暗情緒的內心是什麼模樣。我猜我只把這想成她的部分神祕感——她從哪裡來？她有何感受？她為我而來，那就夠了。反正是為了我。

「那妳幹麼大費周章過來？」我朝她吼，掩飾開始滑進我內心的羞愧感。

她凝視我一分鐘，轉頭回去喝酒。「你是個混蛋。」她乾掉第五杯威士忌，在昏暗光線下眨了眨眼。我第一次注意到**她的**黑眼袋。「我來這裡，」她開口說，又打住。「我來這裡，」她再度開口，顯得有些艱難。「因為只有這時候我真正感覺活著，只有這時候我覺得我**想要**活著。我沒辦法停止睡覺，傑克。我一天睡十二還十五個小時。多數日子裡洗澡太難，我的手臂和腿像灌了鉛。我——我常覺得自己並不真的存在，只是透過畫像割開的眼睛往外看，像一部爛電影。每件事都痛苦，無時無刻，甚至在我沒有不對勁的時候。我天天哭。我的腦袋沒辦法振作，我的思緒像一袋彈珠倒在地上砰砰彈跳。而且我看什麼都灰濛濛，彷彿眼前有一層煙霧。我恨我自己這樣，這麼軟弱。軟弱又沒用。

「當我來**這裡**，傑克，我不再沒用。我來**這裡**因為有些時候，音樂和菸和酒把那東西趕走，我覺得還可以。光是還可以就是他媽的奇蹟。有時候我感覺更好。有時我感到血中像香檳般冒泡，我能在空中看見霓虹光的痕跡，一切都——都**噴出火光**，像燒紅的金屬和煙火。但**大部分**時候，**大部分**時候，傑克，我覺得爛透了。」

我不曉得要對她說什麼。我喝掉她的第六杯威士忌。「我不知道，」我說，「我從來不知道。妳總是顯得那麼……有活力。」

她厭惡地看我，這時我才明白自己的話聽起來多麼愚蠢。「我對**那**很在行，我也對微積分很在行，所以不可能有真正糟糕的事發生，對吧？你從來沒發現，你從來不認真看待，因為你需要我扮演拯救你的女孩。你**不**愛我也**不**了解我。你**需要**我。但你沒有一次想過我需要什麼，甚至沒發現你上我的時候我在數天花板磁磚。」

「那樣說太過分，」我低聲說，「那太過分了，而且不是事實。我有想過妳需要什麼，妳為什麼來這裡，我問——」

「噢，閉嘴，傑克。」她回話並滑下吧臺椅。「我要去吐一吐，他媽的自己把頭髮往後束，然後我**要走了**。」

她離去後，我趴在吧臺上，頭已經開始痛了。我感覺得出來辛西亞在看我，她的腳點著地。一段漫長的沉默過後，我聽見她說，「你有一次機會，傑克。你曉得對吧？就一次。」

「我猜是吧。」我答道，用手指揉壓眼皮。

「你什麼都沒學到，是嗎？」她說，「你真是白痴。」

「我知道。」我說。我坐在那裡等著入睡，等著在慘狀中醒來。

隔天晚上，也就是第一百零一夜，我們從日落那刻就在等，可是女孩沒有來。時間不斷流逝。

「她們去哪了？」小弟開口問。

我聳聳肩。

「她們不會來了，對嗎？」他嗚咽著說。

「她們會來。」我說。

我們就這麼等著，甚至沒有隨音樂叩腳打拍子。我能聽見每一秒鐘跌落地板的聲音。

「她們不會來了。」午夜前幾分鐘，小弟又說一遍。

「而且這是你的錯。」三弟咆哮。「你只會對我說那些狗屁威脅，最後自己去搞砸一切。你到底哪裡有問題？吹太多該死的喇叭弄壞腦子啦？」

「閉嘴，麥克斯。」我靜靜說。「我對上帝發誓，如果你不閉上嘴，我會打斷你該死的下巴。」

其他哥兒們慢慢後退，讓麥克斯踏步走上前來。我能聽見他的呼吸聲。「從我們小時候你就打不過我，傑克，現在你也打不過我。」

「別在我的酒吧，小伙子。」辛西亞警告的聲音似乎從好幾哩外傳來。

門大力甩開，女孩們搖搖晃晃走進來。她沒怎麼化妝，也沒打扮。她穿著桃紅牛仔褲和黑色棉背心。

她的眼睛腫脹，像是一直在哭。

她抓起我的手。

那晚我的腳重得像鉛，音樂聽起來不斷有雜音干擾。每拍感覺都像往頭上捶一下，每步有如拔一顆牙。但我們勉力撐住，唯有決心，到夜晚結束時我靴底的洞有五分錢鎳幣大小。

哥兒們和我互相凝視對方時一度靜默。隨後小弟猶豫走向門口，抿抿嘴唇，踏出門外。依然鴉雀無聲，接著我們聽見他歡呼大叫，銳利如箭射入我心臟。另外九個哥兒們衝向門口。

麥克斯遲疑等待，接著走過來，伸手放上我肩頭。「來吧，傑克。」他的聲音聽起來幾近流露真情。

我甩開他的手，他聳聳肩，最後看我一眼，隨後離去。他在身後輕輕關上門。

「你自由了。」伊莎貝說。

我沒感覺到。

「去啊，」她說，「離開這裡。」

「我沒想到妳會回來。」我說。

她聳肩。「我們這麼接近。」她的聲音悶悶的，我不曉得她指的是我們很親近，或是我們離一百零一夜的目標這麼近。

「我很抱歉，」我說，「我不該說那些，關於妳姊妹們。妳知道我不是真的在意妳喝多少酒。」

「我知道，」她說，「但與那無關，不是嗎？這段時間以來，你從未真正注意到我有什麼不對勁，不是嗎？」

「妳沒有不對勁。」我說。

「我們做愛的時候我什麼都感覺不到，」她說，「除了低落我再也沒有其他感受了。」

我不知道對那要回應什麼。

「我以前感覺得到，在這裡，跟你一起。我以前感覺不錯。然後……就這麼消失無蹤，我繼續來只是要幫你。也許我把自己耗盡了。」

「我會幫妳，」我說，「為了妳我做得到，就像妳為我做的。」

「我不覺得你可以。說真的，你從來只想著你自己跟哥兒們，彷彿你們是唯一受詛咒的人。你從來只想著我能為你做什麼——帶菸給你，幫你解圍，放你自由。連今晚也是——你只擔心你自己，不是嗎？你心裡可曾想過，我不在這裡是因為……我有……因為有什麼事發生在我身上？你不知道該怎麼幫我。」

我嘗到鹹味，這才察覺眼淚滑落臉龐。「別離開我，我會學。」

她搖搖頭。「我不覺得我能擁有那些。」她也在哭。「我得走了。」

「把妳的電話號碼給我。」我說。

她又搖頭。「這樣比較好，因為你就不會厭倦一直試著幫我，等到你做不到的時候。」

「妳有厭倦一直試著幫我嗎？」

「你不**像**我，」她不耐地說，「你沒有毛病。偶爾你是有點討厭，但大家都是這樣。我已經壞掉了。」

「我不相信。」我說。

不過她還是走了。

在她離去後，我呆視前方幾分鐘。想不到任何地方值得去。

過了一會兒辛西亞走過來，雙臂交疊站在我面前。「該走了，傑克。」她靜靜說道。

我聳聳肩。

「你不能繼續留在這裡。」她告訴我。接著她倒給我一杯白蘭地。「店裡請客，」她對我說，「當作慶祝。喝掉然後滾出去。」

我小口啜飲白蘭地。「我能回來嗎，某幾個晚上？」

「當然，」她說，「隨時可以，只要你有錢。也要管好你自己。」

我哥兒們混得不錯。他們找到好工作，有好地方住。我偶爾去他們家住，一家一家輪流。我賺的錢夠自己喝酒。

「外面能上的對象更多。」三弟對我說，就在我打趴他之前。

反正那不是真的，對我不是。彷彿她離開之後，我內心有什麼破碎了。我見到其他女孩，不是她的女孩走過，我毫無感覺。只有在想她的時候我才會硬，而且我覺得連那都漸漸消逝。

四弟幫我在他岳父的辦公室找到一份工作。在最後那晚過後，我的馬汀大夫鞋底一直沒修復，於是我買了雙新鞋，把破靴子扔到衣櫃深處。我把自己打理一番，看起來不再不體面。也比較老。我看起來老多了。

我的手依然抖個不停，所以我買了一把電動刮鬍刀。

小弟表示贊同。「忘掉那些事，」他說，「重新開始。」

但我記得。我記得夜晚我們在火舌上跳舞，身邊有天使，當世界敞開任我們取用，當火花穿透空氣，當鼓點是汽油而我手握一整盒火柴。

一晚我下班回來時，麥克斯在六弟的公寓等我，他們兩個彼此怒視。

「柴克覺得我不該告訴你。」麥克斯說。「但管他的。我找到你的女孩了。」

我走進廚房，從冰箱拿出一罐啤酒，回頭坐在兩個哥兒們中間。「我不相信你，麥克斯。」

他看似隱約有些受傷。「是真的。」

「我都找不到她了，你怎麼找得到？」

「因為你去找她的時候看起來像一場該死的噩夢，老兄。說真的，你沒刮鬍子，渾身酒味，你覺得有女生願意告訴你自己的朋友在哪裡嗎？現在我——」他朝身上比了比，「我穿西裝，我說話得體，誰不願意跟我說話？」

我瞪他一眼。

「我女友是柏納德女子學院高年級生，」他說，「她學妹跟伊莎貝是同學，伊莎貝・高德曼。十二姊妹的老大，把沒血緣的繼妹和同父或同母的妹妹都算進去。學校傳言說她試圖自殺，父母把她送進康乃狄克州一間精神病院，遠離這裡的朋友——我敢說是要遠離你，即使他們不知道你是誰。他們在那邊鄉下有一間別墅。所以我就去幫你打探了一下，因為我是好人，無論你怎麼看待我。傳言是真的，她在那裡，沒有訪客，除了父母之外沒有跟誰聯絡。吃藥跟電擊治療。」

我毫無預期中的感受。我什麼感覺都沒有。「她試圖自殺？」我無意識複述。

「試過。」麥克斯說，拿起我的啤酒喝。我猜柴克沒打算給他一罐。「她一個妹妹叫了救護車，他們幫她洗胃。」

「嘿，」他繼續說，「問我的話，我覺得你該離她遠一點，她也是。我不覺得你們對彼此有好處。不過你想怎樣就去做。一點建議——如果要去找她，你就振作一點。該死的把你自己打理好，找一個自己的地方住。天殺的早該有個男人的樣子。她把你弄出來，不是為了讓你後半輩子都在別人家睡沙發。」

他拋給我一份簡章，那種東西看準家有問題青少年的父母，有著溫柔的論點與虛假的理解，毫無鋒芒。不是像伊莎貝那樣的人需要的。不是像我這樣的人需要的。

他喝光我的啤酒。「好吧，別說我從沒為你做過什麼，傑克。」說完就走了。

我思考像伊莎貝這樣的人需要什麼，像我這樣的人又需要什麼，隨後辭掉工作。我從來沒喜歡過，也不覺得自己擅長；我從未完全弄清楚那在幹麼。麥克斯說要我找個地方住，只有一個地方我覺得屬於自己。

辛西亞看起來不太訝異見到我。「怎麼這麼久才來？」她問。

我坐下來點了一小杯波本酒，她端來後我小口啜飲。「我要去找她。」我說。

「她不在這裡。」辛西亞說。「所以你沒有一個好開始。」

「是噢，好吧，我不擅長開始。」

「這不是我的問題。」她說。

「別這樣，」我試著說動她，「難道妳從沒想過離開這裡？看看陽光？去海邊？」

「你是在約我出去嗎？」她說，「到海邊散長長的步？」

「我是在跟妳討一份工作。」

她沉默整整一分鐘，隨後去酒吧另一頭服務其他客人。回來時，她在吧臺上快速敲動手指。

「我很懷念去看芭蕾舞。」

「妳說真的？」

她瞪我一眼，又在吧臺上敲起手指，接著走掉去洗幾個玻璃杯。她回來後倒了兩小杯波本酒。

「你耳力還不錯。你可以去找樂團來，接手幾個晚上。」

我呆呆看著她。

「傑克，你想說的是『謝謝妳』。」

「謝謝妳。」

她在吧臺後翻找半天，拿出一串鑰匙。「你可以從明晚開始。我不需要訓練你，對吧？」

「我想妳已經訓練過了。」

「也對。」她推鑰匙滑過吧臺給我。「酒吧樓上有間套房，我不住那裡。」

有一度我想知道她住哪裡——想知道那對於像她這樣的人意味著什麼。隨後我再說一遍「謝謝妳」，只是為了確定。

她點點頭。「我們明天見。」

我起身要走。「噢對了，」她說，「傑克？別喝光我該死的利潤。」

我開麥克斯的車去康乃狄克。

「別燒壞我的音響喇叭。還有，上你女朋友的時候別弄髒我的椅子。」他扔車鑰匙給我前叮嚀。

「反正她可能不想跟我回來。」我說。

他朝我咧嘴一笑。「你胡說什麼？她從頭到尾手都黏在你身上，老哥。」

我在中心的交誼廳見到伊莎貝，並且察覺這是我第一次看見她臉上沒有一點妝。她看起來沒顯得更老或更年輕，只是不一樣。也許比之前疲憊。

當我握住她的手，感覺未來終於開始，就像我人生中一切事物都停滯下來，只為了等她。

「他們把我的記憶弄得一團糟。」她說完笑了一下，但不是開心的那種笑。

「記憶被高估了。」我告訴她。「我來接妳出去。」

她看著我，彷彿我是笨蛋。「我可以自己出去。現在我滿十八歲了，我想的話隨時可以簽字離開。」

「那妳為什麼還沒走？」

「說真的，我沒地方可去，沒地方想去。」她回答，接著稍稍停頓。「到現在為止？」

我點點頭。「我有工作。」我說，「我也有個地方，在俱樂部樓上的套房。」

「那間該死的俱樂部。」她笑得有些激動，像是有可能哭出來。「你從未真正離開，對嗎？」

我搖頭。

「我也沒有。」

「我借了麥克斯的車，就停在外面。」我告訴她。「我們可以開回我住的地方。我們可以半途停下來，瞎搞麥克斯的車椅座墊。我是說，如果妳想的話。」

她朝我笑開來。「那我們該走了，趁我還記得你是誰。」

「我是誰？」我問她。我試著別屏住呼吸，等待她傾訴我是誰，我對她而言算什麼。

「你是個混蛋，傑克。」她說道，輕輕撫摸我的臉。「但我還是想念你。」

「我是混蛋。」我同意，「可是如果妳要我，我屬於妳。」

「我要你，」她解釋，「我要你，但它會回來，你知道那一點，對吧？你必須明白那一點。它永遠不會**治癒**，它永遠不會**結束**。我不像你。現在你可以去任何地方，但它總是會再占據我。」

我伸出雙臂環抱她。「我會保護妳。」

「你**做不到**，」她說，「你沒在聽嗎？你沒辦法保護我。」

「那就讓它占據妳，」我說，「而我會帶妳回來。多少次都可以，我會來帶妳回去。我不會讓它留住妳。」

「你不會厭倦？」她不安地問。

我聳肩。「也許我會厭倦。也許我會厭倦，發脾氣又討人厭，喝太多到浴室吐。但我依然會為妳而來，多少次都可以。」

她握起我的手，我們十指交錯。

我看見午後陽光穿透玻璃門，我還是不習慣暴露在日光下，甚至只是看見日光。每次踏出一道大門我依然感到緊繃，預期會有無法忍受的痛苦而縮身弓背。可是我看向伊莎貝，發現我牽住的手緊握成拳頭，她畏縮躲避陽光，她的臉扭曲成某種接近恐懼的表情。於是我放鬆肩膀，伸手扶住她腰間。

「沒事的，」我告訴她，「我們要回家。我車上有聲音樂團（Glos）的專輯，妳想把音量調多大聲都可以。」

「謝天謝地。」她對我微笑。「這地方的音樂爛透了。」

然後我們一起走出那道該死的門。

第六個故事——

蛇群

「妳要走大頭針小徑或縫衣針小徑？」

這在夏蕾特耳裡聽來不算有選擇。黑暗的森林，尖銳的金屬，聽起來像是某種試煉。也許若是她答錯，每當試圖說話蟾蜍與蛇就會從舌頭蹦落。夏蕾特對那不在乎。她喜歡蛇：她喜歡牠們爬動的方式，順著地面盤繞身軀。她覺得自己可能是某種蛇，沿著流暢的正弦曲線滑動，睿智而狡猾。蛇不縫衣服。

「大頭針小徑。」

景色變換游移，如蛇從一方遊走至另一方，隨後悄悄溜走。夏蕾特心想，會不會整個世界也是一條蛇。那會讓她很開心，成為一尾大蛇肚子裡的小蛇，高低起伏穿越時空。過去是尾巴，未來是頭，龐大蜿蜒身軀在莫比烏斯環裡上下穿越，自我盤捲彎折。於是過去亦是頭，未來是尾巴，世界之蛇嘴裡啣著尾巴，啣著故事，它自己的故事。

蛇從不眨眼。

＊＊＊

夏蕾特發現自己走在大頭針小徑。前方視線所及，泥巴路上灑滿大頭針、別針、珠針、髮簪、帽針、尿布安全別針，如纏繞蛇背上的鱗片般閃閃發光。粗心的小女孩走上這條路，雙腳可能割得傷痕累累。夏蕾特穿著她的紫色馬汀大夫十四孔靴，甚至感覺不到大頭針在腳底沒入森林土壤。她一路走，同時想像蛻下這層皮的銀蛇。體型要很巨大，她想著，才能蛻下這麼多鱗片，而遍地尖針更近似小根的硬羽毛，而非光滑交疊的鱗片。她想著想著，開始幻想那尾尖針蛇的冰冷寶藍色眼睛，和牠嘴裡成排的金屬尖牙，這時她察覺針的來處。小徑旁林立樹木，原本該是葉子的位置長滿針。這些樹無法攀爬——動作稍有差池，你就會滿臉鮮血，可能需要打一針破傷風。

當夏蕾特打量這些樹，有什麼東西朝小徑迅速襲來，盡可能不動聲色。從她面前疾滑而過，像女學生逆光衝過公園大道，好趕在鐘聲響前進教室。夏蕾特失去平衡；她盡力止住步伐，幾乎出自本能，彷彿一條蛇察覺對方的動作，她迅速轉身跟上。結果是她試圖單腳保持平衡，雙臂在空中打圈，左腳伸在身後晃動。幾乎找回平衡之際，腳下的針讓她打滑，身體往側邊重重跌下，雙手、膝蓋和臉鮮血淋漓。

太陽漸漸落下。噢我的毛我的鬚啊，我為時已晚。

但夏蕾特還不遲；她及時把頭轉開，避免一眼插滿針。她跌倒後原地躺著，重重喘息，腦中閃現無意義的句子：**原本開心玩遊戲，直到有人失去一隻眼睛，我發誓是真的否則不得好死，插一根縫衣針在我眼裡**。不是縫衣針，是大頭針。夏蕾特深深吸一口氣站起來。她拍掉藍裙子和白圍裙上的針，不管手流血留下的紅印子，跟她的酒紅色機車夾克相同色澤。夾克裡外都是拉鍊和口袋，裝著她的地鐵車票、銀色眼影、紅色唇膏、黑色眼線液、標明她二十二歲的假身分證、螢光粉色打火機、一包菸（她不抽）、一些安非他命、幾根波比黑髮夾、一枚頂針和一盒堅果糖。她掀開提籃，取出紗布和膠帶。包紮膝蓋後，她戴上一副護目鏡。沒有大頭針插進眼裡，真是多謝你噢。也沒有縫衣針。她動身尋覓是什麼讓自己失去平衡。她跨步離開小徑。

啊哈，你可能在想。**我們都知道偏離原路的小女孩有何遭遇，現在我們曉得了吧？**

夏蕾特小心翼翼行走，堅定穿越林中生長尖針草叢的地帶，她一邊推敲著護目鏡。蛇戴護目鏡嗎？看情況，她心想，取決於牠們是否潛入水中。食魚蝮會下水，其他種蛇也會。她喜歡看牠們輕掠滑行水面，往復拱起身軀。她揣測海蛇是不是用相同方式游泳，以S形在海面滑行。可能不是，她推斷。海蛇在水中游泳，而不是水面。她想像一條海蛇置身酒紅色怒濤海洋，將身軀盤捲成愈來愈繁複的凱爾特結，在周圍鹹水中飛快吞吐舌信。她想像同一尾海蛇將漁船扯入海底，用身體當繩索沿船絞繞，健壯年輕水手發出尖叫並翻出船外。這些念頭讓她面露微笑。她想，海蛇也許戴護目鏡。

她一邊默想，同時追蹤那迅捷移動的生物。在她前進時，馬汀大夫靴發出的聲響出奇細微；或許她是熟能生巧。她逼近後看見一隻白兔子，呼吸沉重渾身顫抖。兔爪和皮毛沾染血汙和泥巴，粉紅小眼睛四處張望，模樣比往常更瘋狂。

夏蕾特思索蛇吃不吃兔子。吞掉一隻兔子對紅尾蚺來說完全不是難事，她心想，回憶起看過圖片中其他種類、體型較小的蛇，身軀隆起老鼠形狀的腫塊。兔子彷彿察覺她的思緒轉往獵食角度，凝結僵立，耳朵試圖捕捉她的呼吸聲而慌張量測，接著突然躍入兔子洞。那洞口隱藏在錯綜交疊又不穩的針堆下，像是銳利金屬版的撿木棍遊戲。夏蕾特尾隨縱身跌落，下墜中洞壁閃現多幅圖像，鴨頭別針將尿布緊包嬰兒屁股、安全別針扎穿衣服、珠針刺進徒勞展翅的蝴蝶，圖釘將夏蕾特二年級寫毒蛇的作文固定於軟木留言版，波比黑髮夾把她的頭髮盤得太緊，安全別針穿過她的耳垂（已經打過耳洞，所以只需要穩定的手和一點耐心）。洞相當深且曲折，夏蕾特感覺自己彷彿被一條蛇吞下。這種感覺不壞。隨後她高速跌落如樹葉般交疊的尖針堆。

她的護目鏡、馬汀靴和機車夾克發揮功用——沒有大頭針刺得穿。可是她裸露的腿和臉如今被劃開割傷流著血。夏蕾特撐地站起來，並在這麼做時刮傷雙手。她掀開提籃拿出一罐碘酒，依序往每一寸受傷肌膚塗抹些許。她是傷口也是解藥，一位無菌的少女。

現在哪個方向是奶奶家？她一下子忘記護目鏡的事伸手揉眼睛，兩側鏡片都留下血跡。從現在起，她將透過自身鮮血的迷霧看這世界。

這段廊道的磁磚在她看來有些熟悉，不過直到抵達玻璃票亭，她才察覺自己置身阿斯特廣場地鐵站。她從口袋掏出地鐵月票，向根本不在那裡的票務員揮一揮，接著跳過旋轉閘門。她看見兔子在月臺並拔腿朝牠奔去，但那髒兮兮的野生動物注意到她，慌張之餘跳下月臺，曾經潔白的破敗身軀直衝往軌道。夏蕾特盯著牠下墜時，兔子變成一隻小老鼠，匆匆遁入地鐵患害的陰暗世界。

夏蕾特失望極了。蛇肯定能一口吞掉那點東西。

不過她沒沮喪太久。她考慮若是抽一根菸，奶奶會不會聞到她夾克褶縫或肌膚傷口中的菸味，假如她聞到，又會不會相信夏蕾特的話，說那味道來自昨晚去看的表演，這時列車疾駛進站，速度快到似乎有折斷脖子的風險。蛇沒有脖子，夏蕾特心想。也可能牠們全身都是脖子，一路連到尾巴。

夏蕾特一向鍾愛地鐵系統，車站又黑又溼又臭，越像迷宮、越多出口和路線交錯越好。她喜歡字母和數字看似隨機分配，也喜歡困惑，因此哀悼AA線慢車和A線快車不再有區別。她喜歡一列上行慢車變成奔馳於完全不同軌道的快車，以及F線列車毫無警示即運行於A線軌道。她喜歡預示列車進站的微小徵兆——軌道震動的輕柔響聲、老鼠靜靜竄往軌道側邊、隧道深處微弱至極的光點，種種事物告訴警覺的女孩車快來了。就快了。她偏愛車站的樣貌，鋼筋梁柱、螺栓和迸裂的混凝土——城市的骨骼與器官。而當列車進站，來到她最喜歡的環節，車頭推動陣陣空氣失重落下，綿長響亮的哐啷聲與尖鳴。在夏蕾特心目中地下鐵就像蛇群，當群蛇統治大地。

小時候夏蕾特往往要媽媽搭第一節車廂，這樣她就能站在貼滿警告標示的車頭門邊（用英語寫「嚴格禁止站立於車廂間」，再用西班牙語寫一遍），並且把臉貼近玻璃。當列車疾行劃破黑暗，夏蕾特睜大眼睛看著白熾燈光泛成的明亮條紋閃逝，就像千年鷹號太空船躍入超空間飛行，而且比那更厲害。夏蕾特最喜歡偶見的幽靈車站——六號線的十八街站。遭到廢棄，畫滿幻夢般的塗鴉，卻依然點亮燈光，徒勞永恆守候願意駐足的乘客與列車。夏蕾特曾幻想在舊站下車探索，隨後列車駛離而被拋下，任憑隱沒於蔓生張狂的塗鴉。它們是夢魘，某種程度上。

夏蕾特踏進車廂，理順裙襬並閉上眼。她想小睡一下，可是太餓了。於是她掀開提籃剝一顆水煮蛋，在蛋殼和蛋白表面留下血指紋，謀殺奇案偵探的夢幻發現。手指施壓按出血指紋後，蛋白隨即恢復完美形狀。她剝第二顆蛋時意識到，一片靜默包覆吞噬同車乘客的尖聲喊叫，人們堅定退避的靜默，恐懼與厭惡的靜默。

當夏蕾特朝第二顆蛋咬下沾血的第二口，她發現其他乘客是鳥，並非鴿子或其餘危害城市的鳥種，而是渡渡鳥、吸蜜鸚鵡、幼鷹與成鷹。她甚至覺得自己瞥見一隻鳥，渾身羽毛全是各種大頭針，這會讓蛇吞噬時痛苦不堪，不過或許她看錯了。她緩慢而堅決吃完蛋，這時坐在角落窄小雙人座的一隻雀鳥，伸嘴進裝滿活蜈蚣的特百惠保鮮盒猛吃。夏蕾特換了位置，這個動作很痛，因為她雙腿的傷口黏到椅子上。

隨著低聲咕噥和輕快話語逐漸取代鳥目敵視，列車又震又晃，突然停下。燈光熄滅，而後重新點亮。夏蕾特和鳥兒呆視前方，在沉默中度過幾秒鐘、接著是幾分鐘。隨後播音系統發出巨大的雜音干擾劈啪聲。夏蕾特認不出來，可是假如她用兩倍速倒轉播放雜音，那是她母親用小女孩的嗓音告訴她，要小心大頭針小徑。但她辨不到，所以她永遠不會知道。對她來說，雜音聽起來像蛇嗓音嘶啞，同時發出嘶嘶聲、吐口水還咳嗽。一尾感染鏈球菌咽喉炎的蛇。

但既然你我都知道，那也就夠了。

雜音暫歇，接著播音系統開始放音樂，多半是乏味的感傷流行歌，似乎讓鳥跟夏蕾特一樣煩，無論如何誰都不想坐在煞停的地鐵車廂聽席琳·狄翁。她站起來，走向通往車廂間地帶的門邊，也就是你不該站立的地方，推開門。她往外找落腳處，接著蹲低踩上軌道，鳥群跟在後方，對她那雙靈巧的拇指心懷感激，即使她果真吃了蛋。比起留在地鐵車廂中，牠們顯然更安於跟隨一位流血的食卵者，而車廂開始注入加鹽熱水。

夏蕾特的步伐從容堅定。她深信時不時可以看見大頭針從軌道朝自己閃爍光芒。也許她是對的，也可能在光與護目鏡之間，她只是看見火花，當她的神經細胞觸發冒出小火苗，且於勇敢展現、倦怠反抗後熄滅。鳥群靜靜跟隨。每隔一陣子，夏蕾特朝第三條軌道瞄一眼，它冷冷躺在防護欄下。引誘力強烈，就像你唯恐自己會從帝國大廈樓頂一躍而下，或是出手奪走警察的槍，只因為你能想像自己這麼做。夏蕾特設想自己把手放上第三條軌道，從頭髮到靴子灌注強烈電力，她的意識閃爍，隨即逕直衝入城市的電力血脈，劈啪聲中流經列車與街燈，純粹而迅速融入她周圍脈動的孤島。

她不知道鳥群是不是在想類似的事。

軌道旁的路途漫長，比穿越森林的路長得多，鳥群開始變得不安，沙沙摩擦羽毛並群擠前行，甚至啄著夏蕾特的背，儘管她隔著夾克肯定感覺不到。鷦鷯群中有一隻自認為更擅長帶路，直接飛躍第三條軌道。牠的皮膚發黑碎裂，骨頭和肺噴灑一地，身軀仍在顫抖。羽毛焚燒的味道使夏蕾特嘔吐，她停下腳步，以便拿提籃裡的肉桂味漱口水清洗嘴巴。

剩下的鳥看起來也有點臉色發白，於是夏蕾特倒出堅果糖讓牠們吸吮。

徒步感覺歷經幾小時後，夏蕾特發覺隊伍來到廢棄的十八街地鐵站。鬼屋般的塗鴉覆蓋舊塗鴉；無限多層城市煙火標示著壞掉的年輕人接連不斷。夏蕾特穿行車站，看似其中一個眩目、鬼魅圖像通電後有了生命。她的護目鏡、沾染血和碘酒的臉和腿、包紮繃帶的手、紅色機車夾克，以及彗星尾巴般的鳥群，全都讓她更貼近周圍的幻夢場景。她登上階梯，卻發現前路被一扇鐵柵門阻擋。她搖晃柵欄，可是安全門鎖住了。她抓起一隻鳥，從柵欄縫塞出去。鳥飛走後，其餘鳥群看懂門路。沒多久夏蕾特的同伴只剩渡渡鳥，牠太大隻無法通過柵門，而且反正也不會飛。他們一起回頭走下階梯。

夏蕾特找到一段牆壁比較少圖畫，反倒多半塗寫標語。她倚靠著「將她碎屍萬段」、「仇恨與戰爭」，脫下護目鏡，準備睡一會兒，位置在「神佑女王」與「緊急狀態[1]」正下方。渡渡鳥在她隔壁沉下身軀，頭安放她肩上，也跟著入睡。

醒來時，夏蕾特不確定自己睡了多久。她點燃香菸，掐熄後遞給渡渡鳥，而牠吃掉菸蒂。夏蕾特覺得這實在太完美，因為她不喜歡亂丟垃圾。城市的麻煩已經夠多，她的也是。

她嘆口氣，把護目鏡戴回去。紅色血跡依然潮溼。渡渡鳥看起來有些焦慮——或許牠在重新考量，依偎在如蛇般蜷曲食卵者身旁算不算睿智。於是為了表達友善，夏蕾特從提籃拿出另一副護目鏡給渡渡鳥保護眼睛。她調緊圍繞鳥頭的護目鏡帶，牠鳴叫一聲以示感激。接著她從籃中拿出一小罐蘇打水和一片蛋糕。她和渡渡鳥共享的是早餐、午餐或晚餐？他們倆都不曉得，我們同樣一無所知。

吃完後，夏蕾特檢查左腳鞋底，拔出幾根戳進橡膠的珠針。她這麼做時，渾然未覺渡渡鳥的窘迫，牠沒有東西可回報護目鏡和食物。所幸尷尬的鳥發現有什麼在廢棄車站角落閃閃發光。那是夏

1原文「heavy manners」指牙買加於一九七六年宣告緊急狀態的用語。

蕾特自己的頂針，在她睡覺時從口袋滾出來。無知的渡渡鳥啊，無從曉得發光物品的來歷。牠用鳥嘴銜起頂針，鄭重獻給夏蕾特。夏蕾特客氣收下，儘管她認得頂針，而且不打算用。記得吧，蛇不縫衣服。她讓頂針滑進口袋。

夏蕾特站起來，推離牆壁之際感覺夾克黏住，可是想不通原因。她倚靠的塗鴉年代久遠且斑駁，卻像默片或《芝麻街》短劇的情節，如同未乾油漆一般印上她的夾克。左右相反的五、六條龐克族標語，見鬼似的交錯在她背上。

夏蕾特和渡渡鳥一起爬上階梯，她用靴底拔出的針當工具，開始撬弄使柵門緊閉的掛鎖。嘗試徒勞無功——夏蕾特不知道怎麼開鎖，即使她有一套飛賊的ＤＩＹ工具組。珠針什麼用也沒有，除了刺破指尖，並刺激夏蕾特連番吐出咒罵如地鐵隆隆聲。

最後她放棄並把針丟掉。她坐回樓下地板，掀開提籃拿出一把又大又堅固的鑰匙，四個側邊的形狀各異，符合掛鎖底部的加號孔洞。她解開掛鎖，把鑰匙放回籃裡，滑開掛鎖從柵門取下，扣往夾克的皮帶環。隨後她推開柵門，跟渡渡鳥一起走出去。

他們攀登另一道階梯。當他們從地底探出頭來，位置在一片森林的外圍邊緣。回頭眺望，夏蕾特能看見太陽光映射在曲折穿越樹林的兩條小徑，離地鐵站入口各有幾英尺遠。眺望另一端，她能看見奶奶的小屋就在兩、三個街區外。她檢查裝備，確認自己仍有需要的一切：護目鏡、夾克、提籃。渡渡鳥遲疑地看著她，鳥腳踏來踏去並咳嗽清喉嚨。夏蕾特抱起鳥兒，盡全力拋向天空。渡渡鳥張開粗短毛躁的翅膀，猛烈拍動，在升空時來回扭動圓桶狀的身軀。牠飄懸滯空幾秒鐘，掛念夏蕾特。從這個高度往下看，她像一團紅色模糊物體，一粒染上血汙的蛋，而且跟渡渡鳥比起來，她不比一粒蛋大多少。渡渡鳥祝她好運，送給她一個飛吻，隨後繼續飛升。

夏蕾特早已轉身，朝奶奶的小屋走去。途中再無阻礙，只有平整的人行道在腳下鋪展。她抵達小屋時輕輕敲門，等不到回應，她就拿學生證撬開鎖。她走進屋裡。

奶奶並未臥病在床，她的眼睛、耳朵和牙齒大小都恰如其分。她身穿綠色連身裙跪在壁爐前，火堆劈啪作響、冒出火花。她輕聲啜泣，滿臉憂傷。夏蕾特進屋時，她甚至沒有轉頭看。

夏蕾特跪倒在奶奶身旁，握住她的手。「沒關係。」她說。

奶奶繼續對著長管狀的斑紋蛇皮流淚。「牠死了，」她低語，「牠死了。」

「不，奶奶，」夏蕾特說，「牠沒死。」

但奶奶一直輕聲哭，如嬌弱垂柳枝般朝褪下的皮優雅俯身。夏蕾特放下提籃，從裡面拿出一條新鮮麵包，一夸脫家裡熬的雞湯和一瓶紅酒。「這些給妳。」她告訴毫無反應的奶奶。夏蕾特從籃裡拿出一顆紅蘋果放進奶奶手中，合攏老婦的指頭，可是奶奶依然沒有回頭。

夏蕾特在奶奶身後站起來，開始脫衣服。她脫下機車夾克，細心摺疊並擱在地板上。她解開染血的圍裙，拿下來放在夾克上。接著是她的天藍色洋裝，以及黑色棉內褲和胸罩還有髮帶。她全身只剩紫色馬汀大夫靴子和護目鏡站在那裡。

「沒關係，奶奶，」她反覆說道，「牠沒死，妳看。」

當奶奶轉頭看，夏蕾特開始慢慢、慢慢脫皮。

第七個故事——

愛瑪・高德曼跟雅嘎婆婆喝茶

1 歷史是童話故事

很久很久以前有一個女孩，在商人家庭排行第三的小女兒，她的魅力不在於外表，而來自她的腦袋與觀點。但那些睿智思考沉寂靜止，因為她父親同樣不認為知識對一個女孩有任何用處。於是她踏上旅程並離家遠行，越過陸地與海洋，直到抵達一片陌生土地。

或者你也許偏好這種版本？

愛瑪・高德曼在一八八五年從聖彼得堡來到紐約州的羅徹斯特。她時年十六歲，而且非常、非常聰明。儘管聰明伶俐，厭女的父親拒絕讓她接受教育，甚至把她的課本扔進火堆裡。

事實可以用多種方式敘述。這完全關乎著重點，關乎觀點。我尚未對任何事撒謊。

在這片陌生土地，她遇見一位年輕男子，他的跳舞技巧使她著迷，又憑著熱愛閱讀贏得她的心。然而他對愛情與快感的承諾空洞無比，女孩繼續她的旅程。隨後她放眼陌生土地上更大的城市，這座城在光榮與苦難中繁榮茁壯，並且再度啟程。她拋下那年輕人，他因求愛受挫而痛苦不堪；以及她的長姊，總散發母愛給她關懷。

以下是相同的事件，用不同的方式訴說：

待在羅徹斯特剛過一年，她跟不舉的丈夫離異，且因「放蕩行徑」遭禁止踏入家屋（在她抵達不久後，父母也跟隨她的腳步來到羅徹斯特）。只有長久以來形同愛瑪母親的長姊海蓮娜支持她。於是她輕裝打包行李前往紐約市。不然還能是哪裡？

我猜童話故事聽起來比較理想，或者至少不一樣。那讓愛瑪的生活浪漫且神祕，讓她的遷徙成為一次浩瀚冒險，而非逃離日益興盛反猶主義的貨真價實威脅。一旦我明言這女孩是愛瑪·高德曼，她隨即停止追尋；她只能等著成為如噴火般暴烈的無政府主義者。

然而實事求是的歷史相對簡明得多，就某方面來說也更有血肉。對高德曼是好事，拒絕接受一輩子的性事不滿。那會多麼虛度啊。對海蓮娜也是好事，這位長姊替代高德曼嚴苛而不快樂的母親，關愛她、安慰她並呵護她長大。即使高德曼集醜聞與政治紛擾於一身，亦毫不動搖給予支持。

愛瑪·高德曼一直對左翼政治懷抱興趣，而在紐約市，她遇見無政府主義。在她的願景裡，人類不受國家的強制暴力約束，合作社裡階級消弭。就某方面而言，集體無政府主義正是卡爾·馬克思展望的共產主義終極目標，但無政府主義者明白國家絕不會自然消亡。國家必須立刻廢除。年輕時，她堅信所謂的「行動宣傳」，狂熱到跟情人亞歷山大（沙夏）·貝克曼聯手謀劃暗殺亨利·克雷·弗里克，不過執行尚處於摸索階段。卡內基鋼鐵工廠經營者弗里克反對工會，導致罷工的九位工人遭到謀害。貝克曼原本要除掉弗里克，隨即自殺，事後由高德曼闡明他的行動與兩人的動機。他們盼望謀殺弗里克能激發一場勞工階級革命，繼而推翻資本主義。

無須贅述，事實不如預期。貝克曼拿一把手槍朝弗里克發射兩槍，皆未命中，隨即遭到警衛制服。儘管如此，他設法用短劍刺弗里克三下，才被一旁的木匠揮棍擊中頭部。他企圖自殺，卻被阻止並羈押。貝克曼最終入獄十三年，另有一年在教養院服刑。他堅稱自己孤身行動，使高德曼在這次事件躲過牢獄之災。

然而憑藉熱忱信念、精采演說與她個人的勇敢反抗，她在美國和歐洲竄升為激進派名人，宣揚無政府主義、性別議題與藝術。她閱讀，她寫作，她演講，她出版，她疾呼。她不只一次牴觸法律。她不再是個女孩，她愈發結實，她長出白髮。她依然信奉自由戀愛，也渴望付諸實行，遇見的情人卻不多。她持續旅行與演說，盡最大的努力去愛。即使在美國使出最惡劣手段，於內戰期間將她遣返俄國後，她堅持不輟。

愛瑪．高德曼遇見無政府主義，如同人們所說，其餘的都是歷史。

如今一切盡成歷史。高德曼已逝並入土八十年，而赤色愛瑪，號稱美國最危險的女人，可以受到像我一樣的左翼猶太裔女性主義者安然推崇。對於自身獲冊封聖人，她沒辦法開口拒絕。美國最偉大的演說家再也無法發聲。她成為一個崇拜對象，而非崇拜的破除者。她是歷史。

愛瑪．高德曼與貝克曼入獄，罪名是利用她的文章與演講「誘使人不報到」服兵役[1]，觸犯《一九一七年間諜法》。兩人於一九一九年獲釋，而美國政府決心對付他們。年僅二十四歲的J．艾德格．胡佛已當上調查局情報總處處長，負責阻止左翼人士在美國行動。他決意利用《一九〇三年無政府主義者驅離法》，這項法案立意將無政府主義移民，連同「癲癇患者、乞丐與妓女販子」逐出國境。

高德曼主張她的公民權。她並非外國人，而是一位美國公民，享有言論與新聞自由，因此她不肯回答關於無政府主義信念的任何問題。

勞工部剝奪她的公民身分。

記得那位性無能的丈夫嗎？

顯然他在一九〇八年觸犯某種什麼罪行，並遭撤銷公民身分。胡佛向法院施壓，裁定這意味著高德曼同樣不再是公民。

法院完全不顧在一九〇八年當下，兩人已離婚超過二十年。這真是最極致的十足父權屁話。

對付貝克曼容易多了——他從一開始就沒申請過公民身分。最終高德曼撤回上訴，好讓兩人不

1因應第一次世界大戰的兵力需求，美國通過《一九一七年義務徵兵法》，在戰爭期間將募兵制改為全國徵兵。

致被拆散。因為他們彼此相愛，即使數十年來不曾廝守，你往哪裡去，我也往哪裡去。至於高德曼，如今成長為女人且不再年輕，準備打點自己返回祖國俄羅斯。

回家真是童話故事中的關鍵時刻，不是嗎？你可以啟程追求財富，尋覓新娘，帶一籃食物去奶奶的小屋，而到了故事結尾你必須再次回家，向母親展示你的成就，你心愛的人，空蕩蕩的提籃。而當你置身旅途，你堅信家將會屹立不搖，母親多半一如既往，因為如果母親開始四處奔波變化，擁有刺激奇遇，你還能用什麼來定義自身？倘若母親拒絕繼續充當襯托背景，你怎能確知自己是前景的重要人物？

但無論如何，我們確實會變。

高德曼、貝克曼及其餘兩百四十七人，在一九一九年十二月二十一日被押上美軍運輸艦布福德號，船艦於一九二〇年一月十六日停泊芬蘭。隔天，囚犯被關進沒有暖氣的貨車廂，前往盡可能逼近芬蘭接壤俄國的邊界地帶。

接著他們徒步穿越暴風雪，移交到布爾什維克黨人手上。高德曼和貝克曼看著其餘兩百四十七人平安穿越結冰的謝斯特拉河，自己才渡河。在那裡，他們全體受到英雄式歡迎，並登上通往彼得格勒[2]的列車。

高德曼已有三十多年沒回到彼得格勒。她是知名人物。而她對俄國革命懷抱希望，期盼革命或能帶給俄國人民自由與解脫。無政府主義者與布爾什維克黨人並肩作戰，擔當十月革命中某些最危險的任務。舉例來說，正是俄國無政府主義人士將白軍趕出克里姆林宮。無政府主義者夢想俄羅斯將邁入新時代，在這個時代，無政府主義與共產主義者可以為共同利益攜手合作。

然而那並非布爾什維克黨人的打算，國家安全委員會（KGB）的前身契卡，一九一八年在莫斯科突襲超過二十五處無政府主義據點。襲擊過程中，四十位無政府主義者被殺，另外五百人遭到關押。

不過高德曼和貝克曼原先置身蘇聯之外，依然抱持希望。他們如何能判別收到的哪些資訊為真，哪些屬於右翼政治宣傳，為了詆毀威脅資本主義霸權的革命而四處散播？

2即聖彼得堡，一九一四年至一九二四年間更名彼得格勒。

可是那場革命逐漸從內部腐爛。它拒絕承認人權，視此為布爾喬亞階級的多愁善感。列寧親口向高德曼斷言，言論自由於革命期間「不可行」。

一抵達俄國，高德曼就得知無政府主義同伴在布爾什維克黨的監獄遭到凌虐，一切無政府主義活動皆被鎮壓。徇私與貪汙導致少數幾間學校光鮮亮麗，「公立學校」則大多髒汙、遭害蟲侵擾且沒有暖氣，供應兒童劣質食物並施加痛打體罰。醫療衛生服務也是：醫師和護士被迫耗費時間，等候接待人民委員那幾分鐘，而非投入看顧病患。高德曼參訪共產黨員專用的特殊醫院，裡面配備各種先進器材，設施無一不缺，而她發現其餘院所缺乏最基本的備品。

甚至有計畫專為「道德缺陷的兒童」設立一間監獄。

唯有連最後一絲人性都拋棄的人，才會想把兒童關入牢籠。

黨廢除死刑，真確無比，而在命令生效的前一天清晨，五百位「反革命分子」囚犯在彼得格勒遭到處決。

高德曼驚恐不已。「五百條生命被扼殺！」她高喊。

「彷彿在革命的天平上，幾個死掉的陰謀分子至關緊要。」激進的美國新聞記者約翰．里德描述；僅有三位美國人埋葬於克里姆林宮紅場墓園，里德是其一。「Razstrellyat!」這個字是俄語；據高德曼解釋，它意味著「槍殺處決」，但那在我聽來稍嫌正式。我懷疑里德的措辭，更接近我母親習於引述的大衛・皮爾和下東城樂團[3]，也可能是阿米里・巴卡拉[4]，甚至派蒂・赫斯特[5]的用語：「趴到牆上，混蛋！」

高德曼一次又一次找藉口說服自己。

貝克曼對布爾什維克黨人暫時不下定論，維持得比高德曼更久。「妳不能用幾粒塵埃來衡量巨變。」他告訴她。難道目標無法證明手段的正當性？

列寧毫不理會高德曼的顧慮，當成布爾喬亞的多愁善感再度發作。

但是彼得・克魯泡特金[6]與她同感震驚，憎惡「以社會主義之名，無視所有革命與道德價值觀」的政府。

接下來，連貝克曼也開始難以辯護布爾什維克黨人的行徑。

---

3 大衛・皮爾（David Peel）是六〇年代末在紐約發跡的民謠歌手，跟下東城樂團（Lower East Side）常在同名的街區路邊演唱。

4 阿米里・巴卡拉（Amiri Baraka）是關注黑人民權的美國詩人，六〇年代同樣常在下東城出沒。

5 派蒂・赫斯特（Patty Hearst）是出身美國報業富商家族，被極左組織綁架後加入行動，且因參與銀行搶案被捕入獄，隨後獲得特赦。

6 彼得・克魯泡特金（Peter Kropotkin）是出身貴族的俄國思想家，提倡無政府主義，本流亡歐洲，革命後回到祖國。

貝克曼跟一位蘇維埃同志走在莫斯科街頭，跟他提到上街行乞的孩童眾多。「不比倫敦的多。」黨高層帶著防衛心辯解。（果不其然，當我對我母親轉述這件事，她打斷我說出一模一樣的回答。）

貝克曼搖搖頭。「可是同志，」他表明，「在莫斯科，革命已然到來。」（我母親對此沒有答案。）

當貝克曼試圖推行計畫改造蘇維埃的公共食堂，讓環境舒適、有效率而食物營養充足，他得到的回應如下：「貝克曼主張餵飽民眾是革命首要考量，此言實屬幼稚，（而）照料人民，使他們滿足愉快，（是）革命的主要希冀與庇護，更是它唯一的存在理由與道德意義。這種多愁善感是不折不扣的布爾喬亞意識型態。」

人們開始發覺布爾喬亞意識型態相當具有吸引力。

革命來了又走，而高德曼，一向身為思想、魄力、勇氣、團隊士氣的無盡泉源；不知道何謂屈服的鬥士；飄揚黑色不祥旗幟、恆常運作的機械，她的心隨著印刷機和遊行腳步的節奏跳動，如今靜止下來。火車頭閒置，黑旗洩氣垂掛，沒有一點微風來攪動。

接著她又受到一次打擊。她造訪莫斯科許久，期間沒有來自美國的消息。事實上，一封外甥寄來的信送抵彼得格勒，擺在那裡一個月等她歸返。信件並未轉寄，高德曼得知，理由是「美國怎麼可能有任何事，比得上妳在莫斯科的見聞重要有趣？」

是啊，怎麼可能？

高德曼摯愛的長姊海蓮娜過世了，愛瑪遭驅逐的打擊使她的死期加速到來。「沒『那麼重要』，」高德曼在回憶錄裡記述，「只不過是我摯愛的海蓮娜死訊。對於形同輪上凸齒、每轉一圈就遭遍地輾壓的人而言，個人的悲傷怎會有什麼意義？我自己似乎已經變成其中一個輪齒。失去我心愛的姊姊沒能帶來一滴淚水，沒有眼淚或遺憾，只有無力的麻木感和更大的空虛。」

革命已淪為貪腐且受限於階層的獨裁統治。她的長姊死了。而她離家四十年，從未回鄉待得比一趟巡迴演說更久。

以前她的心是無政府主義者的黑與紅，如今因哀悼轉灰。

隨後她和貝克曼獲邀參與革命博物館。他們點頭答應。

多麼詭異的工作啊！高德曼無法將自身的護理能力應用於貪腐的醫療體系，但她可以轉移注意力，投入保存革命的紀念品？

多麼詭異的存在啊！黨宣稱唯有世界革命能建立真正的安穩，而他們僅有的職責是藉由紅軍和契卡散播革命。但黨卻可以致力在過去的冬宮創設博物館？

我贊成保存歷史與文化——我是一位學者，不是嗎？而且我喜歡推開宮殿大門的象徵意義。但這不像是高德曼和貝克曼的天職——在苦難與需求在身邊滋長時蒐集歷史紀念物？另一方面，這個機構無黨無派，高德曼也喜歡館祕書和他的職員，他們並非布爾什維克黨人。她無須時時處於人民委員的眼皮底，甚至能立即遠離彼得格勒。

因為博物館希望高德曼加入考察隊，南行赴烏克蘭和高加索地區。她可以旅行，呼吸不受監控的新鮮空氣，並且跟全國各地的人談話。

於是一隊遠涉行伍組成並整裝，高德曼、貝克曼和其他幾位同僚出發上路，隊伍中只有一位布爾什維克黨人（在一九二〇年代初期，黨員資格並不開放——必需經過重重核可及詳盡的身家調查）。

我們正是於此地加入他們，在基輔省，介於基輔和敖德薩之間。將博物館車廂附掛南下火車的等待時間，延宕得沒有盡頭。他們利用時間走訪小鎮與村莊，跟當地人交談。一九二一年夏末，也就是大屠殺的近二十年前，那裡大多數居民是猶太人。

截至一九二一年，俄國的猶太人口歷經多次殘殺，包括暴徒、甚至偶發的赤衛隊民兵襲擊。一九一八年至一九二一年的內戰期間，殺戮情況與歷任沙皇治下同樣慘烈。到了一九二一年，許多地方向革命政府陳情，請求發配武器來保護自身。他們遭到拒絕。但有一點值得稱許，布爾什維克黨人終止了殘殺。

沒有特定政治信念的猶太人無法理解革命，布爾什維克禁止猶太商販賴以維生的買賣。猶太工人總聯盟成員認為，布爾什維克黨人的貪腐、殘虐與道德敗壞，背離了他們擁護的種種革命價值觀。猶太復國主義者擔心布爾什維克反對具體的猶太文化，黨渴望將所有人種同化成單一的無產階級，使個別文化融合為一。

高德曼不同意這些批判。她認為評論者想讓人們成為布爾喬亞。但那不必然意味著評論者錯了。有時你無法否認事實，即使那發自你不想聽信的對象。

2 奇幻故事

愛瑪．高德曼就這麼屢屢受挫、被驅逐、哀悼她摯愛的長姊與她結識的生命，也哀悼她曾對大革命懷抱的希望，踏出她到訪的猶太小鎮，走進一片俄國森林。

她獨自行走，沙夏不在身邊，他並未因死訊心碎，儘管一樣被驅逐且幻滅。她獨自走著，傾聽內心的想法，尋覓心中仍在悶燒的未滅餘燼，找些殘存的什麼來燃燒。

那天很冷，樹林很美，愛瑪．高德曼獨自散步。她走著、走著、走著，最後完全離開俄國，進入三乘十王國。

這段旅程要跋涉多久？走過一個、一個又一個王國，直到你抵達第三十個？其實啊，對我們來說一點也不漫長，是真的，你看高德曼不是才歷經短短幾個段落就抵達？這正是時間的本質——在痛苦時放大、歡笑時也放大。當我們試圖握緊時間，就溜過指間奔流入海；當我們感覺沮喪，時光無止盡開展，使我們註定承受又一天的醒覺，然後、然後我們抬頭看，領悟自己在甩不開的歡笑殺手中失去數週、數個月甚至好幾年，永遠不復返。

所以囉，在我們看來沒多久，但是對高德曼而言，她的行走綿延不絕，時時感到自己往前方跋涉，手指頭和靈魂深處一樣冰冷。樹林的顏色被抽光，因為有一層灰幕把她跟生者的國度隔開。但對我們來說，只要我的手一揮，筆墨草草一寫，打個隱喻的彈指，我們就已抵達，置身魔法與童話的國度。

當然，高德曼不曉得自己越境了。沒有告示牌宣告「歡迎來到三乘十王國，我們祝你在旅途中活下來！」連一塊簡陋的木頭路標都沒有，更別提在樹林裡架路燈。只有森林接著更多森林，如果有過警告，是一隻狼朝高德曼嚎叫，要她回頭啊回頭，趁妳還能夠的時候回頭，她聽不進去。

再說，哪有無政府主義者在乎國界？

完全沒有事態詭譎的跡象，直到高德曼抵達一片圍籬。它褪色老舊，圍繞一棟陰影下的建築物。圍籬有十二根柱子，每處柱頂有一顆骷髏頭，那十二顆頭顱喋喋不休，一個說得比一個大聲。但它們並未疾聲哭訴警告，也沒有發出痛苦或恐懼的不祥呻吟，或者發出刺耳尖笑，或是跟柱頂插著骷髏頭這幅惡兆景象相稱的其他任何事物。它們反而咯咯亂笑，聊著閒言閒語。

「噢喔！她來了！」一顆頭顱尖聲喊叫。

「我不知道欸，她長得跟**我**想像中不一樣，你確定是她嗎？她**看起來**沒有危險得要命。」

「沒有人真的那麼危險，我想的不是那回事，但她不是該放蕩不羈，你懂吧？有點像個**蕩婦**？**我**以為她會更迷人。她看起來就像我的老奶奶！」

「她看起來跟大家的奶奶沒兩樣！跟她要她的猶太奶酪薄餅食譜！」

高德曼嘆了一口氣。就這麼巧，她煎的薄餅口味絕佳，但她不會把做法白白教給一群骷髏頭，既無法烹飪、不能吃東西，此外也欠缺禮貌。

抑鬱就是這麼回事：它打消妳的好奇心，甚至是恐懼。骷髏頭聲音尖厲說個不停，而妳所能做的只有嘆氣，接受它們說對了，妳的盛年已逝，妳變得太老太胖，除了煎薄餅以外不適合做任何事。薄餅美味可口，但毫無冒險成分，這讓妳無法分辨周遭正在發生的奇遇。

好吧，可能「分辨」這個字用錯了，因為她當然可以分辨眼前的屋子。那是一棟簡樸的農家房舍，屋後方倚著一道骨頭柵門，毫不理會無禮的骷顱頭。

高德曼在柵門前徘徊許久，並非出於恐懼，而是感到厭倦乏味。倘若不是付諸實行顯得無比困難，她不會往直立大腿骨搭成的柵門反覆敲動指頭，要經過極其複雜的步驟去動用每一寸肌肉，因為肌肉牽動老骨頭，連最基本的節奏也需要這樣延續下去：**嗒—嗒—咚，嗒—嗒—咚，嗒—嗒—咚**，乏味的輕—輕—重韻腳。

給我振作一點，她靜靜對自己高喊，然而存在的線軸依然鬆散。

到最後，其中一顆骷顱頭從籬笆柱頂轉過來，面無表情看著她。說真的，骷顱頭也只能用這種方式看。

「妳準備說出來，還是打算逃跑？她不會永遠等下去，妳知道吧。」

高德曼微微動怒。「我不會逃走。我不逃避任何事。」

「那麼妳就說吧，」骷顱頭說，「我們全都看著妳夠久了。」

「你們看起來也不怎麼舒服。」高德曼回嘴，但無論如何，她挺直身子說道：「小屋子啊小屋子，轉向背對樹林，前門朝向我。」

我是不清楚，可能這句話在俄語有押韻。

房屋升起，露出兩隻長鱗片、有尖爪的雞腳，模樣更接近我們今天認識的恐龍爪，接著不慌不忙慢慢轉過來。在預期將有什麼事發生的停頓時刻，小屋用老朽髒汙木板上的節眼看向高德曼。大門隨之謹慎開啟。一股暖空氣流出來，像是在呼氣。

愛瑪．高德曼目不斜視，無視那群沒禮貌的頭顱，邁步走入小屋。

大門在她身後關閉。

骷髏頭當然沒辦法聳肩或揚起眉毛，不過它們容忍了一拍的沉默，才又恢復嘮叨不休。

一進屋內，高德曼就聽不見它們的聲音。起初她什麼都沒聽見，什麼也沒看見。不過她的雙眼逐漸適應屋裡微弱的光線，她能夠辨識一個身影，渾身稜角分明、肌肉發達，坐在桌旁用缽和杵在磨些什麼。室內更後方，爐火上放著一只大鍋。茅屋裡十分溫暖。

高德曼只聽見石頭研磨石頭的刮擦聲，火堆劈啪作響。有鳥鳴聲，來自屋外的某個地方。

那身影終於開口。「坐下，愛瑪。」指著餐桌對面邊的一張凳子。

高德曼坐下，缺乏支撐早已引發她的背痛。

「妳認得我嗎，愛瑪？」那身影詢問。它的聲音意外友善，而非人們預期一位……老婦人可能發出的極度刺耳嗓音，如今高德曼看得出來，眼前是一位削瘦老婦，雙乳低垂至大腿，口中緊咬一支破舊煙斗，低沉女中音如暖人蜂蜜汩汩流淌。或像是匯聚的鮮血。「妳記得我嗎？」

高德曼點頭。

「但妳**真的**記得嗎？我們初次見面時妳那麼小。」

高德曼遲疑了。「當時我十歲，印象中是十歲。」

「那是第二次。」雅嘎婆婆（Baba Yaga）說，到這時候你必定曉得是她。「妳母親斷然拒絕妳之後，妳來找我的房子。妳都要鼓起勇氣踏進我門口了，這時妳的姊姊現身拉妳回去。」

「沒錯，」高德曼回答，回想起海蓮娜時有些艱難，年輕快樂的海蓮娜，無所畏懼的海蓮娜。

「我記得的正是如此。」

「但那是第二次了。第一次見面時妳是個小嬰孩，甚至還不會爬，坐也坐不好。我發現妳在屋外午睡，被全家人冷落，而我心想，多漂亮的孩子啊，多麼富有熱火與好奇心的孩子！我該帶她走，視如己出養大或烤來當晚餐。高德曼一家人不知道他們擁有什麼，不配養育她。」

「於是我就這麼做了。我抱妳進懷裡，放在我的缽上把妳帶走。」

「然後我讓妳待在花園裡，跟我的母雞和牠們的小雞玩耍，而我去幫烤箱點火，或者也許是準備搖籃。」

「在我的嬰兒時期，」高德曼說，「我們住在科夫諾（Kovno），那是科夫諾省的首府。有人會注意到妳一路乘坐著缽和杵。」

雅嘎婆婆不耐煩地揮一下手。「喬裝打扮了啦。這只缽變成馬車廂，杵變成一匹灰馬。」

高德曼聳肩。

「我不認為高德曼一家人會注意到妳不見，可是我錯了。有個人察覺，而且她的年紀夠小，看得出我的馬車並非馬車，我的馬不是馬。她追在妳身後，儘管當時比十年後來找我的妳還年幼。」

「海蓮娜。」高德曼倒吸一口氣。

「海蓮娜。」雅嘎婆婆證實。「我看見她在窗外。我拉開窗簾一角，看著她走近我的小屋，我的花園，我的雞群，以及我剛得到的嬰兒、也可能是我的晚餐。我還沒決定好。

「當她臉色一沉下定決心，無視我的嘮叨骷髗頭，冷靜踏進我的花園並抱妳回家，我心中暗想：**我抱錯女孩了，屬於我的是海蓮娜**。」

高德曼的臉色木然，沉默依舊。

「可是現在我回顧妳的人生，」雅嘎婆婆繼續說，「我發現自己一開始是對的，高德曼姊妹之中是妳擁有力量與鋼鐵意志，以及烈火般的心。」

「或說是曾經熱烈似火的心。失去她難道沒有讓妳的心淪為灰燼嗎，愛瑪？冰冷黯淡，不剩一點火花去點燃足以冶煉金屬的火焰，而過往那把火總能燒光妳胸中的一切懷疑和猶豫？

「話說回來，海蓮娜究竟發生什麼事？」

「她死了，」高德曼敘述，著名的演說家猶豫片刻才補上一句，「幾個月以前。」

「那還用說，」雅嘎婆婆回嘴，「我從妳的表情完全看得出來。在那之前呢？」

高德曼聳聳肩。「她結婚了。對象是個正派的人，但不是商人，兩人之間不存在熱愛。她生了幾個小孩。她死了。」

「啊，」雅嘎婆婆接話，會心點點頭。「這就是女人的命運。」

在停頓的片刻，女人和女巫聽著森林傳來的聲音。

「妳是怎麼避開這一切，親愛的小愛瑪？」

高德曼凝視雅嘎婆婆。「我的子宮後傾，無法生育。」她試圖喚起一貫的熱忱與奉獻精神。

「革命將成為我的孩子。」

她們再度聆聽林間的聲音。

「會嗎？」雅嘎婆婆問道，語氣有些小心翼翼。那是一種塵封的周到，久未使用。

「我曾如此盼望。」高德曼坦承。

「難道結果並非如此？」又是那種罕見的慎重，這一次高德曼聽見話中的鉸鏈卡頓與刮擦聲，抗議在漫長沉睡後活動頻頻。

「不。」高德曼簡短回答。

「啊。」

雅嘎婆婆斟滿兩人的茶杯。高德曼往自己的杯中加櫻桃果醬，她們靜靜小口喝茶片刻。

「我認為它仍然有可能。」高德曼終於開口。

雅嘎婆婆拋開謹慎。「這裡？這場革命？妳看得還不夠嗎？妳依然相信那些？」

「不是這裡。」高德曼緩緩搖頭。「但或許是……別的地方。」

「別傻了。」雅嘎婆婆說。

高德曼瞪著她。「工人階級是一股強大到無法鎮壓的力量。在各地，我們將目睹起義——」

「妳真的相信那些？」

高德曼嘆氣並緩和下來。「我曾相信這場革命很久一段時間。或許重要的並非我的信念。」

「對革命來說顯然不重要。」雅嘎婆婆答道。「無論如何，」她揮動削瘦的手繼續說，「我有個給妳的提議。」

「妳屋外籬笆柱頂的空位？」

「不，當然不是。妳會為**我**保留那個空位。妳厭倦人生了，小愛瑪。那好，我明白，因為我也有過那種感覺，在許多年以前。就在那時候我成為雅嘎婆婆，取代了我的前一任，而她跟俄羅斯祖國融為一體。到現在，我覺得自己的老骨頭渴望消散在大地裡，是時候讓另一個人扮演這個角色，住進這間茅屋。小愛瑪，我想那個人應該是妳。」

高德曼揚起雙眉。「可是我不是雅嘎婆婆。」

「但妳可以是。」對坐者回答。「這是一個頭銜，不是名字。我可以把頭銜傳給妳，就像前一任雅嘎婆婆把頭銜傳給我。」

高德曼思索前景，也許比人們想像中的忠貞無神論者還要冷靜，他們主張有形世界即為一切存在。「成為雅嘎婆婆要做哪些事？」她提問。

有個瞬間雅嘎婆婆無法直視高德曼的目光。「不如以往那麼多，」終究她坦承，「俄羅斯民眾不像往常那麼畏懼我的湯鍋。」

「妳是說，他們沒那麼容易上當，」高德曼說，「沒那麼願意相信童話。」

雅嘎婆婆咂舌並搖頭。「還是一樣容易上當，小愛瑪。他們現在只是相信不同的童話。而且妳正跟雅嘎婆婆坐在一起聊天，怎麼會說這種話。

「我多半獨來獨往。我把殘忍或輕率的怪小孩煮來吃，或者有時我讓人逢凶化吉。我徵求骷髏頭的預言。我維持太陽、月亮、風、星星和森林的秩序。被觸怒的時候，我往屋外的籬笆添加骨頭。我既安穩又力量強大，落得孤身一人。這是……女人能盼望的最好處境，在這個世界。」

「那些骷顱頭一向這麼無禮嗎？」想到成排頭顱時，高德曼心不在焉提問。

「通常是，」女巫回答，「我肯定也會是。」

高德曼起疑看向雅嘎婆婆。

「要接管我的小屋，」雅嘎婆婆解釋，「妳必須用剁肉刀砍下我的頭。妳必須拔下我嘴裡的鐵犬齒，裝進妳自己嘴裡。妳還必須燒掉我的身體，可是我的頭要插上屋外的空柱。」

「然後呢？」高德曼問，「妳待在那裡永遠講個不停？」

「不盡然。依舊是凡人那部分的我死去，化入俄羅斯祖國大地。女巫那部分的我……待在柱子上成為祭司，帶來光明。女神那部分的我……飛升而去。

「而妳住進我的小屋。妳練習魔法。妳幫助或吃掉俄國人，全憑妳的喜怒或他們能否找到妳。如果想要的話，妳可以密謀針對布爾什維克黨人，讓他們為毀掉妳的美好革命而受苦。」

高德曼拿起擺在桌子中間的剁肉刀，沉思之際將刀柄握入手中。「那沙夏呢，他可以跟我住嗎？」

「不，」雅嘎婆婆斷然答道，「他不行。」過了一分鐘，她補上稍嫌殘酷的一句話，「更何況妳心知肚明，身邊少了女孩他絕不會快樂。」

說得對，高德曼曉得那是真的。貝克曼偏愛更年輕的情人，從牢裡出來後一向如此。「那隻老是在找伴的老龍蝦。」高德曼發牢騷，在空中憤怒揮舞剁肉刀。刀子發出呼嘯聲。「成天讓人看見年過五十二歲的衰老男人跟二十幾歲的女生在一起。而我自己的欲求卻遭到拒絕、輕視甚至嫌惡，他們還宣稱是我的同志。」

「那妳就明白了，」雅嘎婆婆說，「實質的平等不存在。革命永遠不會真正到來。」

「要是我還有舊時的信念就好了。」高德曼接話，她的聲音隨著每一句話變得更加堅定，「可是還剩下什麼？我對人民沒有信心了。人民是見利忘義的蠢蛋。我對革命沒有信心了。看看它淪落成什麼樣子！我甚至對我們自己的美好理想沒有信心了——那麼多空談和毫無根據的希望！**這一切有什麼意義**?!」

「妳不如砍下我的頭。」雅嘎婆婆低聲咕噥，似乎著迷於高德曼的暴怒。

「我不如！」高德曼大喊，拿剁肉刀比畫著。「我不如是嗎！我這一生有什麼**作為**？演說和情人！對弗里克的一次空洞打擊，徹底失敗了！既然我現在受到種種事物利用，我不如砍下妳的頭再拔走妳的牙齒，在森林裡獨自生活，召喚詛咒取下列寧的人頭！我不如是嗎！我會，我**會**這麼做！可是——」她說到一半突然停下來。

「然後呢？」雅嘎婆婆低聲應答。

「這一切真的全毀了？什麼都不剩嗎？我的美好理想真的只是泡影？我永遠見不到它長出血肉？妳即將成為一位祭司，那現在就回答我。如果答案是否定，我會砍下妳的頭，拔走妳的牙齒，住進妳的小屋，吃掉礙眼的蠢農民，並且朝列寧的心臟射巫術毒箭！真的什麼都不剩嗎？」

「**空無一物**。」雅嘎婆婆宣告，語氣可能太過堅決。「什麼都沒有。在戰爭迫近的陰影下，綻放的無政府主義會被踩扁在法西斯主義腳跟下。無論妳怎麼擾亂和發表演說，還是會失去所有。妳會輸，西班牙必然失去。」

「妳提到……綻放？」高德曼平靜詢問。

當雅嘎婆婆意識到自己講錯話，有一段凝重的無言瞬間。

「西班牙會失去什麼？」高德曼追問。

「西班牙將遭到法西斯主義者統治數十年！暴行的兇手將躲過懲罰！」

「西班牙會失去什麼？」高德曼反覆提問。

雅嘎婆婆嘆了口氣，聳聳肩膀。「集體農場、工人自我管理的工廠、工人階級營運與使用的學校和醫院——全都垮了。遭到背叛！失去！」

「失去？」高德曼說，「要失去，必須先擁有過。」

「只有一剎那！」雅嘎婆婆高喊。「緊接著——徹底灰飛煙滅。」

「剎那間，」高德曼說，「是我們任何一個人有過的全部。這個剎那，下個剎那，再下一個剎那。也許剎那是存在過的所有一切。」

雅嘎婆婆察覺高德曼從自己手中溜走。「但接下來呢，說啊？法西斯主義！」

「這些剎那，是屬於無政府主義者的剎那！既然有過一個剎那，怎麼不會有另一次？」

「全都會失去！」雅嘎婆婆高聲抱怨。

「到頭來萬物皆如此。」高德曼同意，「妳知道嗎，有一次沙夏的表弟告訴我，一位嚴肅的革命者在明瞭世間疾苦後，依然縱情跳舞有失尊嚴和身分，甚至顯得輕浮，即使只跳了短暫片刻？他不明白正是那些剎那，讓革命事業有可能繼續下去。因為革命絕不能無情、不快樂且嗜血，即使在追求至善也一樣，雅嘎婆婆啊，因為**根本沒有至善**。手段**往往會**成為目標。儘管我無法再徹夜跳舞，妳讓我知道，還剩下一些美好剎那等著我？還在我前方？」

「妳不會砍掉我的頭了，對吧？」

高德曼輕快搖頭。「既然眼前有一場無政府主義的綻放等著我，就不會了——噢，雅嘎婆婆，省省妳的媚惑吧，因為那些是魔法變出的字句！我有必須完成的著作。舉例來說，我必須警告這群西班牙同志別被布爾什維克黨人吸收。」

雅嘎婆婆搖搖頭。「妳前方是孤寂，」她警告，「還有失敗。」

「我現在就很孤單。」高德曼答道，「而失敗並非毀滅。我要告辭了，謝謝妳的茶，雅嘎婆婆。再見，希望妳很快能找到某個人取代妳，完成妳的心願。」

雅嘎婆婆哼出鼻息。「妳在少女時期離開彼得格勒，離開了俄國，雖然妳踏上俄羅斯的土地，妳不是無法回歸嗎？妳打算如何再次找到這片森林？」

高德曼迎向雅嘎婆婆的目光。「穿過那道門。」

「什麼門？」

高德曼四下張望，確實只有一面牆，以及固定在牆上、積滿灰塵的層架。但她站直身子，漠然凝視巫婆。「我進來的門。」

小屋開始轉動，平穩而緩慢，高德曼維持站立，目光毫不動搖。剁肉刀在微弱光線下閃爍著，而且不只是反射的光。隨著小屋持續旋轉，光弧從壁爐移往剁肉刀，接著投往高德曼的胸膛。她張開嘴要說話，光線在劈啪聲中穿透她的牙齒和舌頭。演說家吐出火的氣息。「小屋子啊，**小屋子**，」她呼喊，「轉向背對樹林，放我出去。」她讓剁肉刀重重落往桌面。

屋子猛然晃動後定住。一道門出現在牆中間。高德曼打開門。當她抬腳要跨過門檻，雅嘎婆婆呼喊她：「愛瑪！」

高德曼回頭看，手依然扶著門。

「只有真正的雅嘎婆婆之女，才能違背我的意志命令我的家。這間屋子認得它的女主人。」

高德曼聳肩。「我不欠妳的雞腳屋什麼，無論它怎麼想。」

「那就收下一個愛的警告吧，女兒。趁妳還走得掉的時候，速速離開俄國。」

高德曼點頭，隨後她踏出門外，消失不見。

3 目標，使手段變得正當

我由一對馬克思主義者扶養長大，這在一九八〇年代稱不上普遍，即使紐約市也是。我還記得，當我在五、六年級[7]驕傲地告訴同學，我父母親是共產主義者（當然囉，他們從來沒加入共產黨；他們是一九六〇年代的新左翼，相當明白事理）——無論是哪一年，當時我們在學習資本主義的美德與共產主義的邪惡不可行。他們全都面露震驚，問我家是什麼樣子。「你們**來過**我家啊，」我回答，「就跟你們家一樣！」

我不確定他們期待什麼樣的答案——也許是牆上掛著共產主義之父卡爾的大幅肖像？晚餐時間

7 美國學制小學的最後一年或初中第一年，通常是十歲或十一歲。

請家人遞馬鈴薯過來，得到盤中食糧是由工人挖出的嚴厲提醒？

（老實說，我聽說在我的嬰兒時期，爸媽的確有一張馬克思的大海報。顯然我這個新生兒頗喜歡那張海報，父親把這件事講得有多了不起，但我母親認為原因在於那是一張人臉的鮮明黑白影像。）

當蘇維埃政府在一九九一年八月調動紅軍對付俄羅斯人民，我母親跟共產黨劃清界線。這是古怪的立場，因為如我所述，我父母親從來都不是共產黨員，也不支持蘇聯，但事情就是這樣。人生不見得要有道理，有些事注定要發生。這正是為什麼藝術比人生超然，為什麼童話可以涵蓋跟事實一樣多的真理。

為這篇故事研讀資料時，我帶著對革命的幻滅（高德曼的用語）去找母親。我得到的教導一直是革命有光榮的開端，而後史達林背離革命的準則，好奪取並保有權力。但是列寧和他同志組成的政府從一開始就腐壞了，高德曼於一九二〇年代站在左翼立場書寫這件事，那我父母為什麼到一九六〇年代還相信這些廢話，我問我媽。

「我們所有的人，在克隆斯塔要塞的事之後就該明白了。」她說。

克隆斯塔叛亂是一群水手、士兵和平民的起義，地點在芬蘭灣中的科特林島，當時是一九二一年三月。起義對布爾什維克政府提出十五項要求，包括以無記名投票實行的自由、公正選舉；言論與新聞自由；集會自由與組工會的自由；農民有權擁有牲畜；工人有權從事手工藝產製；釋放所有社會主義者、工人或農人組織裡的政治犯。

起義遭到殘暴鎮壓，數千人被殺害、處決，死前遭到監禁。

克隆斯塔叛亂發生於一九二一年，也就是我母親出生的三十年前。紅軍從最初就開始對付俄羅斯人民。

馬克思說過，資本主義必定終結於社會主義或野蠻狀態。我猜他不曉得第三種選項，即法西斯主義。或者他可能把那算進野蠻狀態裡。無論如何，我們落入的是法西斯主義：在集中營，孩童被迫與父母分開並受到殘忍對待，他們在那裡受苦，因疏於照顧和更糟的情況死去；粗野且無知的領袖，乘著廉價的種族主義航向權力大位，並獲得一群相信自己能控制他的菁英支持；警察毆打與槍殺黑人，或多或少淪於恣意妄為；隨著生育權在全國各地受到剝奪，我們自己的子宮因此變成陷阱。

政府現正授權設立剝奪公民資格的專案工作小組，隸屬於美國公民及移民服務局。此小組負責調查「不良歸化」，撤銷上述人士的公民資格，並且遣返他們。

我是猶太人，也是左翼人士，而且我傾向認為自己是正直的人，不只擁有最低限度的良知，所以我恐懼並厭惡法西斯主義，且對美國正在做的事與一向以來的行徑感到震驚。但馬克思也說過存在決定意識，亦即我的階級遠比胸懷任何善意或左翼政治思想都更關鍵。也許他是對的，而我十分肯定，倘若置身革命，我將以墮落、白種人、布爾喬亞寄生蟲的身分，趴在牆上結束生命。槍擊處決！

我聽過一首歌，一首滿懷希望的歌曲，我聽它很久了，歌詞說我們可以讓新世界從舊世界的灰燼中誕生。但我也聽過另一首歌，更早以前就曉得，那歌唱著灰燼啊灰燼，我們通通摔一跤[8]。

革命不會有寬容，革命鮮少如此。然而當前的政權殘忍無比。

那些離開奧美拉城的人都去了哪裡[9]？沒有地方可去，沒有地方奉行道德，沒有地方安穩，沒有地方不仰賴某些孩子的苦難。那意味著你必須留下來奮戰，使革命盡可能寬容。

歸根究柢，我可能不是無政府主義者。我想若要成為一位無政府主義者，必須對人更有信心，

8 第一首歌指一九一五年創作的工會歌曲〈團結到永遠〉（Solidarity Forever），第二首歌是可追溯至一七九〇年代的兒歌〈玫瑰花圈〉（Ring a Ring o' Roses）。

9 典故出自娥蘇拉・勒瑰恩一九七三年的短篇小說〈離開奧美拉城的人〉，中文版收錄於《風的十二方位》（木馬文化）。

這遠超過我所能夠。但我相信這件事：你不限縮他人的權利以獲得自由；你不強加苦難以尋求歡娛。手段確實成為了目標，因為**目標並不存在**。只有一個接續一個的剎那。

一九三六年，在亞歷山大．貝克曼自殺的幾個月後，愛瑪．高德曼到訪巴塞隆納，當時由全國勞工聯盟掌控，那是一個無政府主義工會。全國勞工聯盟集體化農場、工廠，甚至包括旅館和餐廳——通通交給在這些地方勞動的人管理。高德曼說，置身巴塞隆納感覺總算、總算回到家。

史達林的路線是到內戰結束後再處理資本主義的廢除，無政府主義者愈是抵制那種做法，他們獲得的蘇聯奧援就愈少。巴塞隆納在一九三九年一月二十六日落入佛朗哥的法西斯分子手裡。

噢，小愛阿姨[10]，沒有地方像家。

10 依照年齡推算，敘事者不可能是依照親戚關係喊愛瑪阿姨，不妨將阿姨解讀成對年長女性的尊稱。

第八個故事——

鼠輩

我要告訴你的是一個童話故事，所以故事情節會不斷重複。小紅帽總是啟程越過森林去拜訪她奶奶。灰姑娘仙杜瑞拉總在試穿一雙玻璃鞋。就這樣，故事反覆自我重演。若非如此，仙杜瑞拉只會變成另一個乏味衰老的皇后，整座宮殿塞滿漂亮衣裳，一旦壁爐沒妥善清理就虐待僕人，與跟拍攝影師陷入既愛又恨的糾結關係。美女與野獸不過成為又一對俊美的富裕伴侶。他們只是故事中的自己，因此僅僅存在故事裡。我們認識的小紅帽就是披紅斗篷、拿提籃穿越森林的女孩。酷暑期間的她是誰？從那群穿泳衣、腳踩果凍涼鞋衝過湯普金斯廣場公園[1]噴水柱的小女孩裡頭，我們怎麼有辦法認出她來？被啤酒瓶碎片割傷腳的女孩是她嗎？或者是拿半透明綠色水槍的那個女孩？

就這樣，你將透過這些人物的故事認識他們。就像所有的童話、即使新的也包含在內，也許你很可能認得這個故事。故事的形式感覺很對勁。這種感覺是謊言。所有的故事都是謊言，因為故事有開頭、中間和結尾，在敘事的弧線下，結尾跟開頭是相配且唯一的伴侶——對嘛，那就對了，我們闔上書本時這麼想。對嘛，就是這樣。對嘛，結局必然如此。對。

但人生並不像那樣——沒有因果敘事，沒有預兆，沒有敘事腔調或細緻微調過的隱喻警告我們有事要發生。而當某個人死去，那稱不上悲劇，不是恰當結局的無可避免下場，不是虛構的災難。

1 一八三四年建於紐約東村，介於七街至十街、A大道至B大道間。

人生既愚蠢，而且會痛。才不是沒事，媽咪！遊樂場裡膝蓋擦破皮的小女孩抽噎著說，母親輕拍女孩並哄騙她，告訴她沒事沒事。才不是沒事，會痛！她呼喊。我在現場。我聽見她說這句話。她對極了。

不過這是一個童話故事，因此這是謊言，或許能讓愚蠢行為稍微沒那麼痛，也可能更痛一些。你不能期望故事符合現實。該繼續讀下去了⋯⋯。

很久很久以前。

很久很久以前，有一個男人跟一個女人，既年輕又深深相愛，住在費城郊區。我是說，他們非常喜歡在郊區生活，不像我、可能也不像你，他們完全不遺憾遠離塗鴉和繁忙交通、脈動的火燙活力、城市中確實存在的諧和波效應。但儘管對彼此和他們的家感到滿意，有一處痛點，兩人彷彿每相視一次就更加痛苦空虛，原因在於他們膝下無子。屋子安安靜靜，像一口乾掉的波本威士忌永遠保持俐落。丈夫或妻子都不曾必須待在家照顧得流感的孩子——兩人從來不曉得當下四處傳染的是哪種病毒。他們從未徹夜嚴肅談論齒顎矯正，或是大學學費上漲的支出成本，正因為這些，他們感到心痛。

「噢，」女人說，「要是我們有一個小孩能愛就好了，孩子會親吻我們，露出微笑，在我們衰老時燃燒青春。」

「噢，」男人會應答，「要是我們有一個小孩能愛就好了，孩子會歡笑跳舞，在我們早已想不起後記得我們的故事和家庭。」

就這樣，他們過著兩人生活。他們一起前往診所，跪倒在祭司面前；他們一起前往生殖醫學中心，往祭壇送上獻祭與供品。可是從日出到日落，在靜悄悄的屋子裡，他們依然只看到鏡中映現彼此的臉。每瞥見一眼，那兩張臉都變得更衰老悲傷。

然而有一天，當女人開著旅行車從超市回家，後車廂裝滿水果、蔬菜還有肉，全都有著不自然的鮮豔顏色和有害健康的光澤感。他們滿懷朝露般的家庭憧憬，在新婚不久時買下這輛車。她開車壓過一個坑洞，同時察覺子宮中有一次明確的胎動，從車裡拿出碰傷的草莓時，她明白他們的禱告終於獲得回應，她懷孕了。她告訴丈夫的時候，他跟她同樣歡欣雀躍，兩人竭盡一切努力想確保嬰孩健康，日後過得幸福。

不過即使在女人看醫生時，她和丈夫一直曉得有四道陰影潛伏在後，靜靜等待，無論是否受歡迎都會現身，於是最終他們邀請四道影子來家中拜訪。那是一個愉快的週六早晨，女人端出親手做的猶太可頌餅（rugelach），而四道陰影餽贈禮物給在母親子宮中長大的孩子。

「她將有一雙善於聆聽音樂的耳朵。」第一道陰影說，一次把兩塊覆盆子可頌餅放進嘴裡。

「她將勇敢且充滿冒險精神。」第二道陰影說，拿了三、四塊巧克力可頌餅塞進口袋，留著晚點吃。

然而第三道陰影的本性沒這麼仁慈——如果你認得這故事，你就知道永遠有一個角色如此。但相對於你可能聽過的版本，它跟其餘陰影同樣獲得邀請，因為痛苦與邪惡縱然無法被阻擋在外，沒獲得首肯卻也無法入內。無論如何，總是有一個角色如此。這就是故事進展的方式。

「她將美麗而勇敢——有冒險精神又熱愛音樂跟其他該有的一切，」第三道陰影說，「可是我給你們孩子的禮物是痛苦。這孩子將受苦，而且她不會明白原因；她將痛苦不堪，永無休止；她將反覆遭到折磨，並獨自承受煎熬，那個世界沒有盡頭。」第三道陰影怒容滿面，把一塊葡萄乾可頌餅扔向室內另一端。有些人就像那樣，陰影也是。那塊可頌餅掉進盆栽裡。

殘酷有時候情不自禁，即使已經獲得邀請與美味自製糕餅的安撫，那你還能怎麼辦？

你能這麼做：你可以向第四道陰影求助，它的力量不足以打破那道邪惡咒語——它永遠沒辦法，你懂的；倘若可以，就不會有故事存在。但或許它能稍加改善。

於是男人和女人驚魂未定坐著，不過或許沒那麼震驚，他們自己不是沒聽過這故事。這時第四道陰影向女人靠近，她雙手交疊保護住子宮。

「我親愛的，」它開口並噴出碎屑，嘴裡正同時嚼六塊杏桃可頌餅。「現在把手放開——這看起來沒禮貌而且全無幫助，妳心裡明白。已經發生的事我無法挽回：妳必須硬著頭皮，打好手上的牌。我的禮物如下：妳女兒在十七歲生日當天，會用一根針刺自己並找到——找到暫時的緩解，妳可以這麼說。在她這麼做以後，她會有辦法休息，而最終她將被一個吻喚醒，情人的吻，她將永遠不再孤單。」

即將成為父母的兩人不得不對此知足。

女人生下女兒後，她不安端詳嬰兒的臉，尋找受苦的跡象，但嬰兒就只是躺在她臂彎裡，小小軟軟流著汗，頭上覆蓋一層天鵝絨似的黑色短毛。她沒有哭，即使醫生拍打她的時候也沒哭。他這麼做部分出自對這安靜、缺乏反應新生兒的真誠關心，部分出自習慣，還有一部分原因是他喜歡打嬰兒。她就這麼躺在母親臂彎，眼睛閉得非常緊，看起來白皙又柔軟無比，所以母親幫她取名為莉莉。

莉莉受不了母乳——只餵她一點就吐。她整天閉緊眼睛，彷彿只要一點光就會讓她痛苦灼燒。回家幾天後，她開始哭，接著她持續不斷放聲大哭，無論多麼勤於餵奶或換尿布。她一次只能睡一個小時，否則她會尖叫，彷彿想試著蓋過另一種更使人心煩的噪音。

一天下午，莉莉剛學會走路，母親讓她躺下睡午覺，過了十到十五分鐘，女人正在讀的育兒書從手中驚慌落下。莉莉的哭聲陡然停止，當母親到她房裡查看，只見莉莉自己把頭狠狠撞牆，一下又一下，她兩歲的臉上有種解脫的神情。母親衝去阻止她時，她又開始尖叫，在母親擦洗牆上血跡時喊個不停。

她半夜驚醒、大白天也恐慌畏懼，沒交到幾個朋友。她持續讓自己的頭撞牆。她試圖拿鐵鎚敲自己，誰來阻止就攻擊誰，順勢砸爛母親的手。當她母親到急診室固定受傷的手並打石膏，護士反感咂舌，互訴女人的丈夫真是個殘忍怪物。

回家後，母親發現莉莉在餐廳桌子下縮成一團，急促而語無倫次唸著害怕老鼠，眼前卻沒有半隻，而且她只允許母親跟她說話。

莉莉確實愛音樂。她深夜溜出家門，搭車進城去聽樂團表演，她也喜愛父親的巴哈和蕭邦唱片。在她只有三、四歲時，蕭邦曾是唯一能讓她躺下入睡的事物。蕭邦就是苯巴比特魯鎮靜劑。她幫學校刊物撰寫新唱片的評論長文，出於篇幅有限的緣故遭到刪減。隨著日漸長大，她愈來愈善於強迫身邊的人接受在她皮膚底下燃燒啃咬的鼠群。可是她依然感覺孤獨，因為人們可以轉身離開，但她無法劃開皮膚掙脫她的腦袋她的呼吸，儘管她那麼努力嘗試，不只一次，然而母親逮到她，讓她重新振作，縫合補救她，每一次都是如此。但母親沒有一次能將莉莉徹底打理乾淨，好讓她不再感到侵蝕與腐壞流經血管、淋巴結與腦袋，也就感覺不到老鼠在身體裡鑽洞亂竄。

莉莉十六歲過一半時逃家去紐約市，在父母厭惡的地方找到一種平靜，置身抹去她眼中原有事物的霓虹燈光與變幻塗鴉之間，尤其在CBGB[2]傳出的轟然巨響和快節奏重拍下，比她自己的尖叫聲更能掩蓋老鼠在腦中撕抓，感覺像是從體內讓頭重重撞牆。她曉得自己有什麼地方不對——她遇見其他喜歡這些樂團的人並跟他們聊，是放縱又響亮、年輕又霸道的聲音使人渾身暢通，奏出滿滿的電力與火花震撼他們，但莉莉就只是不由自主快速擺動，一心想讓那種不對勁停下來。

十七歲生日那天，莉莉跟一個彈貝斯、打海洛因的瘦男人回家。莉莉看著他往粉末裡加一點水，放在打火機上燒，接著她把手臂伸出去。「示範給我看。」她告訴他。

「妳的血管很容易打。」他對她說，因為她的血管既粗又靠近皮膚表面，寬大而滿是老鼠。牠們微微晃動的身影清晰無比，只被她潔白如百合花的肌膚蓋住，血肉薄得像張紙。

他幫她打了一針，針頭才剛抽離她的肌膚——它停下來了。真的停住了，不只是老鼠造成的熟悉疼痛，還包括她思考與感受的黑暗沼澤——它們也停止了。通通停下來，天啊，感覺真好而且自由自在，她甚至不在乎嘔吐，連吐的感覺都不錯，因為其他一切全停住了，她終於能夠睡上一覺，獲得些許真正的睡眠。

隔天早上她醒來，再度覺得糟糕透頂。那比之前更難忍受，因為有一陣子她覺得還不錯。就只

2 紐約東村的音樂酒吧，美國龐克搖滾與新浪潮樂團的演出聖地，存在於一九七三年至二〇〇六年。

是不錯而已。

我們偶爾都應該要感到還不錯。

於是莉莉在針尖找到某種喘息，針頭留下的痕跡比她質硬黯淡的手腕舊疤還不明顯，癮頭來的時候，她會使勁摩擦舊疤痕。她去跳脫衣舞，用羽毛、黑手套和長皮靴隱藏各種傷疤，偶爾也出沒中城的妓院。所以她常激動不已，彷彿還是個行為偏差的孩子，喜歡操控別人。如今她的情緒暴起暴落，有一些比較平靜的時期和社交圈，即使那群人有時會對她忽視不理。她幫地下刊物寫音樂文章，每隔兩週母親來看她一次，拿蔬菜水果來並帶她出門吃午飯，在她朝服務生扔刀叉時道歉，反覆擔心莉莉變得多麼消瘦。

你沒辦法無時無刻保有吸毒快感，但你可以試著去做。

莉莉曉得自己逐漸變瘦。她會盯著鏡中身影，卻沒看見自己，有辦法用藥物送鼠群安息時，她不太確定自己是誰，或者她要怎麼曉得自己是誰。

妳是誰？毛毛蟲問，抽一口他的水煙。控制妳的脾氣。

老鼠從她體內往外啃食，她逐漸消失，唯有在母親眼中她才真實存在——母親凝視的力量撐住她的骨架，即使她的韌帶和皮膚慢慢液化，逐漸消失在一部柔焦電影的溶接轉場。

溶接。

淡入。我們跟莉莉在倫敦，距離她母親夠遠，讓她能徹底消失。莉莉聽說有些什麼在倫敦發生，足以關掉在她頭殼裡橫衝直撞的猛暴衝動，效果甚至比CBGB的聲響更好，構成某種消滅。

確實有。

看看在Roxy[3]裡的莉莉，如果你能認出她來。找得到她嗎？她在廁所注射海洛因，用的是馬桶裡的水。她在聽表演的人群中，坐在舞臺邊，坐在舞臺上，坐在吧臺前，猛力撞牆到自己折斷鼻梁。老鼠依然跟著她，朝靠近的任何人嘶咬低吼，沒人來就轉而自我攻擊，開始吞噬自己，囓咬牠們自己的柔軟肚皮。

你認得出莉莉嗎？她的臉孔和身影開始在鏡中消失，她驚慌失措，明白自己必須採取某些激烈舉動，隨後她眨眨眼，發現原本該顯現自己鏡像的位置只剩一大群老鼠，瘋狂吃個不停。在倫敦當你宿醉時色彩明亮如太陽，亮得光看都痛。穿著打扮是為了引起注目，使人退避閃躲。莉莉想要看起來像那幅模樣。她把栗子棕色的頭髮漂染成泛白金髮，並保留深色髮根招搖展示。她把頭髮往後

3 位於倫敦柯芬園的現場演出俱樂部，一九七六年至七八年間成為龐克音樂據點。

梳，於是毛躁亂髮像一圈光環立在頭部周圍：聖莉莉，老鼠聖母。她畫粗黑眼線框住雙眼，小心翼翼上色。她甚至更加仔細描繪唇線，唇彩閃爍眩目光澤。她的黑色服飾綴滿明亮鉻金屬，像一輛一九五〇年代的車。

那時她顯眼無比。她照鏡子能夠看見自己，燦亮白皙，以黑色勾勒輪廓。渾身覆滿鼠群。

母親覺得她看起來像一具屍體。

每個人現在都能看見她，總之每個重要的人都可以。她久違出門走動，跟彈貝斯的年輕男人睡，好吧，是在臺上背著貝斯裝模作樣。他穿黑色緊身牛仔褲，裡頭不搭上衣，配一件金蔥紗外套。他比她大一歲。他們倆都還沒脫離青少年時期。他們是孩子。撇開所有一切，他們的肌膚看起來新生又有光澤。

初次見面時，她對他感到害怕。如今她成為目光焦點，但那還是要付出一些代價。假如靠得太近，老鼠通常會讓所有人保持一定距離，這樣無論她多麼瘋狂對人投懷送抱，他們會躲開。他們深深明白該害怕老鼠，即使他們看不見鼠群，更不曉得牠們存在。他們告訴自己也對別人說，自己躲開是因為她惹得旁人不開心，是世界上最可怕的人、騙子跟自私的賤貨。而她確實是，她知道自己是，但實際上他們怕的是老鼠。

不過克里斯靠近時老鼠讓開了。他一走近牠們就後退，目光投向地面或側邊，彷彿對收斂自身的狂暴感到尷尬。他身上有某種熟悉感，但莉莉太過困惑鼠群的反常行為，沒想太多那是什麼。克里斯瘦弱纖細，皮膚蒼白到莉莉好想捏出瘀青，看著紫斑擴散，香菸和缺乏睡眠在肌膚刻畫明顯細紋，臉上長滿痘子。有一顆化膿了。他說話時她聽不太懂，他的嗓音非常低沉，難以分辨發的母音是什麼。

她幫他打海洛因時，他說是自己的第一次，但她從他讓自己血管凸起的手法看得更明白，他甜美的藍色血管幾乎像漂浮在薄透肌膚表面。那夜稍晚他們做愛時，她看出這是他的第一次。

莉莉沒剩下多少好奇心——清醒太痛苦了，她試著盡可能讓自己麻木。可是在他們第一次接吻時，一陣寒意嚇得她清醒過來，她看向他的肩膀後方，隨即明白她的克里斯為何如此熟悉（如今她知道兩人屬於彼此）。越過他的肩膀，她看見他的老鼠——只有幾隻，比她的幼小，但正在長大與交配，很快他們兩個就會困在一起，任針頭和利齒刺破皮膚，被再也無法辨別或區隔的成群老鼠包圍，只見一整片猛然揮動的尾巴、銳利尖齒與狠狠箝住的爪子。可是她不會孤單，他也看得見牠們，他同樣不會孤單，她也看得見牠們。他們的孩子，他們的父母，他們的老鼠。

你認出這個故事了嗎？或許你在聖馬可坊[4]看過每一個夏令營孩子身上穿的T恤，他們幻想著

4 紐約八街介於第三大道與A大道間的一段稱為聖馬可坊（St. Mark's Place），因鄰近的聖馬可教堂得名，是東村的重要文化街道。

自我毀滅帶有某種浪漫情懷，其間的種種絕望與希望。

你認出這個故事了嗎？也許你在不同地方讀過一些訪問片段：她令人作嘔，她是世界上最可怕的人，她是一道詛咒，蓄意遣來倫敦摧毀我們的黑暗瘟疫，她把他變成一個性奴隸，她毀了他。多半是中年男子、偶爾也有女人這麼說，當他們回顧一位思覺失調少女過往二十五年的人格障礙和注射毒癮——因為此時此刻我們依舊尚未找到方法，使這種病症可以忍受。這女孩從十歲開始就想死，她痛苦不堪，而在人們眼裡她是瘋狂的潑婦。她毀了他。

那她呢？她怎麼辦？

我們能不為她哭泣嗎？

再看看那些相片和家庭影片，看他們多麼年輕。閃閃發光。從來就沒老到需要擔心她臉上有細紋，或者溼氣使膝蓋痠疼，或是白頭髮——每次疼痛難過都是天殺的祝福，你可別忘記。

你認出這故事了嗎？

難道你不是已經曉得後來發生什麼事？

親吻、親吻、親吻、玩樂、玩樂、謊言。對，噢對呀，我們玩得正開心。我好快樂！

親吻、親吻、親吻、打架、打架、打架。他揍她，所以她晚上戴墨鏡。她搗毀他母親的公寓。

他離開她之後在火車站回心轉意。回到一起擅自占屋借住那裡，他已經在奔跑，他看見莉莉垂死癱在地上的幻象——不要重回孤單，拜託，什麼都好就是不要孤單。他把她的頭抬到自己腿上；她的心臟還在跳，可是她的嘴唇變成藍色。他媽媽曾經是護士，他懂得如何讓她恢復呼吸。

親吻。

隨樂團巡迴演出，遠離莉莉時，他變成冒火花的電線，搗毀房間，從觀眾群裡攫獲漂亮女生，刻薄對待她們，找到任何尖銳邊角就猛衝過去，皮開肉綻讓自己變成鼻涕、血、糞便、精液組合成的膿皰，噢他的莉莉在哪裡，莉莉我愛妳。

樂團解散了。他可以搞砸一切但他無法演出。他們搬到紐約，蹦蹦跳跳晃遍字母城[5]。他們試著服用美沙冬，需要的量太大到最後乾脆放棄，再說美沙冬只止住海洛因的癮頭；它無法給她任何喘息。手頭有錢的時候，他們迅速大肆揮霍，買海洛因，買化妝品，買衣服，買禮物送給對方。

她買給他一把刀。

如果故事中出現刀，結尾就有某個人必須被刺傷。

莉莉知道她無法繼續忍受這些，繼續忍受自己，繼續忍受自己的渴求，繼續忍受困在灰暗城市灰暗房間的無盡日子，就算漫天黯淡這座城依然刺痛她的眼睛，是一種霓虹般的灰暗。光是在早上

5 字母城（Alphabet City）是東村的一塊區域，由於A、B、C、D大道穿越其間得名。

睜開眼（實際上是中午）、光是換衣服都太費力，要是她還能感覺到欲望，要是她想獲得任何事物，她企求的一切只會是停止搏鬥，停止移動，放鬆往後躺平，讓自己在溫暖被毯下模糊消融。

然而海洛因造成的不適使她渾身顫抖，她不得不挪動身體。

連她的鼠群都耗弱不堪，她看得出來。牠們步履蹣跚吐個不停，偶爾不起勁地咬別隻老鼠一口。她想要死，可是她的克里斯把她照顧得太好——他揍她的時候除外，如果有發生的話。

當他們還置身倫敦，那地方在莉莉靜靜滲血的回憶裡已抹上家的色彩，兩人蓋著被子蜷縮在一起，莉莉曾經問克里斯有多愛她。勝過空氣，他說，勝過海洛因。如果我要你去做，你會在身上澆汽油、點火燒你自己嗎？她詢問。會，他說。如果我要你去做，你會點火燒我嗎？她又問。那不行，他說。我愛妳，沒妳我不能活，不要、不要、不要留我孤單一個人。別那樣，除了孤獨什麼都可以。

戀人間常有的反覆絮語。

如果我要你去做呢？她逼問。如果我要你去做，你不做嗎？

他做不到。他不要。

那你根本不是真正愛我，她告訴他，如果你不夠愛我，就不能在我需要的時候幫助我。於是他不得不答應，還必須發誓。

而今在寒冷灰暗的紐約市，她把刀放進他手裡，提醒他許過的承諾。他推開她。不。可是他沒扔掉刀，也許他忘記這麼做。她又提醒他一遍，不知怎麼她找到幾個月來不見蹤影的能量與動力，用指甲刮擦黑板的嗓音尖喊、痛罵和哀求。她拿他的貝斯打他，狠狠攻擊他的痛處。一個男人會遵守他的承諾，她對他說。真正的男人不怕血。

最後她躺在浴室地板自顧自地發抖哭泣，克里斯走進來，扶她的頭放到自己腿上，接著刀刺進她腹部，再把刀朝她胸口猛劃。他繼續又刺又鋸，一邊輕撫她的額頭，直到她停止呼吸。

她最後看見的是他臉上茫然而關愛的表情，隨著她的血在浴室磁磚流淌漫開，老鼠蜂擁竄來。

他看著鼠群啃咬她腹部柔軟的肉，得意洋洋在她身軀爬行，到最後他看著牠們躺下死去，小肚皮翻向天花板。隔天早上，他什麼都不記得了。

警察發現他僵坐在床上，目光直視前方，刀子擱在身旁。他們把莉莉裝進屍袋搬走。再也沒有親吻。

如今他正逐漸死去，他這麼覺得。她不在身旁使他的血液慢慢流乾。他的老鼠全死了，放眼望去到處都是鼠屍。

你知道剩下的故事。他在一個月後死於吸毒過量，是他母親幫他弄來的。為什麼你還繼續讀？你在等什麼？那個吻？但他吻過她了，你不記得嗎？而她醒過來，從此以後她不再孤單。

他們是孩子，你懂的。仍然有孩子置身苦痛，他們不斷死去，對於愛他們的人而言那並不浪漫。他們的父母和朋友無法預先得知即將發生什麼事。他們沒有敘事者。當這些孩子死去，徒留空白與缺席，親友失去看見七彩世界的能力。未來扭曲變形，人們身陷驚愕，目光呆滯好幾個小時。他們走進繁忙車流，沒看見卡車也沒聽見喇叭聲。迷霧消散後，他們發現自己把報信人釘在牆上，刺穿他的喉嚨。他們發現自己大半夜跑上街呼喊名字。在街坊散步變得太難，他們轉身迴避。他們聽不進醫生的話。

死亡不浪漫，不刺激，沒有動人結局也沒有因果敘事。即使現在也有青少年、亦即孩子們割傷自己，注射到靜脈萎縮並拒絕進食，因為別種選項更糟糕，而他們的死不會成為故事。相反的，未來原本屬於他們生命的位置將空無一片。死亡沒有敘事弧線也沒有尊嚴，現在你可以把這兩個孩子的相片絹印上你該死的T恤。

第九個故事——

迷失在超級市場

我現在住超級市場。裡頭很冷，而且能吃的東西比你想像中少。我懷念光線，懷念陽光、燭光、月光、星光、街燈、車頭燈、聚光燈。如今我只有日光燈，我想它們是我一開始消失的原因。它們把我的皮膚變透明。到現在我只靠表面張力凝聚，就像從玻璃杯緣浮升的半圓水面。我擔心如果有人撞到我，我會整個飛灑開來。接著自動拖地機滾著小輪子過來，帶著它們的拖把、水桶和防治犯罪死亡射線，我會在七十二號走道被拖乾淨，那將是我的葬身處，就在三十多種不同口味的可樂面前。

我不知道自己在這裡待了多久。我迷失了，就像那首歌裡唱著，迷失在超市。喬・史楚默和米克・瓊斯[1]總是曉得實際情況，直接攤開在你面前。我想念真正的音樂。我想念龐克、音樂劇、雷鬼、歌劇、柴迪科[2]。我在這裡只有穆扎克[3]旋律版的歌曲，歌名我根本不想提。或是我真正喜歡的歌變成旋律版，那簡直更糟糕。昨天，我想是昨天吧，我聽見一首旋律版的〈塗成黑色〉[4]。

1〈迷失在超市〉（Lost in the Supermarket）是衝擊樂團（The Clash）一九七九年的歌，由主唱喬・史楚默（Joe Strummer）和吉他手米克・瓊斯（Mick Jones）合寫。

2柴迪科（zydeco）指源於美國南方的音樂類型，多方揉合法國、非洲、加勒比海的影響。

3穆扎克（Muzak）在美國專門製作去除唱詞、僅餘旋律的歌曲，賣給零售商店當不干擾的背景音樂播放。

4〈塗成黑色〉（Paint It Black）是滾石樂團（The Rolling Stones）一九六六年的歌曲。

不過話說回來，最近我的信念愈來愈無關緊要，就跟剩下的我一樣。我能看穿我的皮膚，我的肌肉，我的骨骼。只剩下循環系統、靜脈血管、動脈血管，一直到纖細無比的微血管，在我指尖形成紅色模糊小斑點——迷你玫瑰花蕾和康乃馨，漂浮在隱形的皮膚表面下方。還有我的心臟，隨著腦中音樂及時怦然跳動。

我覺得對其他所有人來說，我已經完全消失淡去。購物的人穿越我。我可以完全融入二〇六號走道的八百五十三種早餐穀物。或者說我會這麼做，如果我有辦法再找到穀物。我曾找到早餐穀物一次，但後來我去找牛奶，有人掃掉我撒米脆片[5]留下的線索，讓我再也找不到路回去。

就在那時候我曉得自己真真正正徹底消失。我找到牛奶，而我母親來找我，連她都看不見我。喇叭播送著旋律版的〈紐約童話〉[6]，我面對牛奶沉思——有機、全脂、百分之一脂肪、百分之二脂肪、低脂、無乳糖、巧克力口味、符合費伯嬰兒睡眠訓練法的牛奶、百分之一百零三脂肪。我聽見有人在哭，是我母親。

她看起來糟透了。她的衣服扯爛，妝容從臉上化開。她邊喊我的名字邊哭，我好高興她終於來

---

5 家樂氏的一款早餐麥片。

6〈紐約童話〉（Fairytale of New York）是棒客樂團（The Pogues）一九八八年的歌曲。

找我。

我試著伸出雙臂擁抱她，可是她感覺不到我。她繼續哭個不停。「媽媽，」我說，「媽媽，看我啊！媽媽，我在這裡。」但我一說出口就明白自己在說謊。我不在那裡；我在放射性光線下逐漸消失，隱身融入不含抗生素和生長激素的牛奶，裝在半透明塑膠瓶、鈣質被日光燈燃燒殆盡的牛奶，以及上蠟紙盒裡的牛奶，它們依然能以十二種方式塑造強健骨骼。我再度嘗試抓住她的手，可是她的大衣布料逕直穿透我的玫瑰花蕾指尖。

「媽咪！」我大喊，「是我，我需要妳，我又冷又餓。我背痛，而且我想我正在消失。請幫幫我！」

但她感覺不到我，看不見也聽不見我，她從我和牛奶面前走掉，依然在哭，反正我知道是我的錯。我不該吃下那些水果牌彩色糖（Fruittles）──它們完全不含天然水果，人人都曉得。我想它們同樣讓我變得不真實，而現在我屬於這裡。有一次我差點走到收銀臺──我可以聽見紙袋的摩擦聲，條碼掃描機的嗶聲，信用卡機吐出簽單。可是就在我快把手推車推到走道盡頭之際，紅心皇后出現在我面前，年輕可愛年僅十七歲，也可能是四十七歲，我不得不立刻停步以免輾過她。

她畫貓眼妝的眼線，穿及膝繫帶黑皮靴──我一直想要但從來不適合我的那種；一身紅格子細肩帶洋裝，外搭白色棉質網眼罩衫──我小時候從來不想要卻總是必須穿的那種。她伸手搭上我的臂膀。「別走，」她說，「外面什麼都沒有，留下來跟我在一起。妳答應過的，妳答應要當我的朋友。」所以我沒有繼續走，她輕輕撫摸我的手臂，把我帶往迷宮更深處，接著她消失無蹤。我不該聽信她的話，但她是唯一能看見我的人，這讓我很難拒絕她。我多希望媽媽能看見我。或者也許是喬・史楚默。

我的意思是說，我希望喬・史楚默能看見我，不是我媽能看見喬・史楚默，我不覺得那會對任何人特別有幫助。我肯定喬・史楚默能拯救我，他不會被三號走道的七十六種不同優格搞昏頭，他根本不會注意它們。但我敢說，他這輩子從沒來過這間超市。我敢說他不會忍受這地方一分鐘，該死的一分鐘都不待，而我希望自己從沒來過這裡，不只是這間超市，還包括為這城鎮找的可悲藉口。我不是這裡的人，我來自城裡——那座**真正**的城市，我**唯**一在乎的城市，而且我好想它。

我知道喬・史楚默會有辦法幫我，但我不曉得他願不願意幫。我讀過我那些萊斯特・班斯[7]的文章，他會對我失去耐心。有時候我對我自己失去耐心。

7 萊斯特・班斯（Lester Bangs）是一九七〇年代以批評力度聞名的美國樂評人，由於一篇過火的評論遭到滾石雜誌開除。後續仍為許多媒體寫作，一九八二年死於用藥過量，年僅三十三歲。

在我的街坊，完全沒有這些不斷擴建的超級市場。沒那種空間。我成長的時候，我們有肉舖、麵包店、起司舖、蔬果攤、熟食店（真正的熟食店）、魚販、印度餐廳、二十四小時營業的烏克蘭餐館、不使用豬肉的清真中國菜外賣、學生常吃的廉價壽喜燒、五金行、嬰兒用品店、殺手級的美味貝果、燻魚、果乾、黑巧克力，還有真正的蛋蜜乳[8]。如今我們街坊反倒沒那麼樸實，有一些我負擔不起的餐廳，浮誇酒吧擺滿昂貴品牌的伏特加，不是那種在我還是個小女孩時怕極了，只好要求我母親走另一側街道的惡魔島酒吧。兩年前惡魔島關了，換成一間超貴的壽司餐廳，只開了一年。

我母親感覺不到我。

我想我們是有超市的。我們對街有一間「關鍵食品」，幾個街區外還有一間「大都會食品」[9]。每間占地長寬各約半個街區，從來不費事去播任何音樂。

然後我搬到這裡。不是有意的。

幾個朋友載我來這裡，覺得我一定會喜歡。他們說這裡的東西更便宜，購物推車的空間比較

8 蛋蜜乳（egg cream）實際上沒有蛋的成分，比較接近巧克力牛奶蘇打水。
9 關鍵食品（Key Food）和大都會食品（Met Foods）都是源於紐約的連鎖超市品牌。

大。剛開始很好玩。我在零號走道奔跑，接著跳上我的推車，坐著一路滑行。當推車開始在我沒出力下轉彎，我覺得奇怪，但我不在乎。彷彿是碰碰車、溜冰和下墜全加在一起，連消失的感覺起初都很好，就像你隨著龐克搖滾樂跳動，總是過度煩惱墜機、遲到、做人姿態那部分的思緒總算閉嘴。可是後來一直沒停，搞到現在我的母親看不見我。

第一個遇到的問題是麵包。我對麵包很挑剔——如果要吃奇蹟牌吐司[10]，那你不如用保麗龍做三明治。在家鄉你可以去麵包店，他們會用又震又晃的切片機幫你把一整條吐司切片。紅心皇后會愛死那機器，砍掉萬事萬物的每一英寸。我找到堪比保麗龍的麵包，但無論在哪條走道我都找不到好麵包，我在魔法推車上來回疾駛，轉彎並定住車軸，旋律版的〈走在狂野那一邊〉[11]在我耳邊厲響，把我的腦袋變成燕麥粥。

我撞進一整排蛋糕預拌粉，那些我不用的東西。最後一刻我及時閉上眼，薑汁香草口味的粉飄灑我全身，落向我的耳朵、我的嘴巴、我的鼻子，除了粉末我感覺不到任何東西。粉滑進我的眼睛並落在淚管上，即使我睜開眼也沒有分別，等到我的眼淚洗掉粉末，等到我又能再次呼吸，等到那

---

10 奇蹟牌（Wonder bread）是常見的超市麵包品牌，從一九三〇年代就在全美供應切片吐司。

11 〈走在狂野那一邊〉（Walk on the Wild Side）是路．里德（Lou Reed）一九七二年的歌曲。

些年過去以後，我置身三〇點五三六九九二號走道，掉進愈來愈窄的螺旋直到停下，正巧落在麵包前方。

這間超市是一顆鸚鵡螺，一條巨大的莫比烏斯環，只是全都朝向內部且不與自身相連。從那之後我再也找不到麵包。幸好我拿了幾條吐司，味道還不差，我希望有天可以找到奶油。

可是找到麵包的時候我覺得頭在旋轉，也可能是建築物在轉。但我還需要紅腰豆，有好多不同種類。我需要罐裝番茄可是找不到，結果全放在貨架最底層，我必須在超市的仿大理石光滑地板挖一條溝，用指甲和九二〇號走道拿的幾把便宜塑膠湯匙撕開地面。

在壕溝最深處我找到罐裝番茄，但這間店沒有我要的那種。

最後是花生醬讓我停下來。我差不多好了，但我去拿花生醬，然後我像一頭鹿在車頭燈中僵立不動。我已經好久沒看過車頭燈。車頭燈、交通號誌、霓虹燈、綠燈、紅燈，紅色海盜船啊紅色海盜船，讓戴莉亞過來[12]。我沒辦法動，覺得全身又蓋滿輕柔薄透的薑汁蛋糕粉，而我就是粉末，碎成一百萬顆漂浮在空中。我想不起來該怎麼挑選花生醬，不同的種類太多：顆粒、特多顆粒和滑

12這句話出自兒童遊戲紅色海盜船（red rover），小孩分成兩隊，輪流呼喊「紅色海盜船啊紅色海盜船，讓某某過來」，喊到名字的孩子要跑去敵隊，看是能衝破手牽手的人鏈或者被抓住。

順，混合果醬和巧克力醬，成分屬於人工、天然、有機、無鹽和瓦倫西亞品種[13]。有時候看起來裝滿花生醬的罐子，裡面實際上是某種橄欖或杏仁或別的什麼製品。貨架聳立在我面前，我開始恐懼自己想要的那罐是這整間店的基石；要是我拿走，一切就會往我身上崩塌，壓扁我的骨頭並吞沒這世界、我的朋友、我媽媽、喬·史楚默，還有我的小狗。

我不知道我像那樣站了多久，但最後有一個朋友回來找我。我能聽見他在隔壁走道喊我的名字，說是克斯和茱莉讓他從收銀處回來叫我，我跑去哪裡了？我不曉得，我試著回應他卻做不到——我不記得怎麼發聲，我的下巴也不肯動。終於他放棄並閒晃離開，接下來我能聽見的只有〈從小道消息聽說〉[14]旋律版。我不曉得他後來發生什麼事，有沒有找到回收銀處的路，我也不知道那究竟是多久以前。也許好幾年。

而今我坐在三又五分之二號走道生吃義大利麵條，試著別去聽〈轟雷路〉[15]的時候，某個黑色

---

13 瓦倫西亞（Valencia）是美國產量較少的花生品種，多種植在乾燥沙地如德州、新墨西哥州，花生顆粒大且帶甜味，一些有機品牌花生醬會特別標示使用瓦倫西亞花生。

14 〈從小道消息聽說〉（Heard It Through the Grapevine）的經典版本出自馬文·蓋伊（Marvin Gaye），一九六八年發行。

15 〈轟雷路〉（Thunder Road）是布魯斯·史普林斯汀（Bruce Springsteen）一九七五年的歌曲。

毛茸茸的東西沿著走道砰砰衝來撞上我，彈開後沒停步繼續往前跑，發出緊張的咕噥聲。我猜我應該要更興奮，因為這是長久以來第一次有東西感覺得到我，可是老實說，我不在乎。我對任何事都不怎麼在乎了。但我還是站起來追著那東西跑，因為我牙齒裡有個在撞啊、搗啊、鑽啊的地方覺得我該去。可能只是我吃那些水果牌彩色糖造成的蛀牙洞，但也許如果我照它的意思去做，那種又撞又搗的鑽鑿會停止，我就能夠縮起身體去睡覺，我真正想做的事只有這一件，閉起眼睛永永遠遠睡著。

當毛茸茸的東西在轉彎處打滑，我隱約瞥見牠的臉。那是一隻奔跑中的黑狗，腳絆到我昨天或去年或一小時前意外撞翻的拋棄式烘焙鋁盒。我跟著牠，因為我知道該道個歉，也幫牠拿掉腳上的金屬盒。它們看起來像鋼頭工作靴，或者是銀色拖鞋，我很確定如果我能抓住這隻狗，結局一切都會沒事。

狗加速狂奔，變成一團模糊黑影，但我緊追不捨，跑一跑還打滑，手指尖的朦朧康乃馨蒸騰冒泡。狗跳上貨架，持續發出有如廉價收音機雜音的砰砰聲，我緊緊尾隨牠，用我母親說會翻倒書架壓扁自己的方式往上爬，當時我四歲，她逮到我在客廳試圖攀爬書架。我伸出手抓住扭動的溫暖皮毛，隨後那動物尖喊跳開，我們又再隔開距離。我想那隻黑狗在笑，至少牠的金屬腳在嘎嘎大笑。

我們不再看自己跑到哪裡，我們一起奔跑，狂放截斷與繞行彼此的路，像喝醉的青少年斜步亂衝，根本沒注意前進的方向。當我們發現自己置身肉品櫃，一隻手伸下來抓住狗脖子，在狗兒嘴巴還張開、喉嚨和腳還在笑時砍掉牠的頭。我僵直站立，瞪視做出這種事的人。

那當然是紅心皇后。

剛到這裡時我從眼角餘光瞥見她幾次，可是她看起來就像介於七歲到三十歲的普通女孩，深色直髮綁成馬尾。對啦，她穿一身紅衣、到處點綴愛心，我猜那可能是線索，但我沒怎麼注意她，直到發現她能看見我。我在賣水果的走道，旋律版背景音樂在播〈內心煩悶〉[16]。她朝我走來，我預料她會邁步穿越我。可是她停在我面前，遞一包水果牌彩色糖過來，人工糖果閃現光澤，像是有毒的珠寶。她直視我的眼睛，我高興得倒吸一口氣，因為她看得見我。她看起來大約十九歲，也可能是五十九歲。

「吃吧。」她說。

「嗯，」我說，「不要。」我聽說過傳聞。

「拜託，我想要有朋友。我好孤單，而且我真的喜歡妳。」

我什麼也沒說。

16〈內心煩悶〉（Trouble in Mind）是許多樂手演繹過的爵士樂名曲。

「拜託嘛，我真的好需要一個朋友。」這時候她看起來六歲左右。

我什麼也沒說，但我讓她把彩色糖放進嘴裡。

但在那之後她隨即消失，直到我試圖離開前都沒再見到她。傑克找不到我，我母親也沒辦法，喬．史楚默可能會認定我是在浪費時間。

如今她就在這裡，一手握著菜刀，另一手抓著狗屍，直勾勾看著我。我嘗試躲進櫃檯下。她把狗的內臟取出並剝皮，大力扯下牠的柔軟毛皮，這時旋律版音樂在播〈棕眼帥男生〉[17]。她把狗屍剁碎，串起肉塊，放在就地生起的火堆上烤。

在我們家鄉沒有肉品櫃，不過我們有一位烏克蘭肉販。小時候有次他給我一段薩拉米香腸，讓我慢慢啃。我好久沒吃肉了，烤狗肉飄來的味道一路直抵我的卵巢，惹得它們扭動。我感到十分內疚，可是肉香味和飢餓快讓我瘋掉。皇后從火堆取一根肉串遞過來。我站起身往後退，直到後背抵住櫃檯。

「吃。」

她把肉串朝我塞過來，壓抑已久的渴望使我暈眩到快昏倒。

17〈棕眼帥男生〉（Brown-Eyed Handsome Man）是查克．貝瑞（Chuck Berry）一九五六年的歌曲。

我閉著嘴巴搖頭，努力緊抓住跟那隻狗到處跑的興奮感受。這是妳的玩伴，我告訴自己。別吃妳的朋友，那樣沒禮貌。

她沒說半句話，只是站在那裡看著我。她揚起眉毛，腳點著地。我細細看她皺起的額頭。她還算有耐心，因為每條細紋裡刻蘊的知識表明我終將屈服。她看得見我，而我無法拒絕她。狗也看得見我、感覺得到我也能聽見我，可是現在牠死了她活著。她就在這裡。她知道只是時間問題，不過時間無關緊要，尤其是在這裡。

我也明白這一點，管他的，如果早晚會發生那何不選現在，於是我閉上眼睛咬一口。我內心假想這位女士是我母親，肉也不是煮熟的友伴屍體，而是她以前會在街頭買給我的中東烤肉串，烤得半焦黑、半是油脂而難以辨識。既溫熱又好吃。在我小時候，母親會把煎牛排的肉汁倒進瓶子或杯裡讓我喝，讓混合血與脂肪的汁液給我力量，狗肉同樣給予我力量，不過味道比起母親給的血水差遠了。

我睜開雙眼時注意到兩件事。首先是我的骨頭清晰可見，我看著看著，肌肉、神經和皮膚也開始恢復原貌。我懷疑究竟是我變得能被看見，或是只有我看得見自己。

肉既美妙又溫熱，表面經過烹烤調味，內裡生嫩帶血。那些血都在提醒，我記不起上一次月經來是什麼時候，又有多麼想念它。如今我雙腿之間沒有血，可是有血流下我的臉，沿著下巴滴落消毒過的無菌光亮地板。紅心皇后拿出一條亞麻布手帕，朝上面吐口水並抹乾淨我的臉。她拍拍我的頭。

我把剩下的狗肉吃掉，趕在自動拖地機來清理地板血跡之前跑去躲起來。我花了幾個小時欣賞剛浮現的身體，映在四號走道冷凍蔬菜區的玻璃門上。看看我雙頰的氣色！我飽滿的角質層！我的腿，天知道有多久沒刮，我的泛白金髮，我的長睫毛和濃眉毛！看我的皮膚把心、肺、肋骨、肌肉包覆得多麼完整！我狀態完美，甚至刻意撞上幾個人尋求刺激感。我讓購物推車擦傷小腿，用接下來幾個小時欣賞瘀青的滋長與消退，在驚奇的狂喜中撫摸我的腿，觀察皮膚如何遮掩破損血管，於是青紫斑點逐漸消褪成黃綠色，被我穿不透、無死角肌膚的淺桃粉色澤覆蓋。我愛上手指頭的塵土垢。

我走向人們身邊，看見他們打量我總是費力推拉的滿載購物車，我疲憊的臉（我非常確定嘴邊仍有乾掉的血水），還有我破舊的衣服。我問：「你知道出去的路嗎？」結果我噴吐無意義的字句，我發出不成語言的舌音。驚慌失措下我抓住嘴巴，試圖把舌頭推成正確的形狀，可是我的下巴自己動起來，狠狠咬我的手到流血滲滿喉嚨——我逐漸呼吸困難，因為到頭來、到頭來！我依然發出這些沒有意義的聲響。我失去語言。

我閉嘴並集中注意力不讓思緒退化，別淪喪成我每次說話就從口中冒出的胡言亂語。

我喪失我的語言，而且找不到路回去。有時候你失語，你在字句無效時擺脫它們——它們只是承裝意義的麻袋，只是容器與形狀，有時你可以豁出去耗盡字句，因為你不再需要它們，意義直率且惹人厭，有如電擊棒、火焰、起司刨絲器撕扯你的喉嚨。你再也不需要字句來形塑聲音，因為那只是某種去除鋒利邊角的手腕，當你體內全是撕裂砍劃的利刃，怒火翻騰、自我厭惡、鋪天蓋地憤慨勃發的能量與字句，兀自滲出水泡又皺縮。

就像衝擊樂團那首〈徹底控制〉（Complete Control）。某些自以為是的人貶低這首歌，認為樂團不過是在放縱叫囂他們跟唱片公司間的爭執。但這麼說的人只聽進歌詞，卻沒專心聆聽歌曲。那首曲子在表達世界末日。歌中有那年夏天紐約市建築物倒塌的聲音，那段期間每週都有一棟大樓隨機崩塌。歌中有地下供水管線爆開、人孔蓋噴往空中、地下鐵出軌聲，地獄天使幫在街頭狂歡用鞭炮炸掉誰的手，計程車煞車尖鳴、群眾咆哮，某個人無意間使七月四日群情沸騰的聲音，機車沿第一大道高速奔馳、女同志重機車隊飛駛過百老匯大道、嬰兒哭號、警察射殺一位非裔移民、大規模公民不服從湧入下城的紐約市警局總部、公園裡的動亂、青少年鬥毆——歌裡是都市的末世決戰之聲，聽見一座城市噴發高熱、怒火與無聊。史楚默一直到歌曲中途還能保持冷靜，可是沒人可以告訴我，在那之後他是否說得出話來。沒人可以告訴我，他究竟有沒有去試。他傾瀉出全然的憤怒，那股怒火會撕碎他的皮膚，活活吞噬他、也吞噬掉聆聽的不管是誰。對於那些你不需要言辭。可是憤怒沒有撕裂他或生吞他。演奏完那首歌後他重拾言辭，而我回不去。我有的全部是恐懼、迷失、自我懷疑的胡言亂語。

我想他回得去，是因為有樂團其他成員守護他，在他深入迷宮時，解開一捆羊毛線繫住他的皮帶。有米克．瓊斯、保羅．西蒙儂和高手黑登[18]會拋給他救生索，他只管讓嗓音飆得像汽油彈在失序社區引起五級大火，米克和保羅一遍遍反覆誦吟「TO-tal⋯⋯C-O-N⋯⋯control（徹底⋯⋯控⋯⋯控制）」，黑登則保持節拍，於是史楚默就有能回歸的事物，在這首歌的砰然閃電猛落之際，有人穩住陣腳，賣力撐到最後。

我想我可以跟狗聊聊，假如這裡還有沒被我吃掉的任何一隻。當然沒有；沒有狗跳上陳列商品、打翻東西、發出長嚎或短吠、翻滾扭動，而依然存在的是旋律版背景音樂持續播放，我不禁猜想在一片靜默中採買日用品會是什麼感覺，在黑暗中蜷縮、眼皮外沒有刺眼日光燈照射、有毯子又有溫暖會是什麼感覺。我幾乎要有那種感覺時，冷涼潮溼的旋律蔓鬚緩緩流入我耳朵，像一隻蛞蝓。肯定是紅心皇后故意搞出的好事。

旋律是〈求職機會〉（Career Opportunities）。衝擊樂團。

18 保羅．西蒙儂（Paul Simonon）在衝擊樂團彈貝斯，高手黑登（Topper Headon）擔任鼓手。

我知道她為什麼讓我恢復實心。我有形體，但我無法言語也不太能思考，我的毛髮在生長，很快我的耳朵要變得毛茸茸，屁股冒出一條尾巴，然後我就會縮小成一隻狗，到時被做成肉串火烤只是遲早的事。

我把購物車甩進另一條新走道，好讓我在思考時獲得一點掩護，接著我推著車子直接穿越喬．史楚默，他身穿黑T恤、黑牛仔褲和機車靴，正要點燃一根菸。我很氣惱自己就這麼穿行過他的身體；我以為我又恢復實心了。我踢走道上唯一的旁觀者來測試，他畏縮並快步躲往轉角。我是實心的，史楚默不是。

無論是什麼的他發火了。「小心點，寶貝。不要**穿越**其他人，感覺很怪。」

「你死了。」我的氣還沒消，但也鬆了一口氣，因為他來帶我脫離這混亂狀況，那代表我沒搞砸所有的事，不是毫無希望，不是無可救贖，不是沒有第二次機會，我沒破壞任何無法彌補的事物，我能被修補，我不絕望，否則喬．史楚默不會為我回來，死而復生來幫助我。他丟下我，他留我在這裡，而我不知道要怎麼離開床，我也不再知道為什麼要踏出屋外，但如今他回來了，一切灰黯都將再次消失。我察覺雙耳在顫動並開始長大，可是我透過意志的力量讓它們保有人形。

「妳也死了，」他說。「快了，否則妳不會在這裡。」他抽一口菸。「來一根嗎？」

「不了，我有氣喘。」我說，並且盡量別咳嗽，因為我不想在這方面當個討厭鬼。

「酒呢？」他拿出瓶子半空的龍舌蘭酒，我一把抓過瓶子，即使那種酒的味道讓我反胃，因為我不希望他覺得我沒用。

「你**死**了，就在我慢慢振作起來的時候，你讓我頓失方向——」

「聽著，我不會待多久，這地方讓我毛骨悚然。所以聽好了，因為我只說這一次。」

我崩潰發聲。「我出不去，我找不到門，但你——」

「妳他媽的根本沒試過。」他打斷我，每說一個字就在我面前憑空戳劃一下香菸。「管門去死。」他停頓，身影如波浪起伏，接著恢復清晰。「妳啊，嗯，妳需要的是大腳踹開。」他說。「這裡毫無溫柔。她沒有妳的把柄，沒有什麼可以留住妳。只要踹開就好。」

他又吸一口菸。我愛抽菸這回事，一直都愛。他們儘管播那些公益宣導廣告，無所謂，抽菸很酷，沒別的好說。他從鼻子吐出煙。「不過，妳瞭吧，打扮要像樣。妳這副模樣的話絕對辦不到。」

他遞給我一個牛皮紙大包裹和路易斯威爾強棒牌的破舊球棒，接著邁步從我身邊走過，朝向走道的起點。

「嘿！」我想抓住他的手，可是我的手指頭直接揮穿。

「滾開。」他低吼。

「你不能就這樣走掉只留下我！你沒有要帶我離開這裡嗎？」

「我不是妳該死的保母。」他說道。「如果妳沒膽量靠自己掙脫這些，無視我為了幫妳所做的一切，我才不會牽著妳的手走。」

他繼續走了幾步又停下來，頭也沒回地說：「我再告訴妳一件事。妳做到之後，妳就離開，別回頭看。連頭都別回，知道嗎？懂嗎？」再抽一口菸。「噢，酒妳可以留著，好嗎？」

我不發一語，就這麼看著他邁出五步後消失無蹤。

「狗雜種。」在他離去聽不見之後，我終於說出口。我又灌了兩口龍舌蘭酒。「**狗雜種！**」我大喊，把空瓶朝他的方向扔過去。酒瓶摔成無數碎片，相當有滿足感，而喇叭原本播放的旋律版〈白人在漢默史密斯舞廳〉[19]硬生生中斷，只為了刺耳鳴響「八〇〇二號走道需要打掃，八〇〇二號走道需要打掃」。我聽見一隊自動拖地機在轉角處集結，可是沒關係，我有個計畫。我把手上那架滿載的推車停在走道起點，高速轉彎趕來的任何人必定會撞上它。我爬上貨架，像隻發狂的狒狒般緊緊攀附。那些貨架**高聳**，往上延伸再延伸，我甚至看不見頂端。貨架一路伸入空中，像紅杉，

19 〈白人在漢默史密斯舞廳〉（White Man in Hammersmith Palais）是衝擊樂團一九七七年的歌曲。

像消防車的雲梯，像垂直的火車鐵軌，開往天空的超級酋長號列車[20]，而我猜想起來，我可以爬貨架嗎？我能不能這樣脫身，只要爬上貨架，往上再往上，直到我打穿天花板？

可是我完全沒時間那麼做——自動拖地機繞過轉角並撞進我的超載手推車，它們飛起來，像空水瓶一樣翻倒。它們背部著地滾動，輪腳瘋狂轉動，死光朝天花板亂發射。我狂野舞動兩三下慶祝勝利，依然緊抓住貨架。

死亡射線胡亂發射，但並不是沒有殺傷力。大片大片天花板裂開並掉下地，有幾片重重砸中貨架，於是我不得不跳下去，因為貨架開始搖晃並出現裂縫，天塌下來了。超級酋長號出軌，諧和波效應正在撕裂軌道。

趁自動拖地機自行翻身之前，我扶正購物推車並拿出一罐打火機油。我使勁打開油罐，把一些內容物飛快灑往拖地機，它們依然仰躺著，看似體型過大的水椿象。我繼續亂翻並找到一盒廚房用長火柴，擦燃一根，把**它**也扔向那些拖地機。打火機油起火燃燒，拖地機開始融化。死亡射線停歇。

走道成片殘骸，喇叭高聲播送的旋律版音樂中夾雜更多打掃通知，而這一次，它們掏空的是

20 超級酋長號（Super Chief）從芝加哥行駛到洛杉磯。

〈倫敦呼喚〉[21]。從以前我還是城市裡的小孩，到高中跟大學也一樣，我先在少棒聯盟當外野手，後來是高中的壘球隊再到大學的女子棒球隊，我鎮守右外野、左外野和中外野，任何一片外野，因為我有一條**好**手臂。一條超強手臂，如今我猜是時候來看看這條手臂還行不行。我從推車找出一罐番茄糊，朝一對喇叭扔過去。離我上次打球已經相隔幾年、幾個月或好幾世紀，不過罐子準準砸中喇叭，它們在一陣火花中短路故障。

我前往隔壁排走道，接著再下一排，沿路砸毀喇叭。我缺乏練習，手臂變得痠痛，不過沒關係。

最後歸於寂靜。全然的寂靜，我只聽見自己放的火燒得劈啪響，或許還有幾臺自動拖地機的死前喃喃亂語。我停下來穩住呼吸，張望四周。我站在成片混亂之中，玻璃、塑膠、罐子和盒子翻倒在地，隨著這條痕跡可以追蹤到我，但在這一刻，沒人跟在後頭。我孤身一人。

現在似乎是絕佳時機打開喬．史楚默給我的東西。球棒是我以前那支，我十幾歲在中央公園打

21〈倫敦呼喚〉（London Calling）是衝擊樂團一九七九年的名曲。

球用的老球棒，又髒又舊。棒子上的貼紙原本標明「海盜隊女子棒球學校」，但如今除非你早就知道寫什麼才看得懂。我盯著球棒沉思片刻，試圖釐清他從哪裡找到，隨後試揮一下。球棒握在手中的感覺很好，我忍不住讚賞自己肩膀和手臂的肌肉牽動。我撕開牛皮紙包裹，裡面是我的綠色短裙，我的鉚釘女神短袖貼身T恤，一雙多年前失蹤的魚網襪——會割破你皮膚那種真正的魚網襪，不是現在人人都有的彈性棉質垃圾。我的暗血紅色軍靴，還有幾枚金屬大髮夾和我的蛇形臂環。我的衣服，天哪，我想念我的衣服。這身裝扮有如汽油，彷彿噴氣背包，像《最後一戰》遊戲裡的電子頭盔，噴火的肌膚，驚愕使我幾乎氣喘發作。我轉頭環顧四周，接著決心不管是否有人在看，管他們去死，我脫掉竟然已是多年前去購物穿的乏味舊衣，換上我喜愛的裝扮。

拿起球棒，我面對一整片空氣清新劑——我才不管它們像什麼味道，反正聞起來全都爛透了。我看準目標，把球棒往後甩，接著拉出蒸汽催動的弧線向前揮擊，彷彿世界末日般無可阻擋，像一顆爆炸的超新星。我就這麼打爛那些貨架，揮啊揮啊揮，直到我搗出一個通往外面的鋸齒狀暗黑洞口。一陣冷冽微風吹過來。

我轉身去拉購物推車，當我再次面朝那洞口，紅心皇后就站在我和出口之間。越過她身後，我看見遠方的夜空與天際線的閃爍亮光。她十六歲，她六十歲，她是介於兩者之間的所有歲數。她穿迷彩服，可是她的鞋面縫著紅心，而且她沒在唬我。

「妳不能離開，」她說，「我讓妳恢復實心了。」

我懶得回答。

「妳不能帶走那輛推車。」她的聲音開始顯露不安。「購物推車是超市的資產，它屬於這裡。」

我把推車朝皇后滑去，妄想車子會輾過她。當然沒發生，她用單手抓住推車。

「留在這裡，」她說，「拜託。」但那連一點吸引力都不剩，現在沒了。

我踏出後門，而且一次都沒轉身，甚至沒看見皇后站在她的超市裡，她四周牆壁崩落、貨架倒塌、地板燃燒而天塌下來。我只管直視前方，看向城市燈火。

第十個故事——

泅泳

1 屋子

今天亞當的父母親帶我們參觀家裡，如今他們的房屋宏偉華麗，超越維多利亞時代空想家恣意狂熱想像中俗麗至極的東方寺廟。屋子是為亞當而建，現在則為了我們倆。

他們對仿造太陽王路易十四宮廷的一樓餐室特別自豪。還有另一間餐室占滿整層二樓，風格較簡樸原始，在我心目中更加冷酷、莊嚴並散發宮廷氣息。餐桌無盡延伸，無邊無際，每個座位擺上專屬的銀製啤酒杯。目光跋扈、尖聲喊叫的惡魔刻在桌腳、椅背和木椽，烏鴉譏笑著翱翔其間，彷彿能看透你內心靈魂且不存絲毫敬意。而閒散躺在桌上，身穿濺灑泥水和血的盔甲，用削尖骨片剔牙，搔抓私處並將摳下的或乾或黏分泌物彈向對方，是無窮多的女人，體型是我的兩倍，從盔甲縫擠出堅硬粗韌的肉。她們或胖或瘦，有的老有的年輕，髮色黑與紅。而她們每一個人全都怒視著我，恫嚇且暗笑。

亞當要我嫁給他，我也答應了，因為我愛他而且我往後的人生想跟他一起過；我想要攜手養育我們的孩子。唯一的問題是他父母。他們仍然在興建這棟房子；他們很瘋；他們想要我們一起住。

亞當的母親住三樓，父親住四樓。兩層樓都有臥室、書房、起居室、浴室和更衣間。他母親在三樓有一座鳥園，空間寬闊，有一片明亮天窗。裡面有給企鵝的浮冰、給笑翠鳥的桉樹、給海鷗的鹹水、給孔雀的桃子。空中滿是颼颼拍動的棕色翅膀、羽毛蟎的氣味與落下的糞便。牠們尖鳴、打鬥、互啄直到見血。亞當的父母無時無刻交談不休，彷彿是他們的話語催動鳥群疾飛破空。

我愛他們。我不在乎他們的瘋狂。歷經我自己家人間的疏離孤立後，他們反常的喋喋不休與怪異的不合理推論，他們無法容忍在兩人恆常發表的長篇獨白中有片刻停頓，在在讓我獲得安慰。他們飛舞的言談飄往我內心的孤獨，成為覆蓋我的毯子，使我不致落入不確定的虛空、漸漸遠離人性與可辨識的一切。

我抬頭看向更高更遠的地方，在這一天，亞當父母的話語不再像溫暖我的被毯，反倒好似白噪音，白色的水，我呆立時水流進槽裡，我試著從碗盤底摸找海綿時水位上升，水往上漲並淹沒收音機播的音樂，水往上漲波濤翻滾中我再也聽不見話語；我抬頭望只見一片模糊，羽毛卡進樹葉，但更高更遠處是天花板，因為我們依然身處可怕的房屋。這根本不是房子，而是一隻野獸，一種膜拜對象，蟾蜍外型的上古神祇摩洛與巴力盤踞在布魯克林市中心，吞噬我來日親家奉獻的勞動、愛與豐盛物資祭品；他們奉上自己的退休生活、汗水與夢想，縱情於喜悅與獻身。如今看看它擴展成什麼模樣，每過一年益發壯大，仰賴人類性命維生。

四樓是亞當爸爸的建築模型室，他們在裡面規劃每一層樓。模型幾乎占滿整個房間，只留幾英寸讓我們站立。亞當告訴我，在他孩提時代這裡是壯麗無比的遊戲間。他覺得自己爬行依然可以穿梭其間。他真的可以，輕鬆無比，於是為了表達樂意，我跟在他後面爬進去。剛過半路我就困在他父親的更衣間，無論怎麼轉身我都緊緊卡住，痛苦不堪，我一隻手伸出窗戶，一隻腳高抬放上煙囪，我呼吸困難，更別提脫身。

我難堪躺著，身體扭曲且比例完全失衡之際，設想房屋一層層往身上崩塌。外頭傳來聲音——可能是亞當在輕喚鼓勵耳語；可是水在上漲，我聽不見他說話。我疑惑要是出不去會發生什麼事。我會不會永遠被關在模型裡，而水上漲浪翻湧進來？

我沒辦法脫去外皮，可是我設法慢慢扯掉身上的裙子，讓自己縮得足以像一條蛇用肚皮滑出去，隨後我穿著內褲站在模型外，但這麼做毫不羞恥。我穿回裙子並試著轉動模型頂端的摩天輪，亞當扶住我。

多年以前，太多年了所以是很久很久以前，儘管完全不遙遠，太多年了所以是從前從前，那麼久以前，除此之外，那年輕女僕已死，太多年了所以我從來不確定亞當的父母多大歲數，究竟他們是在上個世紀或上上個世紀長大，當時布魯克林的土地尚未開發且價格便宜，他們買下一小塊土地開始蓋房子。也許他們的藍圖原本簡樸，誰知道呢？誰又說得清他們從何時步入癲狂？早在一、二樓完工許久以後他們才收養亞當，而在亞當最初的記憶中，他這麼告訴我，他學習怎麼握鐵錘，怎麼使用扳手，怎麼抹水泥砌磚塊。

我愛亞當。但我不希望被那棟房屋吞噬。

我不想將我們的孩子養育成小建築工人，永遠在穩固什麼事物，被布魯克林某處不斷增長的重量拖往海底，劇烈扭曲空間與時間，能量與光線。我不願被吸進這顆塌縮的星體，不，即使那意味著我能穿梭時間、長生不死也不要。

「當然囉，我們離屋頂完工還差得遠。」他父母親告訴我。他們隨本能齊聲融洽發言，一人的嗓音揚起時另一人放低。「不過我們計畫為屋子安放一架摩天輪作為壓軸——老式的那種。我們一直在跟驚奇摩天輪[1]的業主出價——我們已經規劃好要怎麼鞏固牆壁和地基去承受重量，因為水**在**上漲——他們至今不肯賣，但誰曉得呢。記得他們興建驚奇摩天輪的時候。我們是戀愛中的青少年，後來我們生出皺紋與白髮，甚至禿頭。我們是在海灘玩看著浪捲進來的小孩子，我們也是三十歲的建築工人，可是我們從未迷失，一刻也沒有過。」

我想像驚奇摩天輪立於龐然巨屋頂端，在風中、雨裡和陽光下穩穩轉動。這主意並不討人厭，但不知道哪裡生出的念頭，我幻想風勢大作，布魯克林上方的天空變暗，雨彈往這一區傾瀉。從空中的咆哮黑海打下一道閃電擊中摩天輪，劈啪聲中傳導流通輪圈、輪軸與輪輻，摩天輪變黑並迸成

1 驚奇摩天輪（Wonder Wheel）位於布魯克林的科尼島海灘，自一九二〇年開始營運，成為紐約市地標。

一片片，往四面八方噴射彈藥般的碎屑，而水在上漲。

我張開眼，看見模型摩天輪燒毀冒煙，變成地板上的碎片。亞當的父母親發出嘆息。「是啊，」他們說，「是啊，好吧，這種事確實會發生，而且比你以為的更常見。亞當，請下樓拿掃帚。等你們小孩子離開後，今晚我們可以把它復原……。」

把模型室的焦黑地面清乾淨後，我們上樓去遊樂層，那是亞當父母要給我們的樓層。這層樓有一間碰碰車室，裡面裝設炫目的紅光閃燈和舞廳鏡面球，在車子高速前進後退、猛撞牆壁也彼此互撞時播放響亮刺耳的電子樂，不只一次我們必須跳出車外，躲開彷彿攻城車朝我們直衝而來的七彩車輛。

那層樓也有一個房間，室內正中央擺設手工刻製的巨大旋轉木馬，轉啊轉個不停，裡頭的風琴朗聲彈奏佩圖拉．克拉克的〈市中心〉[2]。我在想不知道我們能不能重新設定，讓風琴演奏其他曲子，可是做這件事代表要靠近刻在樹幹上的小丑臉孔。我記得小時候媽媽帶我去中央公園的旋轉木馬，刺激感有部分來自旋轉時如此靠近、卻又碰觸不到那些譏笑你的恐怖小丑。我想就是從那時候，我開始懂得稍微有點被嚇到的愉悅，激起性衝動。但我從來不必靠近到能讓小丑碰觸，我也不

2〈市中心〉（Downtown）是佩圖拉．克拉克（Petula Clark）一九六四年的名曲。

會接近它們，不會近到讓它們伸出木舌頭和血盆大口逮住我，把我拖進有浮雕的木頭，讓我嚇到動也不動，永永遠遠困在鮮明浮雕帶來的恐懼之中。困在有天我會燒掉的木頭裡。

隔壁房間還不算完工，他們目前正在施工。這間要保留給我，他們告訴我，或許有天它會成為合適的育嬰室，也可能是一所大學、一次周年紀念日、一位對手，或許以上皆是。它還沒有名稱。

「我們還在研究，」他們說，「這有點棘手，要想辦法把這些材料黏在一起，不過值得努力，我們覺得妳也會有同感……。」

我看得出來那一定很困難，因為牆壁不是用磚塊和砂漿搭建，而是一層又一層的塑膠模特兒，商店櫥窗處處可見的那種，從草莓少女服飾店到梅西百貨都有。模特兒躺在彼此身上，用瘋狂三秒膠（Krazy Glue）固定住，塑膠身軀則以噴槍熔接相連。異常光滑且僵硬的四肢突出牆外，彷彿游泳的人擺手伸向岸邊。而這房間尚未完工——還有一面半的牆壁等待施工，冷風從屋外的開闊天空灌進來。

「塑膠可以防水。」亞當的父母繼續說明，但我已經沒在聽。塑膠確實能防水，可是當我仔細檢視牆面，我在模特兒的眼角看見微小水滴。它們看起來像我相當年幼時擁有的洋娃娃眼睛。她叫淚珠娃娃。她小小的，有一頭黑色短髮，在屬於我以前是我母親的娃娃。她在你抱起來時張開眼睛，放下時又閉起來。娃娃附贈一只小塑膠瓶，讓你裝水。然後你把瓶嘴放進她張開的小嘴巴，餵她喝，接著水會從她小眼睛的淚腺流出來，你再安慰她。淚珠娃娃。這些流淚的模特兒讓我想起她，小小的淚珠娃娃，我母親的娃娃，也是我的娃娃，或許有天會是我女兒的娃娃。

那天夜裡，我夢見這棟房子。

在我夢中，亞當、我和兩個哭泣的小嬰兒住在屋頂的驚奇摩天輪，每當我們需要進出房間，就從一個車廂爬去另一個。嬰兒愛極了，他們在鋼桿間輕鬆無比晃盪，像是小紅毛猩猩，但我不一樣，我腳一滑，先鬆開手接著失去平衡，然後我高速下墜，往下掉啊掉啊掉直到被黏住。我試著坐起來卻無法動彈，我被黏住了，看見亞當的父母把塗抹瘋狂三秒膠的模特兒朝我放下來，我才明白發生什麼事。我試著喊叫，可是我的塑膠嘴張不開，所以無法阻止他們把我黏進模特兒牆。我的眼睛開始滲出細小溫暖的淚滴，滾落我的臉和雙腳，積成翻湧水坑。既像大口吞嚥又像嘆息的聲音讓我醒來，而水在上漲，浪湧進來。

我看著睡在旁邊的亞當，直到天色從暗黑轉成略帶紅的深藍色調。我領悟自己必須去做一件事。

我要炸毀這棟房子。

接著我躺回去，整個早上安穩入睡。

2 計畫

重點是別傷害任何人。我絕不會傷害亞當的父母，無論如何都不會。所以我必須確定導火線燒到盡頭時屋裡沒有人。我完全不想傷害任何人，除了這棟可怕的屋子，只有這頭布魯克林巨獸。

我想扼殺這棟房屋，但我不會這麼做。不，扼殺這棟房子，將它完全摧毀，那對亞當的父母來說太糟糕了。他們心愛的大孩子，他們生活的藍圖，從他們還是新婚夫婦、或者十幾歲年輕人、甚至可能嬰孩時期就開工的房屋——想想徹底失去自己的房子會帶來多少傷害。他們那麼多的愛，那麼辛勞的工作，大肆揮霍的汗水，還有可愛亞當的工作成果——不。我不能徹底毀掉這棟房子。

我不會傷害任何人，我也不會摧毀這棟房子。我只想削弱它一點，稍微燒焦一些。不是無法修補的傷害。讓上面的樓層變得不適合居住，不是樓下。我不希望搞得亞當的父母無家可歸——那他們就會搬來跟我們一起住。我只想讓他們沒辦法邀我們同住。假使緊急情況發生，亞當跟我有可以叨擾的朋友。

我可以製造一件緊急情況。

就這麼辦。不傷害任何人，不摧毀房子。這很容易，我有管道。我可以弄到一小點炸藥跟一具計時器。噢，沒錯。那一點都不困難。

它會發生在我們結婚那一天，在典禮舉行期間。否則我要怎麼確定亞當的父母不會在屋子裡？亞當跟我在婚禮的前一晚和當晚住旅館。前一晚住在各自的房間，好讓新娘在婚禮前見不到新郎。不，相反才對。

對，只要在頂樓放一點炸藥。在我們結婚那天，在典禮舉行的時候。

對。

3 婚禮

這很容易，也有點讓人困惑，因為我沒料到房子會回應這麼多——我該怎麼描述這種感覺，是熱情？興奮？配合？可憐的東西，它跟我一樣被困住。但再也不是了，很快我們都會自由。

我擔心自己有點得意忘形，但那全然因為房子是這麼快樂，這麼願意幫忙。它想要結束，我能感覺到。對。

這很容易。我在凌晨三點溜出旅館。沒人看見我離開，我對那非常小心。我搭地鐵，把我的鑰匙插進鎖孔，讓自己進屋。起初我小心得不得了，唯恐吵醒亞當的父母而緊張兮兮，可是我隨即明白，我可以踩著咚咚腳步上下樓梯，盡情發出聲響。我們結成同盟，房子和我，它照應我，以寂靜籠罩我，負責遮掩我的噪音。

我從頂部樓層著手，放少許炸藥到小丑的譏笑嘴裡——我知道房子會保護我，不讓它們抓住我。我放炸藥到模特兒往外伸、想抓住什麼的手中，也放進每一輛橫衝直撞的酗酒碰碰車，每輛車都憐愛地貼上我的小腿，等待輪到它。我把一大塊炸藥放在建築模型中央，隨後意識到自己超出計畫範圍，我原本不想破壞低樓層，那是即將成為我公婆的人住的地方。可是沒有辦法回頭，房子想要這樣，我只能繼續。

在三樓，我伸出合攏的雙手，圍繞周身飛翔的鳥兒伸喙叼走些許炸藥，翅膀輕拂我表達謝意，接著飛往牆壁結構薄弱處放置，貢獻一分心力。在二樓，我提心吊膽走近餐廳，然而女武神瓦爾基里跳躍過來，步步撼動房屋，她們的存在令人驚嘆。她們一把將我舉上肩頭，帶著我到處跳躍，歡呼著「好哇，好哇」，一遍又一遍將我拋往空中，直到最後**我必須走了，真的，我必須現在離開**，而她們取走我最後的炸藥，人人拿一些放進自己的大啤酒杯，然後我真的離開了。

我搭地鐵回旅館，五點三十分回到床上，完全沒有人察覺，或許只有房子除外。

那天剩下的時光是一連串的親吻、伴娘進進出出跟白紗，而今我在這裡，走向紅毯另一端，看望所有親友的泛淚笑容，想著布魯克林的房子，如今離自由只剩幾分鐘。直到我看見亞當在等我，胸中喜悅與滿足感湧現，讓我不再想其他事。

證婚人先要亞當宣讀誓言。我們一直凝視彼此，並且盡力別笑出來。接著換我宣讀誓言，當我說出「我願意」，天空中充滿恐怖的爆裂聲，讓人愉快的劇烈震動，我們所有人抬頭看，禮堂屋頂消失無蹤，於是我們全都看向蔚藍天空。

先抵達的是鳥群，風車般莽撞來回盤旋，會飛的鳥拱起企鵝和鴕鳥，甚至還有一隻渡渡鳥。鳥群道別完，在突然迸發的刺耳鳴叫與屎尿中匆匆飛離。隨後是女武神騎乘重機破空而來，揮舞長劍並放開喉嚨高喊戰吼。她們送來簡潔、充滿關愛的飛吻，才又發動機車，朝遠方的藍天呼嘯駛去。

最後最後，空中滿是往下掉落的模特兒肢體，如雪一般輕柔急墜。我願意。它們落在我們四面八方。我願意。它們落地時成為真正的雪，積成無秩序的雪堆並坍落於禮堂地板。我願意。它們已經深及我的腰部。我願意。我看見亞當彎下腰。我願意。他動手將雪輕拍聚攏成一座堡壘，也可能是房屋，像以前我曾祖母小時候在下東城蓋的雪屋。我願意。我明白了。他沒生氣，這將是我們在一起的生活。我願意。他將建造而我將拆毀。他蓋起建物，我把它們炸掉。他擺放木頭，而我點燃火柴。他堆雪堡，我來一腳踢翻。他疊起高高磚樓，而我推一輛玩具塑膠卡車猛衝、飛駛、輾滾、大力撞去。我願意。然後有天我們將改變，他會把自己撕成碎片，我來撿拾他的四肢、他的軀體、他的頭顱、他的陰莖，把他重新拼湊回去。我們會住在摩天輪裡，永遠上上下下，在一起在一起在一起我願意我願意。

白雪融化，變成溫暖鹹水。我願意。上漲恰好淹過我頭頂我願意我願意。我踩著水浮起，轉頭看見亞當，他被浪帶開，跟我有段距離。他載浮載沉，看起來有些不知所措。我願意。我兜起裙襬朝他游過去，溫暖的水順暢推送著我。我願意。水在上漲，而我在游泳。

第十一個故事——

莉莉・葛拉斯

女孩從城堡消失，她的繼母在走廊徘徊。

以下是訴說同一件事的別種方式：女孩在走廊徘徊，但是她的繼女不見人影。她的丈夫也是；她獨自一人置身這棟堅固、龐大的宅邸，樹立於無盡盤旋的閃爍燈光之上。

任何人都知道這樁婚姻由愛情締結，「任何人」也包括新郎和新娘。她為他的世故傾心，陽光使他結實如獸的皮膚紋路顯露不經意的放蕩，她連假裝明白都做不到。她這麼一位才剛脫離青澀稚氣的天真少女，如何能一夜間搖身變為女主角？他在場時她萌生的緊張感，一種既親近又似墮落欲求的感受，兩人交談時她內心激湧的怦然笑意——除了愛，這還能是什麼？

新郎叫里歐．瑞德，好萊塢最出名的花花公子，身邊總是不缺女伴。她日日變幻的欺人美貌加上笨拙不自在的舉止，兩相結合深深打動他。她很害羞，膽怯得幾乎不敢跟他說話，而她的畏懼也讓他不安。或許正是這般間接重返純真抓住他的心，因為年歲漸長的浪蕩子與鰥夫旋即迷戀上誘人的青春女子。

他們在她第一次電影試鏡時相遇。選角找一個沒名氣的人，跟這麼知名且魅力十足的演員演對手戲，情況很特殊但並非前所未聞——明星就此誕生。女生當過幾次模特兒，試鏡時里歐觀察她幾分鐘，隨後自我介紹，專注凝視她的黑眼睛，而那雙黑眼流露異國情調，斜劃過稜角分明的高顴骨上方。試鏡後她回到自己的小套房，同住的還有她那面鏡子，坐在梳妝臺前慢慢把妝卸掉。結果她的眼睛並不黑，她的顴骨也沒特別高。卸完妝後她的臉乾乾淨淨，可是她幾乎認不出那張臉。現在她有了新名字，可是她記不太清楚是什麼。不再叫蘿絲，而是……L開頭的某個名字，她記不太清楚……莉莉，對了，莉莉．葛拉斯。到頭來，跟她的舊名字沒多大差別。名字裡的花變成另一種，姓氏則保留相同意義、但改得聽起來不那麼像猶太人[1]——這很重要，只有製片跟喜劇演員可以是猶太人。這甚至不是她初次失去一個名字並獲得另一個。她還記得那時候五歲，發著高燒，母親趴在她身上不斷禱告與哭泣，喊她蘿絲來愚弄死亡天使。蘿絲往鏡中看去，但她找不到莉莉。她伸手拿眼線筆，只為了描繪這雙眼睛。

電影票房熱賣，尤其在一本影劇雜誌收到悉心透露的線報，報導這對明星的愛情故事以後。他們再度被選中主演對手戲，且於不到一年內，在電影觀眾的驚喜關注下，花名在外的浪子向他的純真戀人求婚，她也答應了。好一對愛侶，兩人展現自己最好的一面，倘若這最好的版本仍無法深深

1 主角原本的名字蘿絲（Rose）指玫瑰，新名字莉莉（Lily）變成百合花。下文會提到原本的姓氏葛拉瑟（Glaser）來自玻璃吹製工，新改的姓氏葛拉斯（Glass）保留玻璃的意思。

打動對方，那麼，她不曉得還能怎麼辦，他也無法再要更多。

如今她走過豪宅大廳，比原本更漫不經心地找著繼女，而她明明曉得人不在房子裡。

妮威亞是里歐第一任妻子畢安卡生下的女兒，高中情人的早逝使他淪於冷漠墮落，酗酒並睡遍大半個好萊塢，直到遇見蘿絲·葛拉瑟，現在叫莉莉·葛拉斯，美麗又順從，只比他女兒大兩歲。總之那是講這篇故事的一種方式。

八卦小報幾乎從未提及妮威亞，緋聞寫手跟她父親間存在某種默認的紳士約定。他提供他們需要的種種性事八卦，他們則完全不提他女兒。他愛她，想讓她擁有正常生活。即使當妮威亞舉止有違淑女規範被迫退學，瑞德先生動用一切影響力與大筆金錢，讓她進入遠在新英格蘭的新學校，一所寄宿學校，那裡冬季會下雪；即使是這麼耐人尋味的消息，也沒在八卦版面傳出半點耳語。

在寄宿學校沒發生不符淑女規範的行為。妮威亞一直讓自己保持冷漠、孤獨、無動於衷。剛開始其他女孩對她的生活既興奮又好奇，儘管她們的父母懷抱著友善的震驚，看待她低下的新富出身。然而時不時總有位同學，看過妮威亞父親演的電影或讀到一篇訪談，照片中的他穿著訂製的合身絲質黑襯衫，把菸叼在下唇，面露招牌的隱約微笑——誰會想到他已年過四十？這位同學會接近妮威亞，半是羞怯、半懷挑釁的盼望，詢問里歐．瑞德是否真的是她父親。那她會不會有可能願意邀請他來學校？或者邀**這位同學**跟她一起回家過節？

答案永遠是否定。

然後，也許是心懷惡意、也許是虛榮使然，問題變得愈發不堪。她父親是不是真的請求、或者付錢租用十多位年輕女子的關愛，為他最好朋友的四十二歲生日歡慶會助興？她父親是不是真的在常去的深夜俱樂部，其他酒客眾目睽睽之下，在吧臺搞上女服務生？他上一任情婦說的是不是真的？她說自己向好萊塢最低劣的花邊新聞報刊透露一切，關於那些手銬、皮衣和短馬鞭？

萬一你感到好奇：上述所有關於中年浪子里歐．瑞德的傳聞都是真的，儘管他本人是虛構。由於他是一位好父親，在妮威亞面前總是一概否認，不過她內心自有懷疑——畢竟，她肯定是從**某個人**身上習得不當舉止，而那絕不會是她聖潔的母親。但他也是一位夠成熟的電影明星，懂得對媒體眨眼並迴避正面作答。只要讓他的粉絲想到他的勃發渴求和淺嘗的反常性癖好，你就能聽見他們倒抽一口氣。

儘管如此，他終歸**是**一位好父親，在妮威亞心目中，他們共度的時光映照著太陽的光亮。她崇拜他擁有的特質，然而她也暗中蓄積對他的偏狹恨意，基於他所沒有的特質。

他是不是真的引誘年輕男子上床，就跟渴求年輕女生一樣渴求他們？

他是不是真的跟莉莉．葛拉斯訂婚，而這位前景看好的女演員只比他女兒大兩歲？

他是不是果真存在感十足，比真理更璀璨，是長出角來的男人，生殖力的膜拜對象，做愛與欲望之神，一副血肉之軀任由我們執著傾吐，被痛苦、可悲、廉價且缺乏想像力的幻想餵養，反覆、反覆再反覆排演同一套乏味禁忌，他是在這大量再生產時代的性神祇？

那妳的繼母呢？她是什麼樣的人？

答案連莉莉也不曉得；她夜夜在鏡子前卸除妝容，不知道自己變成什麼模樣。在電影院外和媒體新聞資料中，她看見海報上的完美臉蛋，隨後光與影的圖樣在銀幕上化約出同一張發光臉孔，她分辨不出自己變成哪種生物。耳邊聽見持續不斷的嘶嘶聲，她看著鏡子，把自己化為石頭。

電影大受歡迎，莉莉成為明星——她天生適合電影，人人都這麼說，因為她有纖細身體和稍大一點的頭。在銀幕上，她的臉孔散發光芒，彷彿那張臉是持續的冷調光源，而非受到炙熱燈泡照射。她那種臉跟電影表演是絕配——富有流動感和表現力，而且可塑性高。她的臉撐得起化妝師選的任何妝容。她的頭髮可以梳理成需要的任何風格。隨導演或製片一聲令下，她的表情立即沉著或張揚。她可以是任何一切，任意一種女人。她是千年一遇的奇才。

她一直在練習。跟單親媽媽在貧窮的社區大樓裡成長，即使在非常幼小的年紀，即使大部分時候沒有錢進去看電影，她會坐在電影院外面盯著海報看，想像有一個世界，家中隔壁房間毫無爭吵聲，也聽不見讓她聯想到母親的血汗工廠機器聲，那個世界不見男人和女人上街乞討，除了合宜的鋼琴伴奏外一片沉靜。在小蘿絲與母親共住的房間，她從垃圾桶翻找舊影視雜誌，剪下照片貼滿一小面牆。

幾年過後，電影不再是默片，可是它們仍然比蘿絲所知的任何地方安靜許多。

如今她成為明星，在步入婚姻的前一年，片廠讓她出演五部電影——大老闆們擔心她婚後會懷孕，想在那之前將她利用到極限。她扮演作風強硬的性感女郎（兩次），背叛愛人的致命蛇蠍，淪落風塵的悲慘女子，以及一位感人的可憐流浪兒。她常在結局死去。她拍上一部電影，主演感人肺腑、患結核病的流浪兒期間，里歐來拍片現場探訪她。

她很高興見到他——儘管工作歷練豐富，她的朋友非常少，在這座城市也沒有家人。她覺得自己是一個吉祥物，就像猶太人在安息日雇用的非猶太幫手、只不過換成受雇於自身所屬的族群，一個女孩拿對她來說太大的衣服玩扮裝遊戲。夏洛克之女在為不幸愛情量身打造的夜晚來到花園，正是她典當母親的戒指並刺傷父親的心[2]。

她覺得自己的女孩扮相非常美，有著黑色長髮與極蒼白肌膚的小東西，遭殘忍、善妒的母親逐出家門。她奔向里歐並親吻他的嘴，可是他抽身並保持距離，默默看著她。最後他打開皮夾，拿一張相片給她看。他女兒的相片。她以前看過，但如今她恍然領悟，這幅妝容和假髮使她神似照片中的女孩。里歐帶著指責意味直視她，彷彿她在某種程度上涉入這件事。

「我很抱歉。」她說。

導演露出得意笑容。

婚禮辦得簡單，並且選在妮威亞畢業典禮的同一天。里歐想見證獨生女畢業，可是她請求他別出現；一想到同學見到自己父親時呼吸變得急促，她就無法忍受。回過頭來，里歐要妮威亞別出席

2 指莎劇《威尼斯商人》中的猶太人夏洛克（Shylock），女兒背著他與異教徒情人私奔。

自己的婚禮，只為讓她盡可能遠離鎂光燈。

妮威亞接過畢業證書時，里歐把一枚金戒指戴進莉莉的手指；女校長跟妮威亞握手時，里歐親吻他的新娘。

當莉莉第一次見到妮威亞，她無法移開目光；妮威亞是她見過最美麗的東西。她幾乎要伸手去觸摸妮威亞方正分明的下顎線，深色的嘴唇，堅實蒼白喉嚨的底部凹陷處。可是她沒有。她完全沒碰自己的繼女。

莉莉和妮威亞處得非常融洽，這讓里歐十分愉快。莉莉覺得自己更加勇敢，也沒那麼孤單，她們一起去動物園、欣賞表演、看電影。妮威亞冰霜般的慘白神色消融，她一向認為是自己主調的嚴肅特質不再。她幾乎有種飄飄然的感受。

里歐跟莉莉做愛時會弄痛她，這正是她愛他的祕密。他讓她感覺疼痛，而她渴望那痛，他讓她乞求得痛。感覺好極了，但又不只是好，她覺得血液在狂喜中迸發，她下墜的速度急掠過肌膚，她覺得自己被撕開，渾身灼燒痙攣。里歐緊緊綁她，導致手腕上如火燒的鮮明紅線事後持續好幾小時，還打她直到她哭出來，而那仍然不夠。還是有某種事物從她體內往外啃噬，她害怕那東西終將崩潰，摧毀她日日在鏡中打造的傑作。

妮威亞刻意不化妝，可是莉莉覺得她每日每夜變得更美麗。

一天下午，莉莉看見妮威亞睡在後院豔陽下，她的黑髮往後攏、清楚露出潔白臉龐，陽光中唇色緋紅。她五官分明的臉，讓莉莉想起多年前認識的一位女子，那時她剛開始模特兒生涯，名字依然叫蘿絲。莉莉帶她去格林威治村一間酒吧，在那裡喝酒跳舞，而莉莉的母親禁止她們再見面。「親愛的，」母親說，「這樣沒有未來。愛上有錢人就跟愛其他任何人一樣容易。找個有錢丈夫，定下來，快樂過日子。」蘿絲沒爭辯。她知道當母親說自己工作時吃了晚餐，所以只煮了蘿絲的份，事實是母親根本沒吃晚餐好省下錢。蘿絲也知道，一旦透露自己知情會傷透母親的心。所以蘿絲沒辦法跟母親爭辯，任何事都不能。

然而此時此刻，莉莉已經找到一位有錢丈夫，想蜷躺在妮威亞身邊的欲望幾乎將她淹沒。相反的，她伸出雙手捧起妮威亞的臉，緩緩親吻她的紅唇。

妮威亞睜開眼，面露微笑。

莉莉可以看著妮威亞笑，可以再吻她一遍，故事可以在這裡結束，收束在繼母與繼女跳脫既定角色並投入彼此懷抱的幸福結局。

而那幾乎成真。莉莉再度吻上妮威亞，可是這次她們後退分開時，看見的是里歐來到後院，凝視她們兩人，臉上沒有一絲肌肉移動分毫。

莉莉跳起身衝進屋裡，遠離妮威亞，跑過里歐身旁，直奔進她專用的房間，在那小工作室裡有她的梳裝臺、化妝品和鏡子。她試著重上臉妝並補搽唇膏，可是她的手在顫抖，而且她厭惡眼中自己的臉，所以最終她掛一條毛巾遮住鏡子，到沙發躺椅蜷縮進被毯下。她思緒混亂跳躍，想著要殺死妮威亞好讓自己重獲平靜，藏在妝容背後冰冷瓷器般的平靜，接著她又想，不，那樣不對，問題不在妮威亞，問題是莉莉自己，她才是擁有一切仍不懂知足的人。

她想起母親叮嚀她對盤中的食物心存感激，然而母親說的是不同的語言，音調比莉莉現在說的刺耳，母親也喊她不一樣的名字，甚至不是她剛來到這座淘金城鎮時的名字，而是她的第一個、最早的名字，她發高燒時擁有的名字。

她記不得那種語言，也幾乎遺忘那個名字。問題在她自己，她應該殺掉自己，但她疲憊到什麼事都做不了，只有力氣舉起雙臂，伸向死亡天使 malekh hamoves[3]。

3 作者將死亡天使寫作意第緒語，呼應莉莉此時思緒混亂，想起兒時母親說的語言。

在後院，妮威亞故意慢慢澆花，直到水壺清空。她沒注視父親的目光，她不忍心看他。這是第一次他看起來蒼老。里歐沒要求她離開，但他也沒邀她留下來。她回房打包行李，當晚里歐送她去搭超級酋長號列車。這比她從第一所學校退學時還不可收拾。她沒留訊息給莉莉，莉莉也沒踏出自己的房間一步。

里歐和莉莉從未談起他在花園撞見的一幕。可能他的心碎了。他跟莉莉客氣相待，不過幾天接著幾週過去，兩人的眼中沒有彼此。他再也不弄痛她，他根本完全不跟她做愛。有天他離家赴愛爾蘭拍攝一部古裝俠盜愛情片，以豔麗的特藝彩色技術攝製，而莉莉知道他又會開始處處留情，跟同劇的明星或某個當地的男孩，也可能左擁右抱。她不在乎。她從未接獲妮威亞的隻字片語，連一張明信片都沒有。連一句道別也沒有。

里歐跟妮威亞通過幾封信，畢竟他是她父親。她很好，遠在紐約市，過著波西米亞式的生活，平時寫寫詩，在格林威治村的酒吧和小餐館消磨夜晚。她剪一頭鮑伯式短髮，每晚換不同的女伴但心若冰霜——有其父必有其女。為了賺錢她寫小說，聳動封面呈現冷酷、髮色深暗的白人女子，帶著占有欲凝視柔弱、惹人憐愛的金髮女子。兩種髮色的女生都只穿胸罩。她們之中許多人有邪惡無情的繼母。

莉莉繼續工作，她沒有懷孕。她主演一部浪漫愛情喜劇，場景設定在紐約龍蛇混雜的街區，而有她戲份的鏡頭，就是她一整天僅有的人際交流。她沒對象可以講話——連里歐豪宅不得不雇用的幾位員工都刻意移開視線，或者對她視而不見。有天夜裡她在拍片現場待到很晚，在一棟建築物立面的假臺階上睡著，片中格林威治村的景搭在片廠的外景攝影棚。

她醒來時趴伏在貨真價實的冰涼石頭臺階，妮威亞住的房子就在後面那棟樓寓。妮威亞站在她面前，手提一袋雜貨。認出繼母時，她的臉變得比平常還要蒼白，紙袋從她手中滑落。莉莉幫她撿起雜貨，雙手捧滿蘋果跟著她走進房裡。

妮威亞鎖起門，茫然朝莉莉揮動雙手。「我想我不該見妳，」她說，「爸爸說妳狀況不好。沒妳在身邊我一直提不起勁。」

莉莉撫摸妮威亞的黑色短髮。「妳的頭髮一團亂，吾愛。」於是莉莉幫她梳頭髮。

莉莉觸摸妮威亞洋裝後方交叉的絲帶。「妳的絲帶纏在一起了，吾愛。」於是莉莉把妮威亞的絲帶鬆開，再重新繫起來。

莉莉停頓下來，不敢說話或移動，不想把手從妮威亞腰間挪開。妮威亞不敢呼吸，生怕一旦深深吸氣，莉莉的手會滑開。最後，她轉過身。

「這顆給妳。」她說，手心捧著一顆表皮粗糙的酒樹紅蘋果[4]。莉莉閉上眼睛，咬蘋果一口。滋味酸澀得令人痛苦，多汁且透著泥土味。她從蘋果汁液裡嘗到樹根的味道。莉莉親吻妮威亞的耳際，她的額頭，她的嘴，妮威亞嘴裡有一百顆蘋果的味道。妮威亞吻莉莉早已不記得畫在自己臉上的蜘蛛網。在絲帶、拉鍊、鈕扣間笨拙摸索，而後只剩兩個女人呢喃傾訴肌膚相親的歡愉。莉莉感到渾身血液哼吟低沉和音，妮威亞手和嘴的動作是這麼、這麼美，她覺得自己分崩離析，從裡到外無不在墜落，而她知道妮威亞能讓自己再次完整，讓她比以往更加美麗堅強。

「妳好美，」她喘息低語，「比世界上任何人都美。」

妮威亞快樂得又哭又笑，隨後回話：「不，是妳好美，我一直愛著妳，從我見到妳那刻開始。」

莉莉醒來，她依然置身真實的格林威治村，依然在妮威亞的床上。她吻妮威亞的脊椎和她腹部的柔軟肌膚，但是妮威亞睡得很沉，沒有醒來。她拿妮威亞的衣服裹住自己，深吸那股香氣。

4 酒樹（winesap）品種的蘋果滋味特別甜，適合釀蘋果酒。

接著她在鏡子裡看見自己。

莉莉心中的色彩頓如灰燼。她把衣服胡亂穿好，慢慢走入鏡中。玻璃敞開來歡迎她，如林間沼地、如流沙般拉她進去。她在裡面無法呼吸。隨後她找到脫離鏡中的路，重回里歐宅邸自己的房間裡。

她揮落梳妝臺所有瓶瓶罐罐，扔往地板、牆壁和窗戶。她扯脫一只鞋並砸爛鏡子。她跌坐一地玻璃碎片與溼潤汙漬，找到破裂的冷霜罐和幾張面紙。最後，她開始卸妝。

所有的鏡子都相連，通往四面八方。

妮威亞安然待在自己的狹小住處，繼續熟睡。

妮威亞套房裡的鏡子，反射一束陽光直接映照她的緊閉雙眼。幾分鐘後她醒來，四處尋找莉莉。

不在這裡，她心想，可是門鎖著，她的鑰匙也還在原本扔下的地方，掉在那堆蘋果旁邊。她查看小浴室裡的淋浴間，沒看到人。她坐下來，直視鏡子。

「妳在哪裡？」她出聲問道。

然後她得到答案。

妮威亞穿好衣服，走入鏡中。

她覺得自己粉碎成一百片，覺得身體變成鋒利如針的碎片，刺進自己的心臟。那股痛楚幾乎無法忍受，她的思緒潰散，最後只記得自己決心往前走。

妮威亞發現自己在莉莉房裡，踩在破裂的玻璃鏡碎片上。她往前走，大小瓶罐在靴底發出聲響。貼滿莉莉主演電影評論與海報的牆面，潑灑紅黑汙痕。莉莉自己亂糟糟坐在殘存的梳妝臺前，圓框中只剩幾塊鋸齒狀玻璃仍黏於邊緣，彷彿一排血盆大口。她在用冷霜抹自己的臉。

「莉莉。」妮威亞柔聲呼喚。她的愛人似乎聽不見，繼續猛力剝扯自己的皮膚。「莉莉？」妮威亞嚇壞了。

「那不是我的名字！」莉莉驟然轉身——原本她臉龐該在的地方，成為空白的空間，徒留一個清晰橢圓形。她的打結頭髮圍繞什麼都沒有的空中胡亂捲翹。「我——我不曉得自己的名字！」

「蘿絲。」妮威亞說。她迎上前去，閉起眼睛用手指找到蘿絲的嘴。妮威亞繼續閉著眼親吻蘿絲，色彩從她嘴裡流淌而出。當她睜開眼，蘿絲的臉，她真正的面目如暴雨下的池水閃閃發光，隨後恢復平靜。她的臉樸素乾淨。她看起來累了。

「我不能這麼做。」蘿絲說。

「妳可以，」妮威亞接話，「爸爸不在意，他會試著接受。他做過的事更惡劣，對我更惡劣。」每句話都是謊言。

「不是那樣，不只是那樣。」蘿絲搖著頭。「我——我——」

妮威亞開始驚慌。「這不重要，不重要，我們不一定要在一起，妳可以離開就好，回來紐約，我們當回單純朋友，這些妝妳可以畫回去，我會幫妳，妳會好起來，妳——」

「我——我——我——」蘿絲不斷低語，狂亂環顧四周，並凝視原本是鏡子的無底深洞。最後她停下來，搖著頭，再度看向妮威亞。「不。」她的神情逐漸平緩。當莉莉的臉一瞬間變成鏡子，妮威亞嚇到喊不出聲。妮威亞看見自己恐慌的眼睛，看見自己的嘴擴張成尖叫的形狀，隨後莉莉在震顫中逝去，她死亡的臉毫無熟悉感。

「蘿絲。」妮威亞輕喚，接著抬頭看向梳妝臺，那面鏡子再度恢復完整、乾淨與無瑕。

里歐回到好萊塢的家埋葬年輕妻子。他終於流露歲月的痕跡。沒隔幾年他獲選角演父親的角色，接著變成祖父。他不在乎。他依然處處留情，不過到頭來他滿足於扮演一位父親，為妮威亞和她如今的模樣感到驕傲。他知道作為自己的女兒，她度過一段不容易的時光。

妮威亞把莉莉的鏡子帶回紐約，安放在小套房角落，隨著每一位凝視對象千變萬化。最終她再度戀愛，因為活著的人就是會這麼做，而每一次，每次都是一樁奇蹟。

第十二個故事——

歸來的亡魂

亡魂是歸來者。亡魂從死境復生，但家已不在，所剩僅餘糾纏。亡靈也是一種幻想，認為我們的情感與意志具有強大力量，甚至能擊敗死亡。亡靈告訴我們，並非一切歸於塵土，我們的痛苦仍在，我們的痛苦至關緊要。因此我們能在熟悉的空間和人身上留下記號，強迫他們目睹我們受苦。我們的憤怒。亡靈歸來，因為連死亡亦無法削減我們的復仇渴望，無法平息我們的創傷。因為失去這回事無從慰藉，即使死了也一樣。

我們終將一死，有時候我們的某部分死去，並非整副身軀一起死。就像幻肢——幽靈或亡魂，只在某些事物死去後才到來。手臂、眼睛、乳房，曾鮮明存在並脈動著血液的構造不再屬於你——因為血就是生命。那部分死去了，但痛楚延續。時常幻肢彷彿擺成扭曲、痛苦的樣子。整體感覺不只是痛；有幻肢的人偶爾會覺得，他們用失落的肢體做出示意動作，或嘗試用不再連於軀幹的手撿東西起來。文學作品告訴我們，幻肢痛的頻率與強度常隨著時間流逝而降低，因為那部分軀體的死逐日遠去，漸成過往。

有些什麼從我身上消失了。偶爾我忘記它已不在，還企圖使用它，像我看見的其他人那樣。可是你用一隻早成幻肢的手無法拿起茶杯，很快我就想起失落的是什麼。

有一個女孩，芳齡十六歲，但不是電視和電影中性感的十六歲少女。她還在穿母親幫她挑選的衣服。她削瘦且笨拙，素顏不化妝，頭髮一團亂。她喜歡科幻小說，看很多英國廣播公司ＢＢＣ的電視節目，像是《超時空奇俠》和《布雷克七人組》[1]。她有群朋友，著迷於科幻但不擅長社交，就像她一樣，儘管她開始一頭栽進龐克搖滾樂而他們沒有。她還算快樂。

這沒持續多久。

假如你是四十五歲已婚男子，注意到有個十幾歲青少女對你產生好感，你的想法和行為可能有許多種。

你或許會想，**這女孩小得能當我女兒**，並且跟她保持距離。你知道等著發生的只是一堆麻煩事。

你或許會跟她談天，聽說她父親最近的遺棄行徑，並看見她眼底的急切渴望。然後你可以坦承

1《超時空奇俠》（*Doctor Who*）和《布雷克七人組》（*Blake's 7*）都是ＢＢＣ的科幻影集，《超》劇自一九六三年起製播二十六季，又於二〇〇五年重啟至今。

相告，對女孩說她需要的不是她心中所想，而且你不會這麼做。

你或許只是很享受跟她調情。畢竟那沒什麼錯，人人都值得享有一些樂趣。

也可能在她住的那棟浸滿尿液的樓寓門廊，你讓她幫你口交，倘若你這麼做，無論你在想什麼真的不重要。

你就是個混蛋。

一九七〇年代，一種前所未見的民間習俗在美國各地興起。青少女信誓旦旦向彼此保證，假使妳關掉浴室所有燈光，帶一根蠟燭進去點亮，並且凝視鏡子誦唸三次「血腥瑪麗」，血腥瑪麗就會現身並施加恐怖暴行，喝她們的血，挖出她們的眼睛，或者有時候，向錯待她們的人復仇。有時候。

聲譽卓著的民俗學者艾倫．鄧迪斯提出理論，主張這項習俗與月經相關焦慮及其象徵的一切有所關聯。可能他說對了，也可能沒有。也許血腥瑪麗掀起血光之災並非性成熟的隱喻，或對於女性成年期，或類似的任何事。也許它正是表面上的意思，代表無明確指向怒火的血，暴力的血。畢竟，青春期女孩是有許多感到憤怒的對象。

當然，鏡子裡並不存在血腥瑪麗，人人都知道那一點。妳在鏡中看見的從來都是自己的映像，妳自身靈魂中被捕捉的碎片。

幻肢痛可以治療，藉由看著鏡中的自己把失落肢體移往比較舒適的位置（請謹記，在鏡子裡，左是右而右是左）。這似乎確實有效。

我從前凝視過許多鏡面。浴室的鏡子、地鐵車廂的窗、店鋪的櫥窗玻璃、更衣室的全身鏡，但我從未誦唸「血腥瑪麗」。還沒有過。

＊＊＊

相同的女孩，在一年後，塗抹眼線液和豔紅唇膏作偽裝。她每天早上花兩小時把頭髮吹直。她穿萊卡彈性材質迷你裙和撕破的魚網襪。她看起來青春正盛，幾乎像一頭野生動物。她丟掉家中所有古怪的科幻小說書籍，而那群朋友早就將她逐出小團體。她清晨五點回家，呼出啤酒和威士忌的氣息。她的學校作業碰都沒碰。

我從來沒有過一段感情關係能撐過幾個月。好吧，二十年前，我有次遠距離戀愛談了一年半。

關係結束時，我的伴說：「我想起妳的時候，覺得妳更像是最好的朋友而不是情人。」然後跟我分手。那在我聽來十分可笑，畢竟我們已經有性關係好一段時間，種種跡象都說明他很享受，但他不是唯一這麼說的人。他們不太能表明缺少的是什麼，這些對象。他們覺得我是很棒的人，我對他們無比重要，他們愛我。他們只是沒有跟我**相愛**，他們對我沒有愛情。性很棒，他們向我保證，問題不在那裡，是別件事。他們不太能指出問題是什麼。他們不曉得為什麼。

我曉得為什麼。別企圖費事去找她；她不在那裡。

假如你是四十五歲已婚男子，有個十幾歲青少女對你產生好感，以下是一種虜獲她的簡單方式：認真對待她。幾乎沒有人認真對待青少女。倘若你這麼做——倘若你坐下來聽她說話，回應她的關注、她的喜好與厭惡，彷彿她是一個真正的人，擁有真正受到認可的想法與意見，她會是你的囊中物。

當然囉，假如你身懷有趣經歷能告訴她會有幫助。舉例來說，如果她喜歡龐克搖滾樂，而你往日玩過的團曾在CBGB酒吧和麥克斯的堪薩斯城夜總會[2]演出，你可以篤定她想聽跟那有關的一切。在你告訴她的同時，她會睜大雙眼，用感動崇拜的目光凝望著你。

假如你是做這類事情的那種人，你應該試著別去注意，她們與孩童眼睛驚人相似的事實。

事發經過如下：女孩十六歲那年夏季的某天早上，她太晚醒來，跌跌撞撞踏進浴室刷牙，偶然聽見父母交談。她母親語帶雀躍告訴父親，要出去買一個禮物給他，慶祝兩人結婚二十周年。她父親的回應是宣告自己遇見另外某個人，打算離開她。女孩身穿睡衣坐在浴缸邊緣，聆聽這席對話。她父親非常冷靜自持，那並不尋常。吵架時他常暴怒咆哮。母親毫不冷靜自持，她哭得歇斯底里，惹得她女兒為此討厭她。這樣讓人難堪，於事無補，也很嚇人。

談話無言以對時，女孩悄悄回到自己臥室，穿上母親幫她挑的衣服：一件白T恤、粉紅短褲和白色涼鞋。她看起來笨手笨腳，四肢太細長。當她終於走進客廳，母親流著淚，在沙發上動也不動。父親給她二十塊並叫她離開。她拿著錢，買了幾本女性雜誌，去附近的一間小餐館。

故事還有後續，當然了。她父親並未一直保持冷靜。最終她母親停止哭泣，起身離開沙發。而

2 CBGB和麥克斯的堪薩斯城（Max's Kansas City）都曾是紐約的音樂演出聖地，地下絲絨樂團（Velvet Underground）有一張現場錄音專輯即於麥克斯的堪薩斯城錄製。

那間餐館已經不在了。

我從小居住的街坊如今幾乎面目全非。以前我有些朋友，家裡不准他們過來玩；在我年少時，這裡是那種街區。但此處只是混雜了勞工階級家庭和波西米亞作風的藝術家與音樂家，嬰兒用品店隔壁開著老舊酒吧。而今變得十分浮華，唯有股票經紀人和搖滾明星負擔得起住在這裡。而我母親，她的公寓有租金管制。

但我走在街上依然能看見餘音迴盪。我仍知曉一切事物原本的位置，於是有天我等到入夜，在天黑以後，我把四歲兒子交給保母並邁向A大道。這條街道在那時分自然燈火通明且喧囂依舊，即使在星期二的晚上。接著我彎進一條小路，那裡曾是某間小餐館，一間愛爾蘭餐館，我母親在沙發上啜泣的同時，我在店裡吃黑麵包抹奶油配茶。我傾身貼近現今占據這地方的珠寶店櫥窗玻璃。

我輕聲呼喚，「血腥瑪麗，血腥瑪麗，血腥瑪麗」。

在那停頓瞬間，我屏息以待死去自我重生的可能性。愈陷愈深時，我低語：「等等。」

隨後我回到家，付錢給保母，去看一眼沉睡的兒子是否安好，再悄悄躺回我自己床上，等待他隔天早晨叫醒我。

關於青少年你最好謹記一件事，縱然他們傾向表現得憤世嫉俗，彷彿見識過一切，事實上他們非常天真。設想一下，假如你是四十五歲已婚男子，並且企圖引誘一位年輕女孩，這會構成多麼有利的條件。很可能引發一位成年女子大笑，或導致她對你翻白眼的種種言辭，但在青少女身上將充分發揮**浪漫**效果。舉例來說，你可以說她長得像你十八歲時的女朋友，而她不會朝你鄙視冷哼。即使她是出身紐約市的猶太女孩，而你在愛爾蘭東南部長大，你年少時認識誰長得像她的可能性幾乎等於零。你甚至可以深情注視她的雙眼，告訴她年齡並不重要，唯一真正要緊的是兩人對彼此的感覺，而她不會反感搖頭，或立刻把這句話貶抑為情感操弄，你的手法明顯得可悲，更不用說根本是一派胡言。不過，那些話行得通。

多年以後，她將為此感到懊悔，並且對自己的天真深切引以為恥。

但你不需要擔心那些。如果你是正在做這類事的那種中年已婚男子，你毫無疑問不會擔心。

誰不喜歡一段感情關係的最初幾週或幾個月，你沉醉於愛與性的那些輕飄飄時光，令人頭暈目眩。新伴侶似乎處處完美，你想要的只有整日整夜待在他們臂彎裡，接著也許手牽手晃蕩，送花給對方，隔著早午餐的香檳玻璃杯深情對視，或者在海灘上散長長的步？

我就不喜歡。那一切你都不能相信。人們會說一些話，結果根本沒那個意思。對我來說，最初幾星期充滿痛苦懷疑。「我愛你。」他們說。「你沒有一定要這麼說。」「可是我愛你啊。」「如果你不愛沒關係，如果你想繼續跟其他人約，我們還沒說好要變成一對一的關係。」「我明明愛**你**。」但他們沒有那個意思。因為再過幾個月，**我**真的墜入愛河。當我感到安心，當我覺得自己可以信任他們，真真正正的信任他們，而那彷彿放鬆浸入又深又暖的浴缸，我終於放任自己相信他們說的字字句句。到那時候，他們的感情不再強烈，這樣不公平，因為他們**說過**那些話，而我相信他們，如今他們說自己的意思不是**那種**「我愛你」，他們指的不是**戀愛**的愛，而是友情或別種廢話，頓時所有的水凝結成冰，我困在裡面，動也不能動。

有些什麼從我身上消失了，我靈魂中某個碎片再也不存在，於是我在事情發生的當下，難以相信香檳和海灘的漫長散步，我無法信任——那個字是什麼？噢對了，**情不自禁**。那失落的碎片，她很久很久以前死了。我還這麼年輕，她還這麼年輕。

雙親離異後她失去大部分朋友——畢竟他們同樣只是孩子，不懂得怎麼應對她耿耿於懷的緊繃與憤怒。每到學校午餐時間，她把自己縮在小學的攀登格架頂端，用隨身聽播放龐克搖滾樂。後來她把市區一間酒吧當作避難所，店裡沒那麼嚴格看待飲酒年齡限制。

酒吧在週末夜邀請一個本地樂團來表演。成員在音樂圈打滾許多年，都是四十多歲的男人。音樂好聽，酒吧擠滿人，她還聽說喬．史楚默以前住城裡時會來消磨時間。最後她對主唱產生好感，他有些浪蕩的壞男人魅力。

起初他完全沒把她放在心上。不僅是他比她年長許多，已婚，而且還有個情婦。她只比剛剛說的女孩大四歲，有一頭黑色長髮，彎得剛剛好的眉毛，凱爾特結刺青環繞她一雙臂膀。她是一位藝術家。所以樂團主唱沒時間也沒意願去留意那女孩。可是你不該誤以為這是他那一方的倫理或道德抉擇。此時此刻她依然高瘦笨拙且古怪。終究她會停止吹直頭髮，穿上稍微長一點的裙子。終究她會變得優雅，甚至散發某種吸引力。終究他的情婦會搬去另一座城市。

他們說，我是A大道的美人
如果你沿路遛達

一定會在街上看見我
因為我多少算是散步的人
而我技術銷魂這回事
街上每個條子都在聊
比利．麥克尼爾，他是我的常客
你會發現他總是做好準備
爭搶廢金屬或打隨便一種架
他在往下走的克拉里俱樂部當保鏢
而他說在所有的小仙子之中
只有我在他心中沒人能比！
離開這世界，別企圖留下來！
因為我是皇后，A大道上的美人

——薩佛德．華特斯（Safford Waters），〈A大道的美人〉（The Belle of Avenoo A, 1895）

假如你是跟一位青少女上床的中年已婚男子，你該做好一項心理建設，那就是A片裡的處女跟活蹦亂跳真正青少女之間的差異。在你遇見她之前，她從來沒有性經驗，甚至可能沒被人吻過。在A片或你的幻想中，處女純真、順服、睜著一雙大眼睛，總是對你的老二尺寸不由自主倒抽一口氣，順從你的每一聲指引與提議。

然而一位原本沒有性經驗的真正青少女，跟你想像中的很不一樣。舉例來說，女孩會有讓她自己不舒服的自我意識，並且為了你對她的想法焦慮異常。在任何特定時刻，她不會知道自己該做什麼，或者她該有哪種感受。她很可能會僵住不動。

當然，你可以讓這類事情變得對你有利。畢竟你知道你在做什麼，你喜歡什麼，以及你想要什麼，而她沒有立場去質疑你或表示反對。畢竟，她不會想讓你覺得她沉不住氣。她不想讓你失望。但要有警覺，她也許並不開心，她很可能在恐懼與窘迫中變得麻木，像瘋狂的人那般解離。想也知道，那或許正是你想要的結果。

不過她確實知道一件事。她不喜歡你把她的頭往下面壓。我從沒認識有哪個女生喜歡。但你不必在乎這個問題。

當亡魂從櫥窗玻璃現身並來到東村，她有著年輕女子的形態，這還用說，就像那首歌中唱的A大道美人。可憐的女孩！她一定很困惑，周圍的城市變化這麼劇烈。好吧，城市總是這樣，理所當然，可是連垃圾與雜耍服飾店這種可靠地標都消失不見，她要怎麼找到路？

她該去向何方？好吧，我想像她有個約會，你覺得呢？

這麼久以來，我對自己那一段人生只感到內疚、恥辱與蒙羞，這麼久以來。然而歸來的亡魂渴望復仇，當然還有鮮血。況且它們已經死去，所以沒什麼好損失。

大半個曼哈頓仍然呈網格狀，街名也跟以前一樣，所以我想，棲息在我內心角落的亡魂很快就能辨認自己的方位。我是這樣想。一旦她認清方向，她將前往蘇活區。

女孩與情婦成為朋友，讓她的情感變得極度複雜。她是對那男人有好感，對他的情婦，或者兩個人都有？她當然覺得她美，她那頭黑長髮和繁複刺青，她也欣賞她堅毅的態度和她的自力更生。情婦把她當成一個小妹妹。

她一直都曉得女孩依然是個孩子——在所有重要的方面都是。

然而她終究搬走，飄洋過海，讓女孩靠自己面對一切。

女孩沒什麼依靠值得一提，現在沒有。日後她會有，有朋友、有規劃、有研究的課題，有她喜愛的事業生涯。而今她身邊僅有孤寂、自我厭惡的烏黑焦油坑、酒吧、樂團、那男人。倘若我們能去找她，向她保證日後她會有更多、更多依靠。或許我們可以。但那樣的話，這就會是一篇截然不同的故事，不是嗎？那麼，最好還是讓她靠自己面對一切。

很快，非常快，在情婦搬走以後，樂團主唱接近那女孩。或許「接近」這個辭彙用錯了。

問題遲早會浮現，關於你要怎麼擺脫這個迷戀自己的青少女。假如你沒有為我們上次教學描述的情況做好充足準備，很可能你第一次帶她上床就會面臨這件事。無論如何，你第一次帶她上床就可能會面臨這件事，假如你是那種男人。你會想要有所準備。

當然有一種選項是跟她長談。扮演自責的丈夫，告訴她你深愛你的妻子，你就是無法繼續這樣下去。不用說，這很難真的發揮作用，假如你幾年來一直在上只比這女孩大四歲的女人，從沒流露過一絲愧疚。

另一個選項是乾脆忽視她。如果你已經對她愈來愈厭倦，有段時間以來關心程度降低，這就比較容易做到。儘管如此，下次見面時直接忽視她或許還不夠。她的第一反應可能是再更努力嘗試哄你一笑，你必須堅定保持輕視態度。你必須表現得讓她心生疑惑——原先你對她的追求是不是她在幻想。假如你決心貫徹到底，她將會變得完全不知所措；假如你的手段高明，她甚至會怪自己太傻，竟然指望你要在乎她。請謹記，她從未應對過這類事情，她沒有標準去衡量你的行為。你是提醒她面對現實的關卡。這給了你無比的優勢。

這種方法有一項你該警覺的風險。根據定義來說，青少女並不成熟。如果你站在她正前方跟其他年輕女子調情，她也許會卯足全力猛踢你腳踝，導致你在其他年輕女子面前跌倒。如果她這麼做，那將是日後她對這段關係唯一不覺遺憾的片刻。

美人發現她對蘇活區比東村更感到熟悉；一模一樣，只是更極致。更中產階級、更吵雜、更擁擠。但網格狀的道路沒變，街道名稱依舊，一樣沒人留意二十歲女孩抹紅豔唇膏，穿軍靴和迷你裙走向默瑟街。她似乎有點恍惚，有點迷失方向，有點侷促不安，可是改變的不是她。她完全沒變。她看起來脆弱，以前她也曾脆弱。不過現在她死去又回來了，那麼還剩什麼能傷害她？

她緩緩步入法內利的店，酒吧位於王子街和默瑟街交叉口，已經在那裡幾百年。好吧，是從一九二二年開業，那也差不多了。他們以前供應上好的淡菜，她依稀記得，接著她想起自己不再吃東西，不吃食物。

然後她看見他坐在吧臺邊。他在喝一品脫巴斯啤酒，老樣子。他看起來……老多了，但置身酒吧的昏暗光線不如陽光下明顯。帶草莓紅色調的金髮如今多半斑白。他臉上的紋路比以前深。即使如此，他看起來完全一樣。

他討厭這間酒吧，已經厭惡好多年了，可是店離家裡那麼近，很難完全避開。再加上淡菜很棒，儘管他今晚沒打算吃。他只是回家前來喝一杯，再去跟妻子共度夜晚，做……隨便什麼兩人一起做的事。我真的猜不出來是什麼，美人也沒頭緒。他快喝完了，幾乎準備要穿上他的機車夾克離去，這時他看見她。

她在這裡做什麼？他心想，閃現二十五年前的回憶，才領悟到這念頭太可笑，那人不可能是她。如今她該是……中年了吧，也許四十歲出頭，約莫是他們初次相遇時他的年紀，而且他不是從傳聞聽說她現在有一個小孩？應該是吧。即使她依然是相同的穿著打扮，她的髮絲應該要參雜白髮，她那張臉如今該有細紋，她也一定不會還是這麼纖瘦，她的四肢不會仍然顯得難以安放。那女孩不可能是她。

可是他又看了一眼，兩人視線交會，是她。女孩看起來略顯蒼白孤苦，他幾乎感覺到——不是抱歉，那個詞是什麼？**責任**——對她有責任。也許他該迎上前去，確定她一切都好？但他隨即想起沒完沒了的婚姻諮商，為維繫婚姻不破裂付出的代價，他也想起自己甚至從未提起過她，幹麼找麻煩呢？她只是一段沒怎樣的眉來眼去，有在計程車上玩一下，上樓到她在路德洛街租的房間一兩次，不值得提，尤其是他已經要耗費許多年向妻子解釋自己和情婦的不忠關係。沒什麼大不了，無傷無害。所以沒必要現在承認她的存在，不適合在離家這麼近的地方，不適合在他正要回妻子身邊的返家途中，於是他穿好外套，拿起吉他箱並走向門口。可是踏出門外前他必須經過她身邊，當他走近，她伸出手抓住他的肩膀，動作十分堅決，遠勝以往那些年她曾讓自己展現的姿態。她使勁扳他轉過身來，他沒想過她擁有這般力量。

亡魂很堅強，因為他們戰勝了死亡，且單憑自身意志獲取力量。如果她想的話，她可以把他扔去撞牆。但那不是她此時此刻想做的事。

於是他們面對面。

「嘿，」他說，「最近好嗎？」這是個荒謬的問題，因為她的年齡顯然完全沒增加，對她而言時光不曾流逝，她跟以前一模一樣。但他有點嚇到了，說這些只是在拖時間。

她點頭。「跟我來。」她把緊抓住他的手從肩膀移往前臂，站起身來。

「妳來這裡做什麼？」他詢問，她沒回答。「我不能跟妳走。」他接話，但她強行將他帶出門

外，踏入昏黃夜晚，在街區盡頭轉彎，來到由些許鷹架遮蔽的一小塊空地，而他幾乎快跟不上腳步。

我希望美人在那裡對他做什麼？他要的是……他一向想要的，直到他再也不要她。我希望她靠過去，從他靈魂中吸走所有曾給過他的愛。我希望她吸一口氣，就此奪走他數十年的婚姻，他對愛爾蘭初戀的回憶，他與情婦共度的時光，他曾有過的每一段重要情感關係，然後放他走，讓他回到形同空殼的家，在失去他不當一回事那種愛的情況下度過餘生。我要她奪走他曾從我身上剝奪的事物。

但別傻了，那不可能發生，即使亡魂也做不到。你把這想成什麼，阿茲卡班[3]嗎？再說亡魂歸來不是為了奪走你的回憶與愛。

亡魂為了復仇歸來。

亡魂為了血回來。

3 阿茲卡班是小說《哈利波特》裡的魔法世界監牢，獄卒催狂魔會從囚犯口中吸走正面能量，有一種解讀將其視為憂鬱症的隱喻。

為什麼是現在？你也許會疑惑。為什麼選現在？為什麼，在這麼多年以後，我選現在召喚她復仇，而他已是個老頭子？為什麼不早一點？

創傷的折磨不會停留在當下的時空，它在事情發生許久以後才來找上我們，在我們最沒有防備的時候侵門踏戶。回憶閃現我眼前，我的身體應聲退縮，我把頭轉開，因羞恥而顫抖。性是如此充滿焦慮不安，使我窒息，讓我說不出話來。創傷一再重現，時不時頻繁湧來，把你推向自以為早就塵封的重複模式。

為什麼是現在？為什麼不乾脆放手？

我不會放手，因為創傷沒有放過我。二十五年後，口交依然滿溢著羞恥與不安。二十五年後，我仍然時不時浮現一段回憶，使身體果真往後退，嘗試想甩開它。他們說，分享痛苦就能使痛苦減半，那麼除了復仇以外，還有什麼稱得上分享痛苦？

讓我說個故事給你聽。最近我跟一對老朋友共進晚餐，以前我是他們女兒的保母。現在她十八歲了，跟人生中第一個女朋友陶醉於戀愛。她對我訴說新交往情人的一切，雙眼發光而臉色紅燙。她的肌膚散發幸福、青春與純真光芒。我回想起十四年前照顧的孩子，這麼小又這麼柔弱。我們過馬路時，我是如何牽她的手，守護著她。我是如何背起她走。我朗讀給她聽時，她如何依偎在我大腿上。她依然是那個小女孩，萌發幸福快樂的光。

哪種禽獸會把眼前這孩子推向駛來的車輛，而不是牽起她的手，指引她前往安全的地方？

哪種禽獸眼見那身光芒，那幸福的潛能，那般信任，結果沒能溫柔對待，而是讓它全都淪為蒙羞與恥辱？朝它塗抹糞便？只是為了讓他自己爽到射？

禽獸行走於我們之間。

而我心想，看著我以往守護、一起玩、哄入睡的孩子，如今成為青少女，我想著，曾經我一定也像那樣。曾經，至少我一定有像那樣的可能。像那樣信任。

禽獸行走於我們之間。

而在那片刻，我感到憤怒。

當美人從鷹架底現身，在她背後留下皺癟、扭曲的一團東西，她手中有血，指甲裡有血，嘴邊也抹滿血跡。但那種事情不會在紐約市引起多少注意，即使現在也不會。人們確實會留意的是她交叉的腳步，她的迷亂神態，他們紛紛閃避，因為不可預測的人就是危險人物，就算她只是一位年輕女子。

美人感到困惑。為什麼她還有活力？為什麼她依然存在？在所有的故事中，亡魂一旦達成目的即可離開世間。問題就在這裡。難道她的使命超乎她所想像？她繼續留在這裡要做什麼？

但她感到有股熟悉的強大拉力，帶她到蘇活區的同一股拉力，而這一次，無形力量將她拉向布魯克林。

那就是祕密所在，真相大白。我靈魂的那塊碎片，我的部分自我，她不是被他所殺。他從未有過那種力量。只有一個人擁有那種力量。

我殺了她。是我殺掉A大道的美人。

起初我曾經試著扼殺我的性欲，我的欲求，理由是倘若我再也感覺不到欲望，我就不可能被那種操控欺騙。情況確實如此，每次欲望蟄伏個幾年，又在難以預料的一段時間後再度湧現。可是我的成果有限；我總在性交時解離，不知何故察覺自己**不在那裡**，完全感覺不到任何事物。我的性欲每每失落數年，找不到原因的徵兆。無論想不想做，性事是我在某些情況下被迫要做的事，我從未真正擺脫掉這種感覺。然而我的欲望有著野草般的堅韌毅力，我從來無法將它徹底根除。

所以我改成殺掉美人，這樣我就不會再相信最初那陣愛，也就不被浪漫的念頭迷惑，而那奏效了。她已經受了傷，痛苦不堪，她願意死去。我扼殺她時，她甚至幾乎沒有抵抗。我以為我是在保護自己。

當她慢慢走過布魯克林大橋（亡魂不搭計程車，他們肯定也不去擠地鐵），我猜想著她找到我後會發生什麼事。我必須再殺她一次嗎？還是她的牙齒會找上我的喉嚨？

或者有沒有可能，我將朝她張開雙臂，示意要她靠近好讓我安慰她，讓我撫平她的頭髮，洗掉她臉上的血，讓她哭倒在我懷中？我會不會給她每一縷亡魂的想望——關愛與道歉，溫暖說聲歡迎回家？

第十三個故事——

燃燒的女子

在美國，他們不讓你燒東西。我的母親這麼告訴我。

來美國的時候，我們帶來憤怒、社會主義與飢餓，也帶來我們的惡魔。他們藏身船隻隨我們一起偷渡，蜷伏我們搭在肩膀上的小麻布袋，潛進我們裙底。當我們通過體格檢驗，初次踏上我們將稱為家園那地方的花崗岩街道，他們等著我們，彷彿一直都在那裡。

每日每夜每個時分，街上到處是像我們一樣的女孩。我們工作、上課，到工會忙進忙出，在街上在店裡放聲談論革命。當我們走出去罷工，他們喊我們 fabrente maydlakh，一群暴烈的女孩子，因為我們的勇敢、奉獻和熱情。整座城市漸漸停頓下來，身穿我們縫製衣裳的上流社會小姐來到下城，跟我們一起列隊行進。我記得小個子克拉拉．蘭里奇[1]，她在一次大會猛然站起並呼喊，「我們在等什麼？罷工！罷工！罷工！」她的捲髮緊緊紮進髮夾，彷彿可能突然冒出火焰，燃燒卻不造成毀滅的一把火。

---

1 克拉拉．蘭里奇（Clara Lemlich）帶領一九〇九年紐約女襯衫廠罷工，當時女工多為猶太裔，蘭里奇演說、呼口號時說的是意第緒語，文中的「fabrente maydlakh」亦為意第緒語。

我在比亞維斯托克[2]長大。我對都市生活不陌生，不像那些來自小鎮的女孩，成長期間身邊圍繞著乳牛、雞群和泥土。可是那種經驗我也有過不少，每趟去找我婆婆[3]待上幾個月，她住在一個小到不需要有正式名稱的村莊，離城裡三天路程。

至於我妹妹夏伊娜，她跟我們當裁縫師的母親和做鞋匠的父親留在城裡，學會高超的縫製技巧，彷彿蜘蛛在她指揮下自動起舞旋轉。可是呢，我就不行。我學會怎麼把兩塊布料車在一起，這是當然，所以我在家時可以幫媽媽的忙，可是我的學徒生涯不是在做衣服。媽媽一開始就看出來，我做不成裁縫師。

媽媽自己沒有那種力量，但她能從別人身上看出來。一雙尖錐般的眼睛，那是媽媽擁有的能力。銳利的黑眼珠可以直接看透你。我出生時，她瞧我一眼就宣告：「底波拉——士師[4]。」

當媽媽看出來我未來會成為什麼，她知道我必須去跟祖母共度大半時光，所以在我四歲時，父

2比亞維斯托克（Bialystok）是波蘭東北部大城。
3這裡用的bubbe是猶太人對祖母的稱呼，考量到發音譯為婆婆。
4士師（judge）出自《舊約聖經》的《士師記》，介紹以色列十二位士師的事蹟，其中一位是底波拉（Deborah）。

親祖了馬匹和拖車載我去婆婆的村莊。第一次去那趟，我沿路抽噎個不停，彷彿心要碎了。為什麼爸媽把我送走？為什麼我不能照常跟他們待在一起？我想那跟媽媽隆起的肚子有關，可是不曉得究竟是什麼原因。

婆婆在她的村子裡擔任領禱人，帶領婦女在猶太會堂禱告。只在她身邊待沒幾個小時，我就覺得跟她在一塊很開心，爸爸要離開時幾乎沒注意到。那整個夏天和隔年夏天，她一直把我帶在身旁，不僅教導我正確的儀式，還教我對待其他女人應有的舉止，如何將說出口與說不出口的話都聽進去。她是一位女巫，守護著村中的女人，因為女人遭遇的種種煩惱，並不全然是妳想找拉比談的那些，無論他有多麼睿智。

如果說婆婆的村莊使比亞維斯托克顯得有如大城市，而且我們得畏懼提防哥薩克人——那裡卻也是像我這樣的女孩最接近兒童宗教學校的地方，也就是開啟小男孩希伯來文教育並研讀《妥拉五經》的猶太學校。祖母天天帶領我認識《妥拉五經》和《塔木德》，甚至還有一些卡巴拉思想。這些全都不是女孩該讀的，睿智的拉比這麼說，可是為了施展虔誠的法術，妳還能怎麼做？我研讀神聖的篇章，記誦上帝和他的天使之名，那是我最喜歡的部分。短短幾年內，我已經可以在婆婆寫護身符時幫上忙，好保護嬰兒不受惡魔之子危害，並為另一半在外飄泊的女人祈禱，她們的男人走遍每處小鎮兜售貨物以保家庭溫飽。儘管如此，我沒辦法逃避縫紉。我仍然要縫製樣式簡樸的防護衣衫，以保那群商販不受傷害，而每當我扎傷指頭並使布料染上血跡，我就必須重做一件。

我過完第一個夏天要回家時，婆婆與我並肩上路，那是她第一次、也是最後一次這麼做。她不喜歡城市，不過她也承認城市對我們來說比較安全，勝過暴露於荒野的村鎮，就像她的村子。所以說，我目睹過的第一次生產是我的小妹妹，她從出生的最初就笑得露出酒渦，擁有滿頭金髮。她仰面對著媽媽眨綠眼睛，展現十足迷人的微笑，惹得媽媽也微笑輕喚：「小女孩夏伊娜。」於是夏伊娜成為她的名字。

我沒遺傳到金頭髮或綠眼珠，不過話說回來，夏伊娜身上毫無婆婆的力量。那天晚上，我拿著媽媽的化妝鏡仔細端詳自己，我看見鮮明的稜角，即使才四歲，粗黑頭髮，跟一雙像媽媽的眼睛。冰錐般的眼睛。我不是漂亮的小孩，不像夏伊娜。

可是我有力量。我早就知道自己能派上用場。

隔年夏天，爸爸載我去找婆婆途中，我在位子上蹦蹦跳跳，彷彿我也是一匹馬，能夠讓推車加速前進。我不願去想是漂亮的夏伊娜跟媽媽待在家裡，而不是我，然而在婆婆家我最受寵愛。我最美好的回憶中，好幾幕是坐在她家廚房餐桌旁，寫出眾位天使的名字與力量的符號，而她稱讚我的記憶力且向我吐露，當約定俗成的傳統耗盡後，構思新的名字和符號並非憾事——萬物皆在上帝心中，我們造出的任何事物難道早已被創造？

我沒那麼享受、但卻更為實用的層面，是從觀察婆婆訪客學到的知識。村中的女人來見她，有年輕也有年長者。她們走進屋來，祖母會端上咖啡，彷彿她們只是老朋友來共度午後般談天。接著，通常在正要告辭之際，她們會轉身說些什麼，好似差點忘記，「噢，漢娜，問妳個難題」，而後祖母帶訪客回廚房，專注聽她們傾吐關於患病孩童、婦女病痛，以及難以承受再多懷一個孩子的事。大部分問題祖母能用一罐肉湯解決，經過變化多端的方式調味，但最後一個問題總是格外棘手，這時婆婆最為樂見另一雙手來幫忙。我的小手來用她的工具，操作上沒辦法得心應手，但我可以熬湯，邊看邊學。當嬰兒出生的時刻來臨，我較為嬌小的雙手就能幫上大忙。

對我來說最難學會的是進退應對。

有一次八歲的我正在研究神聖符號，以及它們跟上帝的各個名字如何能結合得最好，這時有位本地女子，在我心目中誰都不是，一個在別人家幫傭的女僕來訪，我的天哪，直闖進我祖母的小屋還站在那裡到處找人。我完全不喜歡她。她愚蠢的吞吐言語打斷我的思緒，站在那裡眨眼的模樣活像一頭迷失的母牛，甚至沒辦法清楚表達自己的需要。我鄙視她，以孩童的眼光思考，認為自己絕不會像這樣嚇到沒辦法好好講話，無論我遇上什麼麻煩。

「怎麼啦？」我問她。

毫無回應。她久久沒說話，接著又斷斷續續喊祖母的名字。

「好吧。」我說道。可是我沒有跑進房間請婆婆過來，反而就這麼探頭大喊：「婆婆，又有一個懷孕的女傭來找妳！」

有兩件事發生。首先那女孩突然哭泣，接著祖母現身廚房並使勁打我耳光，感覺彷彿是上帝的天使給了我重重一擊。我跌坐在地。

「擦乾妳的眼淚，我親愛的。」祖母對那女孩說，而我站著像個傻瓜般揉下巴。「也請原諒我孫女。她的眼光夠銳利，可是在她胸中沒有心，只有一個鋼齒輪。」

我衝出屋外跑進庭院，爬到我在樹上最愛的位子，婆婆會從這棵老樺樹取材做茶葉和精油。不漂亮又沒有心，胸中只有鋼齒輪。像這樣一個女孩不會有太好的未來，我心想。結不成婚是當然，因此也就沒有小孩。難怪媽媽見到我沒有看見妹妹開心。爸爸最愛我，以他不多話的方式愛，可是他沒有媽媽的利眼；很可能他只是看不出我的空無。我流下眼淚，為自己感到難過，但只有一點點。那麼，我心想，假如我不能漂漂亮亮，也沒辦法親切待人，我可以變得強大。我會變得強大，還要讓所有人看見我的力量。甚至比婆婆更強大。

儘管立志誓言要學習，我一整個星期沒學任何東西。相反的，我必須盡全力做好家務事，同時祖母在旁查看，滔滔不絕責備我。

「妳覺得自己很特別，也許自以為是女王吧，對前來求助的人這麼殘忍？妳是聰明沒錯，終究妳可能當上女巫，可是要成為領禱人絕無可能，只要妳一直這副德行就不可能！妳將永遠無法贏得尊敬，永遠無法施展妳的能力，因為沒人要來找妳！人們必須懷抱信任來找我們，假如妳必須對一位女孩說嚴厲的話，妳會私底下說，好讓她明白妳是為了她好！別像個哥薩克人一樣，咆哮著看不起人的話！」

「我才不像哥薩克人！」我回嘴，「我沒有傷害誰！」

「所以那女孩哭泣，是因為她撞傷自己的腳趾頭？她不是第一個受到家中主人欺騙的人，她也不會是最後一個，任何人上門求助就應該獲得傾聽，而不是受到鞋帶都不會綁的小孩輕視！」

經歷這次事件後，我沒辦法聲稱自己能更加寬容對待祖母的訪客，在我看來，她們的問題是自找的，不過我學會管好表情和舌頭，甚至對她們的苦難產生某種同情。然而當我回到家，我會把夏伊娜拉到一旁，告訴她婆婆村莊裡的閒話。她當時約莫四、五歲，也就是我第一次去找婆婆的年紀，而她總想知道我在做的是什麼事。

「我在做什麼？」我會把頭往後一甩。「我在做的事，就是去清理學不乖笨蛋闖的禍！」

夏伊娜的眼睛張得更大。「闖哪種禍？」在她那個歲數，她往往讓牛奶灑出來或被小東西絆倒，於是她深深同情那些犯錯的人，而我卻不是。畢竟祖母很少需要為了同一件事糾正我兩次。

「傻女孩！」我告訴她。「會照顧馬匹和牛群的傻女孩，卻不懂假如不想生小馬或小牛，就要把自己的雙腿合緊。」

夏伊娜咬咬嘴唇。「可是，」她說，「妳在走路的時候不能合緊雙腿，不然妳會跌倒。她們常常跌倒嗎，像我一樣？」

我又甩了甩頭，對於要跟這麼幼小的孩子講話感到氣惱。「妳什麼都不曉得，」我說，「就像她們一樣。」

然而只有對夏伊娜我才會低聲說出如此輕蔑的話。對待其他所有人，尤其是婆婆，我耐心聆聽，甚至態度親切。

就這麼過了快八年，夏伊娜向媽媽學習縫製衣裙，而我向婆婆學習如何運用自己的力量。隨後有天晚上，正值嚴冬時節，我最好的朋友耶妲來敲我們家大門。當我前去應門，她拉我到外面街上。

「是里芙卡，」她說，「她有麻煩了。」

里芙卡是耶妲的姊姊，我想都不用想她遇到哪種麻煩。她都快跟屠夫的兒子訂婚了，可是他對另一個女孩的關注引發兩人爭執。

「可憐蟲。」我隨口接話，態度心不在焉，耶妲隨即拍我一下，力道很輕，但足以提醒我要凝神聆聽。

「別跟我說什麼『可憐蟲』，」她說，「人人都知道妳的夏天如何度過，我不會去找任何可能向爸媽通風報信的人。如果妳是我的朋友，現在就過來幫里芙卡！」

不用說，接獲請求我只覺得開心不已。我拿起在祖母綠色眼睛監督下拾整的工具和藥草包，接著啟程出門，跟媽媽說耶妲和我要去散步。里芙卡沒走遠——焦慮使她行事謹慎。我原本蒙著眼也能調製她需要的藥粉，但是她緊擁我入懷中，兩隻手不安擰捏著，彷彿我是竭盡全力去做。隔天她流產時，當我握住她的手，喜悅的淚水滑落她臉龐。

她沒告訴自己的爸媽，不過倒是有讓朋友知道，沒多久我就因為各種疾病、生產和女人的其他問題接獲請求。情況變得我每年不能去婆婆家待超過一個月，因為比亞維斯托克猶太區的女人少不了我。我懷念與婆婆共度好幾個月的恬靜時光，卻也對自己的知識和新的地位感到自豪。而且我對這些並不後悔！知識和技能是值得驕傲的事情；它們是在人一生中照亮夜空的星星。

到了十六歲，我賺進的錢跟媽媽和妹妹加起來賺的一樣多。因為不是每個家庭都負擔得起訂製衣裙，然而家家都有個生病的孩子，或是憂心忡忡的女兒。

去找婆婆的時候，我愈來愈常接手她的工作，好讓她休息一會兒。

「妳不在我也能應付。」當我熬夜陪伴罹患百日咳的孩子而晚回家，她會這麼說。

「是啊，」我會說，「可是妳不該去。我從這裡就能聽見妳的骨頭在嘎吱響。」

我不認為她像自己假裝的那麼在意這些評論。我想她確實對我感到驕傲。她說我是她的好幫手。當她在屠夫妻子佩若床邊對抗惡魔時，我在那裡陪著她。那是個強大的惡魔，滿頭狂野長髮，爪子從她的手指突伸，像木板上的釘子。她在我們的保護圈外怒吼不休。我跪在佩若的臀部旁，用雙手撐起臨盆在即的嬰兒，祖母則用粉筆在牆壁疾寫一個比一個更強的護身咒。

惡魔咆哮有如狂怒的風。

「別看！」我朝佩若大喊。「那是不潔之物！想著妳的小孩！」

佩若緊閉眼睛，死抓住分娩開始時我們放在她手中的銀匕首。當我伸手進去鬆開繞在嬰兒頸間的臍帶，她把自己的聲音也疊加進房裡旋風。我感覺臍帶緊緊繃住，抵抗我的指頭。

「願這在小孩出生前，就把新生兒衣物帶進家門的愚蠢女子，除了滿懷布料什麼都沒有！」惡魔呼喊。「願她像條狗一樣扒土，找尋她嬰兒的屍骨！願她——」

「以全能的真神上主之名，讓妳嘴裡塞滿泥巴，妳的聲音止息！」祖母堅決說道，把自己擋在佩若跟惡魔中間。當她截斷惡魔的話語，臍帶鬆開了，而祖母繼續用眾天使的名字綑綁惡魔。最後一切平靜下來，佩若的嬰孩滑入我臂彎，看來健康且氣色紅潤。

我以勝利姿態向剛成為母親的佩若高舉男嬰，她臉上卻蒙著一層恐懼。

「妳怎麼啦？」我問她，「一切都沒事。」隨後我轉頭，順著佩若的視線看去，發現儘管祖母綁住惡魔，她正在跟那怪物嚴肅交談，而沒有做驅逐它的必要程序。我把嬰兒交給他母親，轉身去找祖母。

「當心妳自己的孩子，漢娜。」惡魔放話，同時瞥我一眼。「妳覺得她會在這裡成長茁壯？困境即將找上妳在比亞維斯托克的女兒與她的家人。」

「婆婆，妳在做什麼？驅逐這不潔之物，讓一切結束！」

祖母噘起嘴唇。「底波拉，照顧佩若和她兒子。這怪物跟我在說話。」

「那就去外面講！」我對她說。「如果妳一定要跟它說話，去外面講！」

「相當無禮。」惡魔說道，朝著我鏘鏘磨爪。

祖母大動作拉開門，一直把身體擋在惡魔和新生兒中間。我等了半小時她才回來。

回家路上，我用只在夏伊娜面前展現過的方式對婆婆發怒。「妳在想什麼，竟然聽信一個孩童殺手？她把什麼汙穢的東西灌進妳耳裡？」

「舉凡生物皆握有某些知識，」婆婆耐心回答，「能加以查明是好事。」

「十分明智，」我尖銳應道，「那或許我現在也該查明一下？你們剛才聊了什麼？」

「未來。」婆婆說，接著她拒絕再多透露任何事。

結束那趟旅程回家後，我得知母親和夏伊娜的日子過得並不輕鬆。生意清淡。有天我撞見她們合力將一件洋裝固定在紙樣上。她們不曉得我在旁邊，兩人細語交談，神色親暱，我跟婆婆之間有過那樣的感覺，跟母親卻從來沒有過。嫉妒使我色發青，逗留在門廊處傾聽。

「把那根大頭針遞給我，親愛的——唉。」母親說道，身體往後坐回腳跟上，檢視她以雙手織就的服飾。「妳知道嗎，在我還是小女孩的時候，只要手執縫衣針，妳就擁有黃金般的人生。妳永遠有工作，永遠能養家。」

「那我也是！」夏伊娜開朗說著。她早就脫離笨拙的階段，如今她的一舉一動都優雅輕巧。「妳看過我織的繡花了，媽媽！這些縫線細緻無比，只有螞蟻才能把每一針看清楚。」

媽媽雙手扶著自己的後腰。她逐漸顯露老態，而我不是唯一注意到的人。「唉……不，再也不行了。妳已經目睹我們在生意上不斷縮減開支。新的工廠開張，機器可以用較少的成本做更多事，而且工廠不會雇用我們。我開始想我母親是對的……或許我們該送妳和妳姊姊去美國。他們說在那裡猶太人可以進工廠做事，就像非猶太人一樣——是啊，少了我們就不會有工廠了。」

夏伊娜的臉色轉成慘白，我敢說我的也是。很少有人沒聽說過哪家人讓女兒或丈夫去美國，di goldene medine，那片黃金之地。耶妲家有一間甜食舖，連他們都送走了里芙卡。我一直以為原因是他們發現她的醜事，但或許實情並非如此。錢每週寄回來，也附上信件。在美國，里芙卡寫道，孩童一同上學，班上有猶太人也有非猶太人，不須另外繳費，也不對猶太人的人數設限。那裡街上沒有黃金，她跟一家人同住，他們把板子架在兩張椅子上讓她睡，並且要她做大部分家務。不過她依然週週寄錢回家，一次的金額就超過雙親整個月收入。

「婆婆才不希望那樣！」我哭喊。「妳怎麼說得出口？妳怎麼能說要送走自己的女兒？」

媽媽見到我太驚訝了，差點沒吞下一枚大頭針。她清了清喉嚨說，「可是她寫信把這個想法告訴我。她什麼都沒跟妳提？」

「上次見面時沒有，而那只不過是一個月以前。」

「好吧，」媽媽嘆息，「我母親會暗藏祕密。她暗藏祕密，她擬定計畫，然後把我們全都捕進她網裡。從她那雙腳也看得出來，偶爾她會纏在一起。」她溫柔看著我。「有時我想過要警告妳，親愛的。妳要提防我母親的計畫。有一次在我年輕時，她決定——」

我沒等到聽見婆婆決定的事。「婆婆不會把我送走！她需要我！」

媽媽皺起眉頭。「很好，我絕不會強迫任何一個女兒離開。但是妳應該要認真考慮這件事，妳們倆都是。婆婆寄給我一封信，她預見我們城裡即將發生的事而感到哀傷。想到會有什麼危險我就渾身顫抖，再加上錢的事……好了，妳去吧，底波拉，去找耶妲聊天或者燉一些肉湯。妳妹妹和我有工作要做。」

我晃到外面街上。媽媽說的是真的，她和夏伊娜的生意並不好，可是竟然說要飄洋過海！我們住的地方不像婆婆所說，每逢收成欠佳他們就來殺害你。比亞維斯托克很現代，警察局長是位正直的人，他並不贊同殺害猶太人。此外，我們行動力十足的年輕人組成了自衛組織，我不想站在動刀動槍的錯誤一邊。我以為我們安全無虞；至少，我們並未每一天時時刻刻感到恐懼。

我悶悶不樂踢著石子，最後我晃去找耶妲，然後我們玩唱歌的遊戲。在夏伊娜忙碌的時候我們才能玩，因為她的嗓音聽起來像一隻生病的貓。

那年稍晚，哥薩克人殺害了婆婆。

婆婆的村莊太小，在我們造訪前沒傳來隻字片語。爸爸和我發現村裡的屋子大半遭毀。只不過是茅草屋，用泥土和麥稈搭建。很容易踢穿，用燒的更快。

爸爸在一座跟這裡相仿的村莊長大，他察看殘破景象時表情糾結。

「回車上去，孩子。」他說。「我們馬上離開。」他沒抬高音量，說話的感覺彷彿只是在描述一件事實。

「不埋葬婆婆？」我說道，試著配合他的冷靜。

「要把她埋在哪裡？猶太會堂和墓園都毀了。我們帶她一起回去，這裡不是下葬的好地方。」

「爸爸，」我又說，「至少我們吟誦卡迪什哀禱文吧——我們一定有時間這麼做的吧？」風把我的頭髮吹得貼上臉。

我們走進屋裡，我讓婆婆躺在一張破舊毯子上，不值錢到沒人願意拿。我取井水清洗她的身體，闔上她的眼睛，將她的雙手雙腳安放身側，而不是像我們發現她時呈詭異角度敞開。我不認為她死於暴行；我想是驚恐使她的心臟負擔過重。我做完這些步驟後，看起來幾乎像是死亡天使帶走沉睡中的婆婆，而不是在與野獸無異的男人摧毀她村莊之際，畏縮躲藏下死去。但是我洗不掉種種腐敗跡象，而且只要瞧一眼她家的殘破景象，就能看穿我所做的安詳陳列實為謊言。爸爸對著婆婆吟誦卡迪什哀禱文。他讓我再花十五分鐘巡視屋內，把殘存的物品帶回家給媽媽。我在壁爐邊鬆動的石頭後方，找到婆婆裝必需品的盒子，她一向收在那裡，旁邊還有一小袋舊首飾。只剩那些了。

在馬車上，我整路哭著回家。

媽媽和爸爸都在小村莊長大，每當風起雲湧，他們就要擔心猶太人恐遭屠殺。可是我以前沒感受過這種恐懼。我們的警察局長不是說過：「只要我活著，比亞維斯托克就不會有反猶暴動」？

爸爸與我帶著婆婆的死訊歸來，沒過多久，夏伊娜和我一齊坐在起居室，媽媽走進來時眼底流露悲傷，手中拿著那盒子和首飾袋。

「妳們應該擁有這些物品，用來紀念並思念我母親。」她說。

她拿出一枚相片墜子，以象牙浮雕呈現繁複的女士肖像，並伸出一根手指撫摸它。

「夏伊娜，親愛的，妳看起來就像我媽媽年輕的樣子，在我小時候——頭髮如此金黃耀眼，連太陽都相形失色。妳該擁有這枚墜子。媽媽在我還是小女孩時會配戴，她說這是很棒的護身物。」母親看起來幾欲落淚。「我希望即將到來的新生兒依然是女孩，讓我能為她取媽媽的名字。」

接著她轉向我，歪著頭思考。雙眼銳利的母親回來了。

媽媽從大腿上拿起象牙盒，猜疑地搖了搖。「我打不開，相信我，我試過了。但是刻在上面的符號——我想那意味著媽媽想要妳擁有它。」

我接過來，手指頭沿著刻紋勾勒，有如媽媽撫摸婆婆的浮雕墜子。

媽媽輕撫我的粗黑頭髮。「要小心點，小女孩。善用妳的判斷力。」

底波拉是以色列土地上的一位士師，媽媽從不讓我忘記這件事。

在那盒中，婆婆存放丈夫遠行的婦女禱文、有特殊用途的墨水、幸運護身符，以及一張媽媽、爸爸、夏伊娜和我的合照，得自我們聘雇的一位巡迴商販。我開啟盒子從未遇過困難。我跟媽媽不一樣。

一直等到獨處時間，我去了一個熟悉的地方，受到灌木叢阻隔，離我們家又不太遠。我在那裡開啟盒子，料想熟悉的婆婆幸運物收藏品會滾落我大腿上。我在裡頭發現由一截鹿皮包裹的鍍銀匕首、相片和一張紙。那不是幸運物，紙上文字冗長且複雜，似乎是某種契約。

我費盡心力試圖讀懂契約，但是文字在我眼前翻湧，使我暈眩。

當我把紙張重新捲起放回盒中，這時聽見灌木叢沙沙作響。

「誰在那裡？」我放聲喊，稍微有些驚恐。

沒人應答，於是我撿起一根木棍，快步走向灌木叢。

「出來！」

又傳來一陣窸窸窣窣聲，緊接著是一隻大老鼠竄逃的啪噠腳步。我用木棍撥開灌木叢，看見些許灰白長毛黏在樹枝上，以及彷彿某種生物在泥地拖行一條長而粗硬尾巴的痕跡。

我們的小弟弟耶書亞在三個月後出生。

自從嬰兒來到我們家，為了去美國我們開始沒日沒夜工作，媽媽說，在那裡他們不讓你燒東西。爸爸開始每週工作七天；他不在安息日經手錢財，可是他沒上猶太會堂而是去作坊，而媽媽禱告一整天祈求上帝寬恕。我早已全心投入工作——我從未拒絕前來求助的任何人，現在也沒有破例。不過我在家更是賣力，對我們每一個人都施護身咒。媽媽不讓我或夏伊娜跟男生說話——她說要為五張船票存錢的麻煩事已經夠多，不缺我們哪個女孩拖著一個丈夫或嬰孩蹚渾水。這對我來說沒差，我一向不怎麼引起男孩的遐想。有機會開溜的時候，我會去耶妲家的甜食舖。偶爾爸媽討論著先送爸爸去美國，這麼一來他就能寄錢回來，但人人都聽說過熟識的女人這麼做，隨後再也沒有丈夫的音訊。而且我不確定我的護身咒，足以保他在遙遠的海洋彼端安全無虞，所以我們乾脆維持現狀：媽媽、爸爸、兩姊妹和嬰兒小耶書亞。每個禮拜我們把竭力攢下的錢，存進媽媽一向埋於後院的罐子裡。

媽媽總是叮嚀我要「照顧小的」，彷彿我還沒向夏伊娜和耶書亞施護身咒，念得我舌頭都磨薄了。我做這些事並非全無代價，而且我厭倦了媽媽的時時擔憂，尤其因為在內心深處，我不相信有任何事會發生在我們身上。在比亞維斯托克不會。

每隔一段時間，我會拿出契約細細研讀。但試圖讀契約很痛苦。墨水似乎是用血和嘔吐物製成。如牛糞般的臭味從紙頁飄出。每次展開那張紙，我的胃就劇烈翻攪。筆跡則在我腦中蠻橫扭動，置換掉文字本身可能表達的任何意義。我會耗費好幾個小時，帶著足以碎裂巨石的強烈頭痛離開，讀懂的字僅能得知婆婆簽下某種契約。

這代表什麼，我完全想不通。

「照顧好嬰兒。」媽媽說。

耶書亞總是到處亂跑。他看著媽媽工作會覺得無聊，不用說，永遠是我必須去抱他回來。他會爬出我在他周圍畫的保護圈，害圈痕變模糊，而且幾乎在每次祈禱結束前，都得阻止他試圖吃下我擺在他身旁的藥草。數不清我有多少次不得不半途中斷，重畫保護圈，從頭再來一遍。數不清我為他寫過多少張護身符，因為他把寫滿法力符號和禱文的每張紙嚼成碎片。到頭來我分不清自己做的任何一件事有沒有價值——他似乎下定決心讓一切白費。

比較容易的作法是我去哪裡都背著耶書亞。這麼一來我可以在事發當下保護他，並且讓他遠離媽媽和夏伊娜腳邊。唯有女人臨盆時我不帶他去，否則他會不斷爬到我屁股上。

有一天，從耶妲的甜食舖回家途中，一位滿頭雜亂灰白長髮的老婦攔住我們，她看起來像中間用繩子紮起的衣物堆。

「可愛的嬰兒，」她說，「可愛的小男孩。」

我等待她比個手勢，阻擋出言稱讚引來的邪靈，當她並未這麼做，我曉得她對我們不懷好意，於是試圖推開她離去。趁我這麼做，她從我懷中搶走耶書亞。他大哭出聲，伸手要找我。

「把妳那雙餵豬的手從我弟弟身上拿開！」我高聲喊，想抱他回來，但是她揚手使他遠離我。

老婦正面直視我，嚇得我往後退——她的眼窩是兩個空洞，火焰在裡頭燃燒。這怪物是惡魔，我婆婆曾交談過的惡魔。

「餵豬的，是嗎，漢娜的孫女？你弟弟，對吧？這男孩是我的，非汝所有。」

我抽出原本在婆婆盒中那把鍍銀匕首。自從發現它那天起，我就把匕首擺進圍裙口袋。「他是我的，如果妳不把他還來，我將對妳降下地獄之火。」

老婦沒回答，反倒突然往我身旁疾衝。我用短刀刺她，但準頭不佳，只勉強劃破她的手臂。

那怪物跪倒在地，痛苦尖叫。某種黏液從她割傷的手臂流出。我趁她按住傷口時搶回耶書亞，她嘗試止住黏液，朝我怒吼、吐口水與咒罵。黏液腐蝕我的匕首刀鋒。我把小耶書亞緊抱在懷中，彷彿他是由珍稀的黃金製成，連忙狂奔回家。

到我踏進家門時，整個人嚇壞了，喘不過氣且失去理智，夏伊娜是唯一在家的人。我倒進她懷中哭泣，不耐煩的小耶書亞扭動身體，想要被放下來。可是我沒辦法讓自己鬆開手。

「底波拉！」夏伊娜驚呼，「發生什麼事？」

「他是我們的嬰兒，我們的！」我驚懼不已，踩著腳跟前後晃動。夏伊娜扳開我的指頭，從我手中抱過嬰兒，將他輕輕放下。

「我們的嬰兒，是我們的。」我不斷說著，夏伊娜拍拍我的頭，幫我擦臉。耶書亞爬到一旁，去玩爸爸刻給他的小馬。

最後我停止啜泣並告訴她事發經過，有惡魔企圖奪走我們的小弟弟，他正若有所思咬著玩具馬。

「怎麼會？」夏伊娜問我，「在妳盡了這些努力之後？」

我抹抹臉。「我一定漏掉什麼了，」我說，「某件使他產生弱點的事。或是說我根本還不夠強大，或者——」突然間我想起婆婆盒中的神祕契約，還有她跟試圖奪走佩若嬰孩的惡魔之間，有過一席漫長談話。

我跑去取出盒子裡那張紙。「夏伊娜，」我告訴她，「這些字使人作嘔——妳聞到味道了嗎？」

「我什麼也聞不到，」她回答，「這只是一張白紙。」

「這不是。」我說。「如果我讓這些字留在腦袋裡，我的眼睛會發燙，思緒會凝結。所以我要盡可能把每個字讀給妳聽，完全不留在我腦中。由妳把它們寫下來。」

夏伊娜看起來有些害怕，但是她依照我的話去做。

「嬰兒。」我念完最後一個字，夏伊娜倒抽一口氣。

「噢，婆婆，」我低語，「噢，婆婆，妳怎能這麼做？」因為婆婆無疑是用墨水殺害我們的弟弟，有如拿銀刀刺進他喉嚨。

總之婆婆與那惡魔達成交易，其名抗拒被我朗讀出來，她有力量讓我們安全抵達美國。作為交換，她容許惡魔奪走家中下一個嬰兒。

我從沒察覺婆婆如此盼望我們離開，我也在猜想，惡魔究竟告訴她比亞維斯托克的哪些事。無論如何，她遭到矇騙——暴徒奪走她的性命，而我們依然身處比亞維斯托克。可是我們的小弟弟還不安全，惡魔正企圖帶走他。為了安撫夏伊娜，我盡量裝出勇敢的樣子。

「契約不可能還有效，」我告訴她，「婆婆現在見不到我們平安抵達美國。」

然而在心底，我知道惡魔不這麼認為，夏伊娜也是。

「別傻了，底波拉！假如那是真的，妳今天早上就不用對抗它。」

我不曉得怎麼保護耶書亞的安全，但我確知一件事，告訴爸媽並沒有幫助，夏伊娜也贊成。畢竟他們正竭盡所能辛勤工作，好送我們遠渡重洋，遠離舊時的惡魔，而且就算他們知道又能多做什麼？處理這種事是我的責任。

連續兩週，夏伊娜和我守著小耶書亞，彷彿兩隻貓緊顧老鼠洞。當我們其中一人睡覺，另一人睜眼看著。我們去哪裡都把他帶在身邊，媽媽很感激得到幫助，即使她不曉得原因。

過了兩星期，沒發揮作用的護身符與看顧，讓我疲憊到眼珠都快跌出來，腦袋因不斷費力而沸騰。我做出以下推論：人人都知道契約的力量，是那張契約害小耶書亞陷入危險。所以，假如我們摧毀契約，我們就能解除力量，使危機消散。

我試著把那東西扔進火裡，但它不燃燒。我把它放在烈燄正中央，可是當燃著餘火的柴薪燒光，我翻動灰燼，契約就在那裡，連一點汙損都沒有。

有時候你需要比藥草和保護咒更強大的事物，有時候光是防護並不夠。所以婆婆教給我邪惡之眼。人人都知道，邪惡之眼的運作仰賴全神貫注於火元素，在其中注入上帝詛咒的力量，並以施法者的視線操控詛咒的火。在婆婆監督下，我曾練習使勁瞪視塵土、花朵和老舊破布。我臉上的皺紋提前浮現，最終我練到能以凝視使普通的紙屑燃燒。現在我必須將憤怒投向比破布更有力量的事物。我能感覺，對於祖母做出這該死交易的憤怒在我雙眼後方聚集，彷彿烏雲中的閃電。我能聽見周圍空氣裡的劈啪聲。劇烈刺痛襲擊腦袋，我感覺髮絲開始從辮子往外曲張。壓力形同鐵匠的老虎鉗之際，我會睜開雙眼，把那痛苦傳往舊布或紙張，使它猛然著火。

當我自認準備妥當，夏伊娜和我駕著爸爸的馬車出城，將浸滿油的舊布和乾樹葉疊成一堆。我們把契約擺在中間。隨後她抱著耶書亞駕走馬車，離我和助燃物遠遠的。我告訴過她要駛離半英里；她只走了不到四分之一英里，到頭來卻幫了我。她和嬰孩安全離開後，我專注凝想心中憤怒，對於婆婆，對於試圖奪走耶書亞的惡魔，對於殺害祖母的暴徒。我聽見劈啪聲，感到腦袋的脈搏在痛苦中跳動，當我將目光投向我們堆起的小丘，傳出像是千百次喘息的聲音，一道高聳烈焰從小火堆直竄多雲的天空。

我的關節彷彿由苔蘚組成，我重重跌倒，頭撞上一塊岩石。我的肌肉有如蜘蛛網，脆弱到無法移動，連呼喊夏伊娜求援也做不到。我看著火焰在油膩、嗆鼻的濃煙中燒盡，煙霧厚到你可以將它切片並塗抹奶油。燒光花了快一小時，我聽見夏伊娜懷抱耶書亞跌跌撞撞四處走，喊叫我的名字。即使她找到我，我不肯讓她立即啟程回家，直到她篩遍灰燼，發現契約什麼也不剩。

我成功了。

夏伊娜幾乎得拖我回馬車上。我病了，她說，病得看似可能我不會再醒來。媽媽和夏伊娜告訴我，我燒得好燙，當她們讓我泡進冰水降溫，那盆水變得如血一般溫熱。媽媽多盼望自己的母親能來，調配適合的藥草，可是婆婆已經死了，媽媽只懂得煮一鍋雞湯並試著逼我喝下。她們說我抵抗她，我說她企圖要溺死我。然後，就像我的病來時那麼突然，我好轉了。有天早上我醒來，問媽媽有什麼可以吃。到隔天，我受夠了躺在床上。可是媽媽不想讓我們出去。在我病倒期間發生了一些事。她眼睛周圍的皮膚緗緊，她用力咬嘴唇到流血。

「警察局長死了。」她告訴我。「死掉不在了，不祥的氣氛彌漫。」

「我什麼也感覺不到。」我說。我猜我還病著，說出這麼愚蠢的話。

她賞我一記耳光。「不是妳的那種感覺，孩子！局長不是在一陣寒意過後驟死，傻瓜！有人殺害他，軍方說兇手是猶太人。」

夏伊娜插嘴，「人人都知道局長是我們的朋友！他不是說過——」

「對，對，他說過。」我們的媽媽回答，「而現在他死了，檢察長並不是我們的朋友。自衛組織時時刻刻在巡邏，街區外的路上出現武器，儘管現在明媚如六月天，有團黑霧籠罩這座城市。我不要妳倆出門。」

「媽媽，」我說，「妳不可能讓我們永遠留在家裡。我們要等多久這團霧才會散開？我好久沒去外面了。現在是非猶太人的聖週[5]，情況只會愈來愈糟。現在總比復活節好。」

媽媽看起來很可能會再打我一巴掌。「固執的女孩！我早該把妳們倆送去美國，因為在這裡妳

5 聖週（Holy Week）指復活節之前的七天，用來紀念耶穌受難，又稱受難週。

們的生存技能跟嬰兒沒兩樣！」

在我做過那麼多事之後，竟然聽到這種話！說什麼她希望我遠離她身邊，她不信任我能照顧好自己，儘管她依賴過我的咒語和護身符。她說我是嬰兒！我欸，是我擊退惡魔並破壞它對我們家人的箝制！縱然如此，我隱忍胸中怒火，像我學會的那樣。

「媽媽，假如時局那麼壞，我就更有理由出門一趟。由於對家人施加保護，我的必需品所剩不多。讓我去買保護我們需要的物品，等我回來之後，妳就不用再擔心。」

媽媽軟化了，我想原因多半是想看見我的臉色恢復健康紅潤。我帶著夏伊娜同行幫忙提採買物品，踏出門檻時我回頭望向耶書亞。不過我說服自己，他現在安全無虞；如果媽媽的話可信，帶他一起去只會讓他蒙受更多風險。於是夏伊娜和我一起出門，小耶書亞留在媽媽身邊，而爸爸在隔壁店舖做事。

我買到需要的藥草後，夏伊娜和我走去耶妲的甜食舖，讓我親眼看看她是否一切安好。那對我來說是段漫長路程；我的身體虛弱，而且色彩顯得不太真實——什麼東西看起來都稀薄淺淡。陽光刺痛我的眼睛。

在甜食舖裡我跟耶妲聊開來，她在爸媽出門期間負責顧店。夏伊娜盯著糖果看。我們能聽見遠處傳來類似列隊行進的聲響，但耶妲正幫我補充病倒那幾週錯過的小道消息，她另一位姊姊有個未婚夫，我對他的高中生活故事感到著迷。我甚至沒留意到槍聲，日後我得知那是隊伍出現在猶太區的信號。我們沒聽見喊叫；直到耶妲聞見煙味、往外張望，看見一名暴徒邊吼邊丟石頭，這時她才緊抓我和夏伊娜的手，拉我們進石頭地窖。我們往地下躲藏時，我幫忙拉開蓋在密室活板門上的地毯，並且使盡力氣上門。

我們聽見玻璃碎裂，接著暴行的聲響來到正上方。我們能聽見木桶被砸爛，櫃檯迸裂。我的腦袋依然燒得虛弱，否則我想我的記憶會更清晰。不過我明確記得，自己從未如此強烈意識到小耶書亞需要我，只有我，他需要我快點出現，飛奔到他身邊。我記得火焰的劈啪聲響，我的手握住上閂的活板門，耶妲從後方抓住我的手臂，猛力拉我回樓梯下。我們待在地窖裡很長一段時間。我們吃存放在那裡的糖果和水果乾。我們睡睡醒醒，暴徒的聲音仍然往下傳進地窖。

終於平靜下來。

夏伊娜躡手躡腳上樓，往活板門外探頭張望，同時耶妲確保我別輕舉妄動。

「一切都燒毀了。」夏伊娜說。她的低語聲顯得崩潰。

耶妲和我跟著她上樓。

店裡看起來——什麼都不剩。所有物品不是燒毀就是砸爛，或者兩者皆有。我們小心翼翼穿越地板，彷彿亞當與夏娃在創世第一天那般沉默肅穆，然而感覺像是最末一日。

街道空蕩，可是火勢依然在街區不遠處燃燒。

我們沒說話，其他人也同樣沉默。我記得有個男人看著一棟建築物焚燒，淚水不斷從他眼中滴落，但他沒發出半點聲音。有些人漫無目的晃蕩；能去的地方都不在了，我猜。我看見兩個女人在街區中點相遇，看見她們在驚訝與寬慰中睜大眼睛，隨後張開雙臂抱住彼此。一個字都沒說。以前我從沒聽過像那樣的寂靜。

我不記得跟耶妲道別的情景。我想，她是去找自己的家人，而夏伊娜和我要去找我們的家人。我沒再見到耶妲，不曉得她後來的際遇。我最好的朋友，我從未再見過她。

我也不記得曾經走路回家，但我一定有。並非所有的街道都被燒毀。我們稍後得知，自衛組織在某些地方設法擊退襲擊者：市民、警察、配備炸藥與槍枝的一隊軍人。還有一些街道開設肉鋪之類的店家，男男女女拿出長刀，他們也順利撐過去了。我清楚記得，夏伊娜堅持我們會發現爸媽安全待在家裡，媽媽握著她的裁縫剪刀，爸爸拿著他的尖錐，但我曉得並非如此。

我們的街道總是安安靜靜，大部分是私人住家。

夏伊娜說她必須帶領我踏下每一步回家的路，因為倘若鬆開我的手臂，我只會像一根路燈柱立在街道中間。我讓她拉我前進，可是沒注意到腳下的路，有次被成堆玻璃碎片絆倒。我沒察覺自己跌倒，不過傷口癒合過程的刺痛歷歷在目。那天晚上，夏伊娜花了將近一個小時從我的肉裡挑出玻璃。我們到家時，我的雙臂被自己的血染成紅色。

媽媽和爸爸和耶書亞，他們死了。夏伊娜闔上媽媽的雙眼我才去探視她。我無法忍受面對那樣的眼睛。我記得把耶書亞的小身體擁入懷中哭泣，試圖喚醒他。可是我叫不醒他，擁抱只讓他沾上我的血跡。

我們埋葬媽媽、爸爸和弟弟的隔天，我從後院挖出我們的存款。那筆錢夠我倆用。

夏伊娜和我就這麼來到美國。媽媽說，在美國他們不讓你燒東西，我在船上每晚對夏伊娜複述這句話。

我們擁有的錢，夠我們到這裡時租個房間並買些新衣服，以免連話都還沒說就洩漏自己是一對生嫩初來者，但不足以支撐多久。像我做的這種事需要口碑，需要本地知識，不是說我可以乾脆開一間店。有群同胞讓我們在街坊的其中一間窄小血汗工廠做事，老闆讓六個人擠進來塞滿客廳，妻子在他用來加熱熨斗的同一座爐子煮晚飯。然而這間廠舖實在太小——沒辦法靠他們付的薪水過活。老闆榨取妳所能賺進的每一分錢，而且無益我重建自己的生意，因為在裡頭工作的自己人太少。我不打算像那樣過一輩子，我也不允許夏伊娜就此度過餘生。我見過畢生縫紉女人的遭遇——吸入棉塵而劇烈乾咳；成天費力端詳接縫處與線頭，導致視線模糊且視力衰退；針頭戳傷使手指頭看似皮革。

那些窄小的血汗工廠屬於過去，屬於舊時國度，彷彿我們從未離開。人人都是從現代工廠認識美國，廠區裡數十位女孩排排坐並賺取豐厚工資，而非向小廠計件承包，業主會為了利潤剝妳一層皮。

並不是說去工廠形同野餐——女人仍然可能落得眼盲、咳嗽、罹病，只是比較融洽、更為舒適，對我來說，最重要的是有眾多女孩聚集在同個地方。我們必須從小作坊脫身，而夏伊娜的手藝能幫助我們獲得雇用。許多那樣的工廠會分拆工作，讓妳不需要多少技能，但儘管如此，有本事縫得比機器更美仍然有用。

當我們踏進施洛莫．柯恩先生的工廠，他們根本懶得多看我們一眼。

「先生，」我向領班說，「我們在找工作。」

「那妳可以繼續找。」他對我說，但是當夏伊娜拿出在來美國船上縫製並刺繡的罩衫，他的態度驟變。

「這件很別致。」他說，這次面朝夏伊娜。「我們用得上像妳這樣的人，妳在這裡大有前途，也許很快就能去縫製樣品。」

「還有我的姊姊。」夏伊娜堅定說道。

他聳聳肩。「還有妳姊姊。」我們當場就開始工作。

就這樣，我們每週六天、每天十二小時在柯恩先生的廠房工作，屬於較小型的工廠之一，僅有五十位女孩左右，而我們還算過得去。在下東城，你時時刻刻都能聽見縫紉機運轉，不分晝夜，無論星期幾、安息日與否。義大利女孩在週六工作，猶太女孩在週日工作，我們大部分人沒那麼遵守舊習，盡可能在任何日子工作。那是新世界的生活方式——即使最虔誠的人，在新世界也會吃火腿三明治。而且對於獲得這樣的食物心存感激。

夏伊娜的天賦光芒四射。她獲任命為女裝裙子的打褶師，這個職位薪資優渥，還有可能成為一位樣品師，讓她得以從布料到最終樣式製作一件衣物，展現幾近她曾與我們母親織就的那般細緻手工。

我身旁一側坐著露西，另一個與我相仿的女孩，除了車縫以外沒什麼技能。露西有一對碧藍色眼睛，她笑起來能讓廠房恍如一席宴會。她的黑眉毛與棕髮辮有點讓我想起耶妲，我開始花比較少時間待在夏伊娜身邊。夏伊娜會留到比較晚，她是如此急切想成為一位樣品師，我改成跟露西結伴走回家。我們會一起吃晚飯，聊著天。她的個性與我相像，對年輕男子沒興趣，但對我十分友善。她說我的雙眼像尖錐，而且提起的語氣彷彿這是一件好事。

露西是政治狂熱分子，以前在里加[6]上過高中，在校時成為猶太工人總聯盟成員，一位革命家。就像她的許多同志，她也是思想自由的人。

「沒有神，沒有主宰！」她會熱切對我說，隨後被縫紉機的針尖刺傷指頭。「這群其他人呢，」她會說，伸出手揮一圈算進廠區裡所有女孩，「這群其他人只關心攀上一個富家子，但是我有更大的夢想！看看這裡，這裡有機會成為不受迷信耳語般恐懼束縛的世界！在這裡，我們可以甩開那種愚昧，把有錢男人和殘忍神祇一同拋棄！我們可以拋開對惡魔的恐懼並看穿邪惡的真面目，那些墮落者的面目！」

我深受她的演說吸引，儘管我已覺察，她使我考慮毅然放棄對上帝或惡魔的任何信仰。我從未極力參與政治，不過身邊有露西這樣的人陪伴，我發現自己被正義的願景打動，嚮往燃燒著諸多可能的世界，以及在新世界盛開的新時代。

露西總是告訴我，她成為工人總聯盟一分子，是在得知父親猶太會堂中較貧窮信徒的不幸遭遇

6 里加（Riga）是波羅的海大城，現為拉脫維亞首都，在這篇小說的年代應屬於俄國領土。

後。以前在老家，她父親擔任拉比，也是一位猶太復國主義者，深信猶太人的安全與正義，唯有重返我們的古老土地才能實現。我覺得在某種程度上，露西加入工人總聯盟的部分原因是想激怒他。露西有夏伊娜的奮發活力，她的思想也相當有條有理。當警方查明她是某些宣傳手冊的作者，她不得不離開里加。

下班後，露西會讓我找她練習我的英語，不然我們會去看電影或在街上閒晃，手挽著手。下東城從未像那些夜裡如此絕美，尤其是在下雨過後，沖刷掉一些氣味。

工廠裡我的另一側坐著蘿斯，她被一無是處的丈夫遺棄，留下四個孩子。有天她來的時候，臉上浮現的皺紋比平常還多。蘿斯最小的孩子芬妮整晚沒睡，她聲稱罹患小兒哮吼。

「哮吼會痛，」我說，「但不嚴重。妳可以在她喉嚨上塗碘酒。」

蘿斯點點頭，可是她的煩憂看起來並未減輕。我幾乎要解讀是為人母親的關懷，但我還是繼續進逼。「我下班後可以過去幫妳的忙。」

「不！」她驚懼大喊，隨即重拾鎮定。「不，我可以自己來。」

「蘿斯，」我說，「不是哮吼，對吧？」

「妳怎麼會曉得？」她反問。

我很得意——必要時，密切觀察能夠取代任何更神祕的力量。「我曉得。」我回答。

她偷偷摸摸環顧四周並挨近我。「妳一定不能告訴任何人，」她低語，「我負擔不起待在家隔離。」

當時我已知曉她接下來要吐露什麼。

「猩紅熱。」她輕聲說。

「蘿斯，」我接話，「那件事我能幫忙。」

「怎麼幫？」她問道，語氣有些懷疑，「我付不起錢。」

「誰提到酬勞的事了？是我主動提議要幫忙。」

我竭盡全力投入當晚熬煮的肉湯，而且我對成果有信心，儘管在這裡買到的材料跟我在老家用的不全然相同；醋和紅椒很容易找，可是我在市場尋覓沒藥樹脂好幾個小時。為了雙管齊下，我也幫那嬰孩做了一個護身符，並且添加我在市場找到的新材料：毛地黃葉片磨的粉。當蘿斯看見護身符，她的臉上顯露笑意。

「好了，」我說，遞出護身符和藥，「妳務必要讓芬妮泡熱水澡——她需要靠出汗把疾病排掉。」

我夜夜祈禱那孩子能康復。我做了所有能做的事，可是猩紅熱難以預料。病情可能稍退，再以前所未見的凶猛之姿重返。然而芬妮果真復原，蘿斯相信是我的功勞。

她在一位姊妹遇到麻煩時回來找我。她的妹妹，她告訴我，最近跟一個沒用的男孩走在一起，聽不進任何人的警告話語，連她們父親的話也不聽。蘿斯擔心女孩會懷孕，那麼她的將來有何指望？

「那件事我能幫忙。」我說。

「我會付妳酬勞。」她說。

於是我幫蘿斯的妹妹製作子宮托。「妳懂得及早來找我是好事，」我告訴她，「現在處理比之後容易許多。」

漸漸我身邊累積一群女人，了解我的能力——蘿斯的妹妹有個朋友受到婦女疾病困擾，那位朋友的阿姨有個生病的小孩，阿姨又有位朋友流產兩次後懷上孩子，想得到我能提供給她的一切護身符與保護咒。幾個月後我得以不再去工廠做事，也在那一週，露西來找夏伊娜和我一起住。她寄宿的家庭決定搬去波士頓，對她而言，來跟我們住顯得再自然不過。事實上，這麼做一點問題都沒有，因為夏伊娜愈來愈少待在家。當我探問她去了哪裡，她只告訴我，自己跟工廠中比較優秀的裁縫師相處，讓她們提點她如何成為一位樣品師。由於我近來十分忙碌，對於夏伊娜交到一些朋友，我只覺得開心。我在工作和露西之間打轉，幾個禮拜難得見到夏伊娜一面。露西和我時常獨享房間，我很感激夏伊娜的體諒。

搬來跟我們住約莫一個月後，露西也離開工廠，讓她善於滋事的寫作一展長才。在下東城，有許多形形色色的報紙！她受《火炬報》[7]雇用為撰稿者，這份社會主義刊物由一九〇五年抗爭失敗赴美的移民出版。連露西在他們之中都顯得溫和。

我期盼我們三個人能齊聚慶祝，可是我到施洛莫．柯恩先生的工廠接露西和夏伊娜時，只有我的朋友在那裡。我在其他任何女孩身邊都沒找到妹妹，但我不願就此毀掉這一夜。露西和我去上城排隊買歌劇院的站票，甚至在中場休息時間款待自己享受一杯紅酒。我靠往吧臺，看見妹妹挽著強尼．芬恩的手臂。

強尼．芬恩有張俊俏臉龐，衣著講究，不過他可是一號危險人物。他經手錢財、毒品、女人。他手下的女孩子成天來尋求我的協助，但他追求漂亮女孩從來不難。就算他是一位裁縫師也不會太難，我猜想，因為他的鮮明五官和方正下巴，加上他永遠有許多錢能招搖揮霍，這更是沒有壞處，那晚他就很招搖，點了一瓶香檳款待夏伊娜。我沒在站票區見到他們，那當然不用說。夏伊娜現在也沒看見我，我隨即掉頭去找露西。

---

7 作者用意第緒語「Der Schturkez」命名這份報紙，文後提到的抗爭即第一次俄國革命，促使沙皇尼古拉二世推行改革。

我們錯過歌劇的最後一幕，我在外面演出我自己的通俗劇，拉露西當觀眾。

「多久了——妳覺得她跟他走在一起有多久了？跟一個**罪犯**？」

「冷靜下來，」露西說，「妳這樣扯自己的頭髮對誰都沒好處，尤其是我。這原本應該是開心的場合，記得嗎？」

「**開心？**」我應該要為妹妹感到開心，即使理應受到我保護的小妹妹，如今正啜飲不義的杯中物？甘願讓華美的金銀細工首飾，將她自身束縛於一個邪惡之人？我怎麼會不知道？

「我想不透，」露西淡淡說道，「為什麼她沒跟妳提起過。」

「這種男人！讓街上幼童尖叫走避的一個人！」

「他給那些孩子糖果，」露西說，「他們喜歡他。」

「是啊，那麼我猜他也給夏伊娜糖果囉。」我鎮定下來。「不過今晚她回家會有一些話要說。」

那天夜裡，她著實到非常晚才回來。她跟強尼・芬恩一定看完歌劇又去了舞廳。我徹夜守候，當夏伊娜進門，我對她叨唸不休。露西縮在角落一張椅子裡，試著假裝自己不在場。

「女孩！我們大老遠來新世界，不是為了讓妳挽著強尼・芬恩那種shtarker（惡棍）的手臂，好害妳自己被殺掉！妳以為自己在做什麼？」

夏伊娜倒抽一口氣。「女巫！」

我冷哼一聲。「妳想我需要巫術嗎？我看到妳了好不好——我在歌劇院見到妳！妳知道嗎，我去找妳下了班跟我們一起慶祝，但妳已經離開。我以為妳是跟那群女孩出去——女孩子！」

「妳怎麼會在乎我去了哪裡？」她語帶憂傷反問。「妳很高興我不在這裡，我看得出來！我會去做我喜歡的事！」

「我想我現在明白了，妳在外面待到這麼晚的真正原因！」

「妳一點都不明白！」夏伊娜吼回來，她的驚訝與畏縮消失無蹤。「一點都不！我的強尼是英雄！妳該看看他是怎麼應付柯恩那人！」

「那告訴我啊，他怎麼做？像個殘暴惡棍？因為別的時候他就是這種人！」

「才不是惡棍！妳不明白！妳在廠裡遠遠另一頭，跟那個妳當成朋友的悖德無神論者在一起——」

「小露就坐在**這裡**！」我大喊。「妳怎麼敢這樣說她！如果不是聽她勸告，我看到妳的當下就會拽妳回家，而這就是她得到的回報！」

「妳安靜聽我說，就這麼一次，底波拉！」夏伊娜不理會我的干擾。「馬修．柯恩那人對我毛手毛腳，用下流的稱呼喊我，附近沒人可以求助。可是有天強尼走進來，告訴柯恩不能這樣對待一位淑女，並且伸出他的手臂，提議陪我走路回家。他一直是十足的紳士。妳從事情發生的第一天起不曾察覺分毫，而現在妳想告訴我該怎麼做？」

我感覺糟透了。我看過馬修．柯恩打量夏伊娜的樣子，我也曉得他自認為是重要人物——老闆的兒子，所以可以傲視其他所有人，跟像強尼．芬恩這種狠辣 goniff（流氓）來往。他們倆都覺得自己是大人物，是真正的美國人，自稱為「強尼」和「馬修」，不過人人都知道他們出生時叫「雅可夫」和「摩西」[8]。但我對於夏伊娜身陷危機不夠警覺。即使如此，我不願讓內疚感阻撓這場爭吵。「所以說強尼．芬恩幫妳出頭，他就成了正義人士？」我回嘴，「假如妳真的這麼笨，妳**活該**落得跟其他女孩同樣的下場！」

「妳怎麼知道我是不是活該？妳寧可見城裡其他所有女人，而不是我。」夏伊娜反擊。「我總是排在妳的最後一位！妳的顧客、耶書亞、耶妲，然後現在還有小露！妳不是媽媽，而且如果妳不是那麼反常，妳自己就能看清強尼實際上是怎樣的人！」她凌空比向正試圖讓自己隱形的露西。

「既然妳有妳的朋友，」夏伊娜說，「妳就讓我去找我的。」

「反常？」我吼回去。「好啊！妳從此再也不用費事接受我的反常幫助！」

8 兩者都是常見的猶太男性名字。

夏伊娜往屋外衝，大力甩上門，直到隔天清晨才回家。大致說來她在外面待得愈來愈晚，隨即有幾夜她根本沒回家。我很少見到她——實際上只在人群中瞥見一眼，也許在一間舞廳。不過她依然是施洛莫．柯恩廠裡的打摺師，我想這該讓她明白一些事。假如強尼．芬恩果真有意好好待她，到如今難道他不會勸她辭退廠裡的工作，並且娶她為妻？

「妳的強尼，那位英雄，」有天早上她還在家睡覺時，我對她尖銳說道，「如果他那麼正直，為什麼妳在那間工廠對著一架縫紉機辛苦做事？」

夏伊娜緊抿雙唇瞪著我。「我很喜歡那個地方，」她說，「我喜歡那群女孩，喜歡聊天。而且自己賺錢是好事。要是我不再付我這份房租，我猜妳會想念得不得了！」

「買那枚戒指給妳的可不是妳自己的錢。」我告訴她，指著她指間的金戒指，鑲著一顆貨真價實的藍寶石。

她把戒指轉了一圈說，「反正強尼說我不該跟妳講那麼多。妳不懂。」她走了出去。

噢，可是我懂，我明白，我以前見過這種事。一切從看歌劇、新帽子、上舞廳和妳手腕指間的珠寶開始，卻不會那樣結束。

數週後夏伊娜回家時頭上包著圍巾，使她的臉龐蒙上陰影。一條質料上好的圍巾，毫無疑問，儘管如此仍是一條圍巾，如同她在這方面的生澀。

而我有一雙利眼。我能看穿陰影和圍巾，我看得出她在遮掩的瘀青。

「妳怎麼了？」我詢問，彷彿瘀青並不明顯。

「沒事。」她低聲說，把包在頭上的圍巾扯得更緊。

「那樣才不是沒事。」我說，伸出指頭作勢戳向她的烏黑右眼。

「我跌倒了，真的。」她解釋，「妳知道我有多笨手笨腳。」

我哼了一聲。「在我們還小的時候，我知道妳有多笨手笨腳，但即使是當年妳從未傷到臉上有瘀青。讓我幫妳吧。」

「我不要妳幫忙！」她斷然說道，並且轉身走掉。

「妳必須等待，吾愛。」露西說，從勸說暴力革命的女孩口中聽到這句話，顯得相當荒謬。

「她終究會回來找妳。」

她確實如此。

我為晚餐煮了一大塊肉，足夠三個人、甚至四個人吃。夏伊娜進屋時，她的眼睛哭得發紅。

「小女孩夏伊娜，」我說，「我的小妹妹，妳怎麼了？」

她勉強揮揮手，坐到餐桌旁，她的頭無力低垂。

「我做了一件可怕的事，大姊。」

「沒有事情可怕到我無法解決。」我說。我不忍心責罵她應得的嚴厲教訓。露西跑去我們跟其他住戶共用的廚房煮咖啡，留我們倆獨處。

「我跟強尼・芬恩結束了！全部結束了！」

「好，」我說，「可是妳要告訴我發生什麼事。」

「我發生什麼事？妳更該問的是我做了什麼事！」

「我在問啊，」我接話，快要用盡耐心。「我可以幫忙，但我必須曉得是什麼情況。」

「妳覺得我流下的是眼淚？」夏伊娜又說。「這些不是從我眼中流出的淚！這是我的心在淌血，為了我所做的事！」

「別再發牢騷了，告訴我發生什麼事。」我厲聲說，然而夏伊娜只是喘了口氣，再度放聲痛哭。

露西端咖啡進來，打斷顯然將演變得歇斯底里的失控場面。「告訴我們。」她沉著地說。

夏伊娜說給我們聽。

「我早就打算找妳談，」她說，「有幾個禮拜了，可是我一直提不起勇氣。強尼那人的脾氣像惡魔一樣，他不喜歡受到違抗。我應該最好等到他厭倦我，而不是刺激他對我們發怒。」

「我能夠顧好我們倆。」我插話。

夏伊娜慘然一笑。「我確信妳是這麼認為，但就算是妳也無法讓子彈轉向。幾天前我在廠裡工作，等著強尼來接我。可是他很晚才來，而且他跟馬修．柯恩一起走進來。

「他們那天下午在外面喝酒賭博——我看得出來。強尼告訴我，既然我是個愛冒險的女孩，我會想知道他們打的賭。但我不是！我不是！」她嗚咽道。

「但我們想知道，」露西溫和地說，「妳可以告訴我們。」

我的內心不及露西表現的一半冷靜。

「強尼一直在吹噓，說我有多漂亮，我的手指有多靈巧。他還跟他一個朋友打賭，說我可以連續三天、每天交出一百件女襯衫。就憑我自己！不能外包——只有我一個人！」

「胡說八道，」我冷哼一聲。「沒人能夠做到！」露西把手按上我的臂膀。我想這舉動是為了安撫我，不過也感覺像一道警告。

「我知道！」夏伊娜尖聲說。「我告訴他我沒辦法，可是他說我最好做到，因為他跟柯恩為此押上的金額比我的命還值錢。」

夏伊娜的手指頭絞著她的細緻披巾，好似那是一條抹布。

「我整天做到指頭磨破皮，可是那疊布料沒有減少變低。我絕對不可能在午夜前完成一切。噢，底波拉，我的腳在踏板上踩得好痛，我的手抖得好厲害。比我們剛開始在德蘭西街上那間小廠房還累。我的雙眼刺痛，指尖失去感覺。我甚至從未停下來吃東西，接著我的手指扎到針頭兩次，開始流血沾上布料。我垂下頭哭泣。」

「可憐的孩子。」露西喃喃說道。

大傻瓜，我心想，但沒說出口。她早就該來找我。

夏伊娜看著露西，而不是我，彷彿她能讀出我的心思，並且繼續訴說。「幾分鐘後我振作起來，準備好再試一次，這時——多驚人的景象啊，天哪！一位老婦人從我身旁那疊布料中現身。她有一頭灰白長髮，綁成鼠尾造型，她的指甲彎成爪子狀。她駝著背，渾身長滿疣，散發烈日下腐肉般的臭味。她的衣裙靠一根磨損的繩索束起，我能看見裙底露出一條尾巴的尖端。她的眼睛像碎玻璃那樣閃閃發光。噢，我嚇壞了——我的血液凍結，大口吸氣！

「可是我記得妳說過的話，底波拉，關於有時眾天使會呈現醜陋外型來試探我們，所以我並未展現恐懼。」

「我說過什麼？」我打斷她的描述。「那根本不是上帝的使者，那是一個惡魔！」

「我又不曉得！」夏伊娜尖喊。

「安靜點。」露西對我說。

於是夏伊娜繼續敘說。隨著她跌入故事的節奏，呼吸也逐漸平緩下來。「『嘖嘖，小女孩夏伊娜，』老婦說道，『妳為何哭泣？』

「於是我把傷心事告訴她，時鐘就快要走到午夜，當強尼看見我能做好的那麼少，離一百件差遠了，他的臉色會如何陰沉發怒，我不曉得他會做出什麼事來。

「『擦乾妳的眼淚，』老婦人說，『我能把那些都縫好，沒問題，我只要妳那枚漂亮戒指。』

「那是強尼買給我的戒指，上面有藍寶石，」夏伊娜說明。「我好愛那枚戒指，戴在指間挽著強尼的臂膀，我走在路上覺得自己像個電影明星。但我想一枚戒指對屍體來說沒什麼作用，所以我摘下來交給老婦人。」

還不是為了使她脫離強尼的保護，我在心中暗想。

夏伊娜沉浸在回憶裡。「噢，妳真該來看看那老婦人縫紉！她的手腳和尾巴動作快到糊成一片。當她停下來，一整疊女襯衫完全做好，接著她在強尼和馬修走進來時憑空消失。發現我贏得他們的愚蠢賭注，他們興奮極了，我心裡想著明早一旦他們酒醒，就會明白自己打的賭有多笨，那麼一切可以恢復正常。然而我隔天早上進工廠，發現一疊布料堆得高過我頭頂。我工作到指頭磨破且雙眼灼痛充血，可是到了十一點，我還剩下超過半疊的布料要做。我站起來伸展脖子和背部的疼痛僵硬，當我坐回裁縫機前，眼前是那位醜陋的嬌小婦人。又一次，她問我有什麼難題，我也再度告訴她。

「『妳一點都不用擔心，小女孩夏伊娜！我可以幫妳縫好這些布料，沒問題，我只要妳脖子上那枚漂亮的相片墜子。』」

又喊了一遍「小女孩夏伊娜」，我心中暗想。一種熟識的稱呼，彷彿這惡魔認識她——隨即我領悟到它確實認識。

「但這是婆婆的墜子！」夏伊娜繼續說，「我不想放棄它，尤其是媽媽又給了我，可是我能怎麼辦？我想婆婆不會吝惜讓我完成任務，於是我拿下墜子交給那白髮婦人。」

使她脫離婆婆的保護，我心想。假如這是在舊世界糾纏我們的同一個惡魔，它要的不是戒指或墜子，那些並非真正目標。我渾身發冷，從頭到尾觀察夏伊娜的身形。她看起來跟以前一樣纖細。

「老婦人再度開始工作，她完成時，整疊襯衫縫製得完美無比。一到午夜，她消失無蹤，強尼和馬修跌跌撞撞走進來。我真心覺得這一次可以滿足他們，包準不會再經歷第三個晚上！

「然而第三晚，」夏伊娜說著說著，漸漸又顯得歇斯底里，「第三晚，老婦人要的不是我的帽子或我的項鍊墜子，而是要走我第一個生下的嬰孩！除了答應，我還能怎麼辦，如今我連第一個嬰孩都還沒生下就失去了他！」

它怎麼找到我們？我慌亂追想。我知道它在比亞維斯托克一直暗中窺探，否則它如何曉得要告訴婆婆我們面臨危險，不過它怎麼有辦法跟隨我們到這片新世界？露西說，在美國免於種種古老恐懼，但她錯了。「妳有身孕嗎？」我問道。

「我不曉得！」夏伊娜哭喊。「我想擺脫強尼和他的賭注。」她用雙手蓋住臉並放聲痛哭。

噢，我感覺自己的靈魂深處也在痛哭。我不只辜負了耶書亞，連夏伊娜也是！一個出於我的疏忽，另一個是我的傲慢。「可是錯了就是錯了。」我說，「也許我同樣無法避免犯錯，但我可以幫妳一把。」過沒多久我補上一句：「我可以解決強尼。」露西哄夏伊娜入睡，而我熬夜良久，計畫該怎麼做。

隔天我出門，從路上挖取些許黏土。我回到家，把土捏成一個男人的形狀，並且幫它命名。我拿出銀匕首削開土偶的兩側，恰好是強尼．芬恩口袋的位置。

由於強尼．芬恩的錢不再流入，他的屍體於一週後出現在河裡，形體殘破且扭曲。

至於馬修．柯恩，我幾乎無須動手做任何事。少了強尼從旁矇騙恫嚇，他開始連連輸掉賭注，沒有其他人願意袒護他。他輸掉自己的錢，還有全家人的錢，就在一個月之內。他也淪落成一個潦倒的人。他的最後下場是在酒館暗室裡，頭上挨了一枚子彈，所以我猜他終究還錯賭徒欠錢不還。

夏伊娜，唉——她變了個人，不過強尼死去一段時間後，她再度抬起頭，對周遭的世界展露些微笑顏。最終她並未懷孕，讓我們少了一件煩心的事。露西和我賺的錢夠我們用，她得以不必回去工作一陣子。夏伊娜開始跟一位體貼的年輕人約會，名叫所羅門，是個安靜的男生，相當堅定且沉著。他在家中的開胃菜熟食舖[9]站櫃檯，兩人就這麼相識。他們是匹配的一對，在兩人初次出遊去看電影前，夏伊娜帶他回家見我和露西。他非常有禮貌。夏伊娜開始花愈來愈多時間跟他相處，雖然他們時常出門，她也同樣常帶他來家裡，我們會四個人共進晚餐。小所甚至在妹妹罹患哮吼病時來找我幫忙。幾個月過後，小所和夏伊娜舉辦一場迷你結婚儀式，只有露西、我和所羅門的家人出席。約莫一個月後，我們四個人搬進他家店舖樓上的一間小公寓，隔壁住著他的父母、阿姨和姨丈。夏伊娜早已離開柯恩先生的工廠，現在她跟小所的家人一起在店裡工作。

有一天，她來找我時臉色憔悴且緊繃，活像我們兒時她遇上麻煩的模樣。

「姊姊，姊姊，」她喊道，「我有個消息——孩子要出生了。」她比畫手勢以阻擋邪惡之眼。

「Mazel tov，祝妳好運，夏伊娜。」我告訴她。

「也許留給下次吧。」她答道。「可是我的寶貝會發生什麼事？那惡魔會來帶走嬰兒，還是會落得我們小弟弟的下場？」

「我沒忘記。」我對她說，「這裡是美國。我不會讓那怪物奪走妳的嬰孩。別再暗自擔心了。我燒毀過那張契約，我也可以再一次解決事情。」

---

9 在紐約，開胃菜店舖（appetizing shop）普遍指販售猶太熟食的店家，常搭配貝果麵包吃。

我知道嬰孩待在夏伊娜子宮的期間，惡魔不會來搶奪，但我還是盡可能小心。在嬰兒出生前，我不讓小所把為孩子準備的半件家具或衣物帶進屋內。他必須將全部物品存放在店裡。我製作護身符並對她施念保護咒，就像我在老家為耶書亞所做。當夏伊娜開始感到疼痛，我把銀匕首放到她手中，用粉筆畫下一道圓圈，空間足夠她在圈內繞床走動。我在門上書寫我曉得的每一道保護咒語。至於小所，我囑咐他去猶太會堂為她禱告並吟誦聖歌。他去了。小所真是一個好人，好到懂得何時該聽命行事。

在夏伊娜分娩與受苦期間，我按照婆婆的教導去做。首先我吟誦明定的祝禱詞。接著我拿起一枝新筆，一瓶未開啟過的墨水，以及婆婆盒中合乎律法的鹿皮紙。我寫下有史以來最精良的新生兒護身符——沒有一位拉比能比我做得更好。我使用所有見過的保護符號，還有一些是由我創造的。夏伊娜輕聲對我說她打算幫小女兒取的名字——我們倆現在都曉得嬰兒會是個女孩。我將那名寫進我所能想到最詳盡、繁複、強大的保護禱文，藉助每一位天使和上帝的所有名字，有些我知道而有些存在於想像。

「美麗並不足夠。」夏伊娜在子宮收縮之間，用嘶啞的嗓音說。

「不，」我贊同，「是不夠。」

「我女兒將會是一位鬥士。」

於是在護身符中，我寫下祈求保護夏伊娜之女、野山羊雅埃爾[10]的文字。當夏伊娜發出心碎般的抽噎聲，同時將雅埃爾產下，我捲起羊皮紙、塞進羊皮袋，並將袋子掛上嬰兒頸間。我凝視雅埃爾的眼睛，已能看出她的鬥士特質，任何人都看得出來，而且一個真正的希伯來語名字擁有真正的力量，人人都知道那一點。因此當夏伊娜第一次哺育她，幸福地看著女兒，我坐在床邊對她說，「我們必須在附近沒人時才用真正的名字叫她。否則一律喊她奧緹，妳的長女[11]。」

我盼望我們能騙過惡魔。不過即使我們說漏嘴，我對我出色的護身符有信心。

夏伊娜堅持唱歌給嬰兒聽，而雅埃爾似乎受到她唱的歌安撫，可是我們其他人就慘了！我敢保證，這種淒厲貓叫般的嗓音會嚇跑我的顧客。縱使如此，跟一位新手媽媽爭執並無益處——可能會害她的乳汁發酸。所以我避而不談，試著習慣那些令人不快的多愁善感曲子。夏伊娜特別喜歡的一首歌叫〈每個小動作〉，她邊搖著嬰兒邊哼唱：「每個小動作都有獨特的意義。每個想法和感覺都能透過一些姿勢表達出來……。」我從未聽過比這更乏味的歌曲。

10 雅埃爾（Yael）的希伯來語原意指努比亞山羊，即《聖經》裡提到的野山羊。
11 奧緹（Alte）的希伯來語原意指年長。

七個月過後，來自柯恩先生工廠的老問題回頭纏上我們。

那是一個星期天，小所和夏伊娜在店裡，露西和我待在家。雅埃爾開始尖叫，聲音中兼具憤怒與恐懼。我們衝向她身邊，發現長著一條光滑鼠尾巴的駝背老婦人，俯身在她的嬰兒床前，逗弄她的胖下巴。她就像夏伊娜描述的那般醜陋乾癟，渾身長滿剛硬毛髮，但我立刻認出她來。她的眼睛是我記憶中的火紅凹洞。我知道我們沒有時間可浪費。我飛奔到雅埃爾面前，連番吐出我腦海中上帝的所有名字：「以全能的真神上主—拉瑪薩—以埃爾—雅威—以羅欣之名，我命令妳離去並放過這孩子！」

但是惡魔就這麼抱起雅埃爾，嬰孩尖聲喊叫，用盡全力踢向老婦人長滿疣的皮膚。我強自振作心神，再度命令惡魔離去，這次喊出了四十二個字母組成的上帝之名，那對於呼喊者與喝斥對象同樣危險。然而惡魔只是咧嘴笑得更開。

「妳的喋喋不休對我毫無意義，女巫，」她說，「即使是上帝也不會違背一張署名的契約。」她在我面前展示一件物品，我辨識出是一張寫滿文字的鹿皮紙。那是幾年前我在比亞維斯托克燒毀的契約副本，然而有個地方不一樣——在婆婆的署名下方，我看見妹妹的署名。我抓緊露西的手臂，拉她挨近我身邊。

惡魔從扭曲的指尖亮出爪子，撕碎我完美的護身符。「我索取屬於我的孩童，夏伊娜之女雅埃爾後離去，因為眾天使的名字也無法打破這契約。」

雅埃爾放聲大叫，她的小手握成拳頭朝惡魔胡亂揮動。我意識到隱瞞嬰孩的名字企圖與這怪物抗衡是多麼無用，即使喊她「奧緹」以反覆誦讀上帝的名字。

隨後我想到要如何擊敗這怪物。

「露西，」我低語，「我需要時間。我能拯救她，但是我需要時間，要一個星期。」

露西一點都不傻，她雙膝跪倒並佯裝落淚。「天地慈悲，以上主和祂的眾位天使之名，烏列爾和薩基爾，其他的我不曉得，底波拉才知道，但我乞求昔日展現過的慈悲。如同主上帝降下正義之怒前，在逾越節八日間饒過猶太嬰孩，我懇求妳賜予我們八天，好向我們的寶貝道別，讓她為沒有母親的生活做準備。」

我絕不會嘗試耍這種花招——首先，露西改動逾越節的故事。然而一個惡魔怎能抗拒拿自己與上帝相比？那正是惡魔的邪惡根底。它抖開身上的醜陋硬毛，看似一隻可怕的巨大蜘蛛。「以上主、烏列爾、薩基爾及眾天使之名，我的慈悲心不比妳的上帝遜色。收下妳要的八天，道妳的別並讓這孩童做好準備。」

她隨即離去。

我整天來回踱步，把地毯磨得穿洞，直到小所和夏伊娜收工回家。我兩度下樓想找小所談話，可是我每次都在通往店舖的門邊停步，連頭都沒探出去又再上樓。我無權把夏伊娜過去的困擾告訴小所——那是夫妻兩人的事。但當夏伊娜回到家，我明確讓她知道我們麻煩大了，向雅埃爾的父親隱瞞這件事並非正確做法。我告訴她事發經過，她臉色慘白並對我發怒。

「妳說過護身符能保護奧緹的安全！」

「那麼，妳從未提過妳跟這怪物許下正式承諾！妳從未說過妳簽署了契約！」

「我怎麼說得出這種事？」她哭喊，「已經夠糟了，做出這種事是一種恥辱，還要說出來？我厭倦了妳的鄙視，底波拉。」她手撐餐桌起身，用同樣倦怠的聲音說：「我們最好開始打包。搶先一星期是個好開始，我們應該可以走得很遠。」

我瞪大眼睛看著她。「Goyishe kopf（傻腦袋）——妳腦子裡裝什麼，女孩，蕎麥粒嗎？也許妳覺得自己對付的是一隻小小 dybbuk（鬼魂）？沒這麼好運——妳已經跟惡魔的右手產生聯繫，不可能逃離那種事物。妳只好不得不鼓起勇氣。」

「我？」她問道。

「我可以幫妳，告訴妳如何盡力留住雅埃爾，可是代替妳去做？不，那我辦不到。她不是我能留下的孩子，我也沒簽署契約。妳必須自己面對這個惡魔。」

「面對惡魔？我要去面對一個惡魔？」

我壓抑想晃動她肩膀的衝動，忍住沒要求她拿出女人的氣魄，讓媽媽為了有她這個女兒感到驕傲。「也許妳寧可放棄雅埃爾？」

此刻夏伊娜看起來像想要揍我。不過她嚥下怒火，如同我吞忍我的脾氣。「我當然不願意。」她的語氣瞬間更顯堅定。「但是我要如何對抗惡魔？」

一個人可能會厭倦了照顧她的小妹妹。自從強尼．芬恩傷害夏伊娜以來，我覺得內疚極了，所以此後我不曾對她要求任何事，彷彿她自己是個嬰孩。但她不是，她是成年女人。而一個人也可能厭倦了被照顧，總是扮演小妹妹。我猜那是夏伊娜去跟強尼約會的原因——為了遠離我和我的目光。我個性專橫，他們告訴我的大致是如此。我又看向雅埃爾，她也看著我。我想起耶書亞從我的懷抱中抬頭，牢牢望著我。

「我們會想出辦法。」我說。

夏伊娜和我一起去找所羅門商議。我告訴他，當時候到來，他最該做的是準備好抱住嬰孩，假如夏伊娜失敗或我錯了，立刻帶著女兒盡快跑去猶太會堂。當然那絕無可能成功。在他衝出門之前，惡魔就會抓住他，但我能對他說什麼？說他即將像婚禮上的新郎一樣有用？對露西我們說了實話，值得稱許的是她相信了。她暗自決定，假如夏伊娜和我失敗了（如果我們失敗的話，我們會因為背信而死），她會緊抓住怪物的尾巴，無論嬰孩被帶往哪裡都跟去。她從來不放棄。

我做了必須做的事。我連續六天齋戒，第七天我前往浸禮池，洗浴後回家。我吃著夏伊娜準備的無酵餅沾蜂蜜，以及淨白魚肉。我點燃一根蠟燭，立在桌上，旁邊放一個裝滿好酒的陶碗。我把筆、墨水和紙張擺在手邊。我嚥下滿口甜酒，隨後開始誦禱：

「我以創造天地的主召喚妳，向我展露真實身分，並從我眼前隱去虛假面目；我以摩西分海的杖召喚妳，向我展露真實身分，並從我眼前隱去虛假面目；

「我以位居上帝之手的眾天使召喚妳，亞卡列、加百列、哈塔、杜瑪、拉斐爾、沙法爾、納哈畢、伊尼亞、卡基爾……」

我誦禱時專注盯著酒的情況。即使我只停下吟誦片刻，咒語就會消逝，所以我列出所有知曉的神奇名字，我能想到的每一個名字，偉大猶太男女英雄人物的種種功績，同時酒在冒泡、起沫、翻騰，最終平撫得如玻璃般定靜。接著字母開始浮現，彷彿它們被緩緩刻進酒的表面。未中斷誦禱下，我探摸紙筆並依樣照抄那串字母。不再有新字母出現後，酒恢復靜止，我終於結束誦禱，而酒又成為普通的酒。

我震顫著深吸數口氣，幾欲作嘔。我沒為這道咒語受過適當訓練，不曉得該預備的防護措施，如果是婆婆來施咒就會提前準備好。我覺得十分難受，從未如此虛弱過。

我呼喚夏伊娜進房，向她展示寫在紙上的字母。

「無論上主或眾天使都不會打破一份署名的契約，」我告訴她，「妳必須自己去做。」

「那我要怎麼才能辦到，大姊？」

「妳必須逼迫惡魔撕毀契約，那麼她將無權帶走妳的小孩。惡魔不必聽從上主與祂的使者之名，然而她必須回應自己的名字。」我輕點那張紙。「這是她的名字。妳必須用這名綑綁她，迫使她解除妳的契約。這是唯一的方法。」

夏伊娜接過紙張，開始慢慢唸出那名字。我立刻伸手掩住她的嘴。我們可不想在準備好以前引來那怪物的注意。

隔天傍晚日落時分，我們共處一室等待：夏伊娜、我、露西，以及臂彎中抱著雅埃爾的小所。

隨後惡魔踏進房裡。這一次她看起來像我，跟我一模一樣。

夏伊娜開始發抖，我牽起她的手。「別害怕。」我告訴她。

接著夏伊娜轉身看我，我才察覺她並不恐懼。她很憤怒。我捏她的手一下，期盼她別讓怒火顛覆我們的計畫。

惡魔竊笑並啐沫。她的唾沫發出嘶嘶厲響，燒穿房內地毯，那是我送給夏伊娜和小所的結婚禮物。「妳們的婆婆正承受無數次折磨，一邊回想是不是她自己的作為導致妳們涉險。至於妳，底波拉，我晚點再來解決，畢竟我們有這麼多共通點。」

我搖搖頭——**不，我們毫無一處相像**。接著聽見惡魔說，「好了，女孩夏伊娜，把雅埃爾給我。」她把指關節壓得喀啦響，咧嘴露出我的開懷笑容，婆婆的開懷笑容。

小所把懷中的嬰孩抱得更緊，而夏伊娜瞪視惡魔。

惡魔得意蔑笑並展示兩度簽署的契約，一次是婆婆、一次是夏伊娜。「我兩度實現我這部分的契約，給妳的祖母力量並完成妳的縫紉工作。她在得以施展力量前被殺，或者暴徒搶在我之前奪走妳的弟弟，這都不是我的錯。我只好換成對這一個嬰孩想辦法。」她叩彈指頭。雅埃爾從小所的臂彎裡消失，並再度出現在惡魔手中。雅埃爾大喊大叫，用她的小指甲猛抓惡魔雙手。

「**可鄙的東西！**」夏伊娜尖喊，伸出一隻手臂朝那怪物晃動指頭。「可鄙的東西！在四字神名的主及眾天使眼前被詛咒！**可鄙的東西！**我，夏伊娜，羅克海爾之女，命令妳交出孩童雅埃爾，夏伊娜之女！我命令妳解除我們的契約，在神與人眼中皆可恥的契約，由妳這卑劣至極、形同蟲子黏液與豬糞者編造並謀取的契約！我命令妳摧毀契約並離開這座城市，離開這片土地，在不可言說事物的領域度過永生！我命令並綑綁妳，憑藉妳的靈魂、妳的自我、妳自身的名字——」夏伊娜指向怪物的心臟大喊，「RUMFEILSTILIZKAHAN！」

惡魔變得灰暗，開始在原地旋轉。「是魔鬼告訴妳的！」她哀號，「是魔鬼告訴妳那名字！」

「才不是魔鬼，不潔之物，」夏伊娜得意地說，「是我的**姊姊**。」有我在身邊似乎讓她覺得驕傲。

惡魔無聲旋轉嚎叫，直到空氣迸發火焰，她和她手裡的契約內爆成燃燒的灰燼，隨即消失在半空中。小所跳步向前，在雅埃爾落地前接住她。外人來過屋內的唯一跡象只剩地毯上的洞。

我們保住雅埃爾，永久留在身邊，但並非毫無代價。找出惡魔的名字是一種強大魔法，隨之而來的氣力放盡，以及去做一件妳未經適當訓練的英勇壯舉，其後襲來的虛弱感，兩者皆使我抱病，許多、許多年來不曾如此病重。比我在老家那時病得更厲害。

連日來我在高燒中翻來覆去，青紫斑疹長滿臉上與四肢。我燒得太猛烈，於是夏伊娜找來一位醫師，他察看我後宣告：「猩紅熱。」

猩紅熱！最後竟是一種孩童的疾病——無異於落井下石。不過話說回來，召喚惡魔的名字使我虛弱如孩童。我的皮膚燒燙到泛成亮白。夏伊娜拿冷敷布擦拭我的肌膚，可是不到幾分鐘，我的體熱讓布巾好似在爐火上加熱了一小時。我發燒的熱度日日攀升，燒盡我僅存的些許理智。露西請假待在家好幾天，試著舀肉湯餵進我嘴裡，讓我不至於徹底乾涸，至少我是這麼聽說——因為我再次不太記得那段日子的事。可是露西待在家，我又病得無法做任何生意，我們手頭缺錢，而後夏伊娜回工廠上班。

小所的母親覺得那不光采，讓一個已婚女子待在工廠裡，可是夏伊娜告訴露西，實際上她並不在意。「有小所和他的父母兄弟在店裡，」她對露西說，「我只會礙手礙腳。在工廠裡，我是重要人物，我擅長那裡的工作。我的表現傑出，我想有天我能當上樣品師，甚至可能是設計師。」

她非常開心能找到這份工作，露西轉述——現代式工廠，寬闊，通風，整整三層樓，想像一下，她說，而且位於很高的樓層，女孩要搭電梯進出。而且她十分輕易就獲得那份工作，不需要賄賂任何人，她說——彷彿奇蹟降臨，彷彿有位天使眷顧著她。

太輕易了，回過頭來看。

我完全不記得那些事，我真正記得的只有夢境——我所能入睡的每個小時都受到噩夢糾纏，在夢中，我的雙眼全是火一般的蟲子，在我的腦袋裡鑽洞穿梭；或是我的頭和手劇烈腫脹，我確信它們就要炸裂；或是我不斷墜落，墜得遠到我永遠無法停下來，永遠無法重回地面。淡紅皮疹已經變成凸起的暗紅水疱。這種情況延續數週，然後……三月底的一天晚上，高燒退了，我的汗水浸溼三條被子。露西整夜清洗寢具，那天早上我帶著餓意醒來。露西餵我吃一點早餐：少許湯，少許牛奶，一顆水煮蛋。她照顧我兩三天，等我恢復力氣，隨後外出工作。

我顯得虛弱，大半個白天我小口喝茶並試著休息，不過隨著時間從早晨逐漸步入下午，淡隱的陽光終於讓我費力站起身。我踩著緩慢、微小的步伐，穿好衣服並下樓走進小所家的店鋪。我看見他在櫃檯後方，而他母親在照顧雅埃爾。他母親跟我看法一致，認為新鮮空氣對我大有好處，我移動得極其緩慢又痛苦，步往屋外街道。

儘管陽光微弱，對我依然亮得刺眼。光線從冰冷街道粗暴反射，眼前盡成銳利彎角與難以忍受的邊口。我把外套再拉緊一點，包裹住身體；起初夏伊娜幫我縫製時，這件外套相當合身，能夠展現我的身材，然而多週來的病況使我瘦弱。一陣冷風切穿附近巷弄吹來，我渾身顫抖。

最讓我起疑的是路上安靜至極，一種反常的安靜。沒有孩童在玩跳繩遊戲或互相嘲弄，沒有小販企圖兜售器皿，沒有友伴在和善辯論或夫妻朝對方叫嚷。只有我輕軟、疑懼的腳步和風聲。有那麼片刻，我深信這場病除了影響我的體態，還奪走我的聽力。

我小心翼翼行走，沿路保持單手扶住建築物支撐。當我終於抵達這段街區的盡頭，日常的街道聲響重又襲來，我在放心之餘感到暈眩。逗留的陽光使我獲得些許生氣，且隨著腳步前行。我不曉得自己要去哪裡，只意識到我的體力不足以及時趕到那地方。然而在街道的喧囂後方，在擾攘的更深處，我依然聽見那絕望的寂靜。

當我聽見消防車從後方駛近，走離公園已有三個街區。它們毫不費力超越我，而到我抵達阿希大樓那刻，整個人幾乎喘不過氣，難以在人群中推擠前行。

那片寂靜消失無蹤。尖喊吼叫充斥我的耳際，有毒黑煙籠罩天空。我不明白發生什麼事——成捆拖曳著火焰的衣服似乎從天而降，阿希大樓僅有的幾扇門後方擠滿了人，他們不斷撕抓並爬越其他人企圖逃生。不過一旦脫身，他們就只是加入在對街吶喊的群眾，看著下墜的布團撞上路面，發出碰碰悶重聲響，一捆接著一捆。直到我目睹其中一個布團嘗試靠雙腳站起而後失敗，我才察覺他們是什麼。

這地方是夏伊娜的現代工廠，我認出來了，我也曉得絕非天使帶領她找到這份工作。

我發現自己站在馬路上，消防員正因徒勞無功而慌亂不已。他們的雲梯高及七層樓——工廠位於八、九、十樓。有個女人才剛蹣跚步出大樓，立即轉身想回頭衝進去。消防員不得不敲昏她；她不停喊著自己的女兒。

我抬頭看，有個女孩站在窗臺上。她的裙子已經開始悶燒生煙，即使她在離我這麼遠的高處，我發誓我能看見她的臉，在反常冷靜下打開皮包，把裡面的錢扔下街道——我想起夏伊娜說過今天是發薪日。

她摘下帽子並往公園的方向拋飛，風揚起她的頭髮在臉側舞動。現在我看見火焰與煙都從窗口冒出來。

她的洋裝著火了。

她往後撥順頭髮，隨即踏出窗臺，彷彿是要步下路緣過街。她急速墜落，裙襬環繞身體飄起，開成一朵火焰的花。她落地處離我只有六英尺。一塊餘燼打上我的臉頰，在我有辦法反應前兀自彈開。

三位女子並肩立於另一座窗臺。她們勾起手臂、閉上眼睛並縱身跳落，落點很準，卻重重扯裂安全網底部，使得持網的消防員濺滿一身血。

「我不曉得，我不曉得她們會三、四個一起跳下來，手環著另一個人的腰。」隨後露西採訪消防隊長時，他垂淚說道。

我尋遍從大樓蜂擁而出女子的臉孔，人人都在奔跑，避免被墜落的女孩擊中，全都是她們的朋友。可是我沒在那裡找到夏伊娜。我跑向街道另一頭，擺脫試圖阻止我的男人，一一查看墜落者，可是在她們之中也找不到我妹妹。

我抬頭望向被火焰吞噬的窗戶。如今不再有人躍下。

「我很抱歉，媽媽。」我輕聲說。

我流下眼淚，燃燒的大樓裡盡是燃燒的女子，在美國這地方燃燒。

謝辭

我要感謝我的經紀人 Jennifer Udden，謝謝她關照並致力於這本選集。我很幸運能與 Tordotcom 出版社的傑出同仁合作。謝謝 Ellen Datlow，你是一位擁有深刻洞見的編輯，也謝謝 Ruoxi Chen 的無止盡耐心、專業與熱忱。發行人 Irene Gallo 對我的作品充滿信心，在許多場合激勵了我；還有從事編輯的 Emily Goldman、負責行銷的 Mordicai Knode、公關的 Lauren Anesta、社群媒體的 Amanda Melfi、操刀美術的 Christine Foltzer、監管印製的 Lauren Hougen，他們全都是令人激賞的專業工作者。

我的母親 April Schanoes 是最支持我的重要根基，也陪伴我最久。在我還是個小女孩時，她帶我走進童話故事和奧茲國，並且總是對我的寫作輸送源源不絕的無限信心，以及無止盡對我的愛。若沒有她，我不可能寫出書中的任何篇章。

如果沒能感謝我身邊的童話領域工作者，那我未免過於怠慢：Cristina Bacchilega、Sara Cleto、Jeana Jorgensen、Linda J. Lee、Jennifer Orme、Psyche Ready、Claudia Schwabe、Kay Turner、Brittany

Warman、Christy Williams。

鑽研童話領域的我們所有人全都要深深感激 Terri Windling，我尤其如此。Terri 寫出啟發過我的許許多多童話文學，而且她總是在創作上鼓勵我。認識她是我的榮幸。

我的朋友一直給予慷慨支持與善意，我發自內心深深感激你們：K. Tempest Bradford、Gina Costagliola、Rose Fox、Gavin Grant、Miles Grier、Sara Eileen Hames、Corey Hindersinn、Josh Jasper、N. K. Jemisin、Ellen Kushner、Amy Kwalwasser、Rowan Larson、Erika Lin、Marissa Lingen、Kelly Link、Kathleen Luce、Farah Mendlesohn、Stacey Merel、Miriam Newman、Chelle Parker、Ri Pierce-Grove、Xtina Schelin、Delia Sherman、Barbara Simerka、Emily Wagner。

我對全體家人心懷感念，包括過去與現在的成員，尤其是 Suzanne Berch、Vanessa Felice、Barbara and Steve Goldstein、Paula Gorlitz、Gene Heyman、Georgia Hodes、Bonnie Johnson、Jonas Oxgaard、Helen Pilinovsky、David Schanoes、John Semivan、Steven Zuckerman。

容我也向啟發我的孩子致謝，有些人曾為孩童、有些人現今仍是：Sophia and Asher Decherney、Emma and Cora Hodes-Wood、Sofia Rabaté、Kit Schelin、Poli、Dasha Sotnik-Platt。我特別要感謝我的不凡教子 Bear and Aradia Oxgaard，以及我神奇驚人的兒子 Solomon Schanoes。小熊、阿拉迪亞、所兒，你們是我的至愛，我無法想像沒有你們的生活。

藍小說 335

燃燒的女子

Burning Girls and Other Stories

作　　者—維若妮卡・夏奈思（Veronica Schanoes）
譯　　者—楊芩雯
副總編輯—羅珊珊
責任編輯—蔡佩錦
校　　對—江淑霞、蔡佩錦
內頁排版—新鑫電腦排版工作室
封面設計—廖韡
行銷企劃—林昱豪

總 編 輯—胡金倫
董 事 長—趙政岷
出 版 者—時報文化出版企業股份有限公司
108019台北市萬華區和平西路三段二四〇號四樓
發行專線—（〇二）二三〇六—六八四二
讀者服務專線—〇八〇〇—二三一—七〇五
（〇二）二三〇四—七一〇三
讀者服務傳真—（〇二）二三〇四—六八五八
郵撥—一九三四四七二四時報文化出版公司
信箱—10899臺北華江橋郵局第九九信箱

時報悅讀網—http://www.readingtimes.com.tw
思潮線臉書—https://www.facebook.com/trendage
法律顧問—理律法律事務所　陳長文律師、李念祖律師
印　　刷—勁達印刷有限公司
初版一刷—二〇二三年三月三十一日
定　　價—新臺幣四八〇元
（缺頁或破損的書，請寄回更換）

時報文化出版公司成立於一九七五年，
並於一九九九年股票上櫃公開發行，於二〇〇八年脫離中時集團非屬旺中，
以「尊重智慧與創意的文化事業」為信念。

燃燒的女子 / 維若妮卡・夏奈思（Veronica Schanoes）著；楊芩雯
譯. -- 初版. --臺北市：時報文化出版企業股份有限公司, 2023.3
360面；14.8x21公分. --（藍小說；335）
譯自：Burning girls and other stories.
ISBN 978-626-353-264-9（平裝）

874.57　　111020233

ISBN 978-626-353-264-9
Printed in Taiwan